Yhantishor und die Glasperlen im Dschungel

– Ein erzählter „Lebensreiseführer“ –

This is the story of
how we begin to remember…
(wir haben angefangen, uns zu erinnern –
das ist die Geschichte…)
Paul Simon – Album »Graceland«

Daniel Shahid Johnson

Yhantishor
– und die Glasperlen im Dschungel

Mit Illustrationen vom Verfasser

Aus dem Amerikanischen von
Jürgen Mushin Schilling

INTEGRAL

LebensReiseFührer

sind Bücher, Tonträger, Videos
für Energie – Lebenskunst – Horizonterweiterung
aus dem Integral Verlag

CIP-Titelaufnahme der Deutschen Bibliothek
Johnson, Daniel Shahid:
Yhantishor und die Glasperlen im Dschungel: /
Daniel Shahid Johnson. Mit Ill. vom
Verfasser. - Dt. Erstausg. -
Wessobrunn : Integral-Verl., 1991
(Lebensreiseführer)
Einheitssacht.: Yhantishor <dt.>
ISBN 3-89304-351-9

– 91 92 93 6. 5. 4. 3. 2. 1. –

Deutsche Erstausgabe
veröffentlicht 1991 im Integral Verlag
Walserstraße 6, D-8129 Wessobrunn

Originaltitel:
Yhantishor – A Fantasy Based in Truth,
erschienen bei The Mystic Garden, Santa Fe,
New Mexico, USA

Herausgeber für die deutsche Ausgabe:
Volker Zahedra Karrer

Realisierung durch das Integral Energiefeld
Lektorat: Gerhard Juckoff
Korrekturen: Ralf Lay
Umschlaggestaltung: Zembsch' Werkstatt München
unter Verwendung eines Bildes von Henri Rousseau
Litho: Lange-Repro, Kaufbeuren
Satz: ZERO, Moers
Druck und Verarbeitung: Franz Spiegel Buch, Ulm
Printed in Germany
ISBN 3-89304-**351**-9

Inhalt

Danksagung

Der Autor möchte für ihre Hilfe und Unterstützung danken: Toshan Trezza, Steve Johnson, Bob Christian, Amy Schilling, Mati Johnson, Ilse Johnson und Sahaja, dafür, daß sie für die Illustrationen Modell standen; Ilse Johnson für ihre Hilfe beim Text; Bodhi Raines; Meagan Hill und Sunrise Springs; und schließlich Black and White Photo Lab und Technigraph, beide in Santa Fe, für ihre Hilfe bei der Litho-Brush-Technik.

Dieses Buch ist in Dankbarkeit gewidmet

DEM MEISTER

innen

wie außen

SHAMANA

Die frühe Morgensonne durchbrach das dichte Dschungeldach und erleuchtete mit ihren hellen Strahlen den Pfad, der Yhantishor aus dem Tal hinausführte. Es war seine erste Reise seit seiner Aufnahme in den Stamm der Kinas vor vielen Jahren.

Nun, da er ein mit Felsbrocken besätes Gebiet überquert hatte, wich die spärlicher werdende Vegetation langsam einer mit farbigen Gräsern umsäumten Geröllhalde und gab den Blick auf die sich steil erhebenden Berge frei. Der junge Mann drehte sich um, und zum ersten Mal seit seiner frühen Kindheit sah er die Weite der Landschaft. Die strahlendweißen Kuppeln der Sonnenfänger in der Ferne zeigten ihm genau, wo das Dorf der Kinas lag.

Seit dem frühen Morgengrauen folgte Yhanti den in Stein gemeißelten Fragezeichen entlang der Fährte. Es waren dieselben Symbole, welche die Ältesten des Stammes um den Hals trugen, über deren Herkunft sie niemals sprachen. Die meisten wiesen nur wortlos auf den Berg, wenn man sie danach fragte.

Jedes der eingemeißelten Symbole am Pfad war kleiner als das vorangegangene. Yhanti legte öfters eine Pause ein und prüfte die Landschaft nach den nächsten Anhaltspunkten. Als der Tag heißer wurde, öffnete er seinen blauen Mantel und bestieg einen Felsen, um einen letzten Blick auf das Tal zu werfen. Die erfrischende Brise wehte ihm das lange braune Haar in den Nacken.

Als er sich wieder umwandte, um weiterzusteigen, blieb er vor Erstaunen wie angewurzelt stehen. Dort oben auf dem Berggipfel stand ein runder Turm! Das Gemäuer bestand aus einem bunten Gemisch erdfarbener Steine. Exakt in der Mitte stand ein strahlendes rotes Fragezeichen. *Ich hab's!* dachte er. *All die kleinen Fragen führen zu der einen großen!*

Yhantishor betrachtete sich schon immer als geborenen Philosophen. Jede Handlung und jedes Ereignis seines Lebens war voller Bedeutung, und er war genau der Richtige, diesen Symbolen ihren Sinn zu entlocken. Wenn er sich außerstande fühlte, etwas zu erklären, wandte er sich mit seinen Fragen an die Ältesten. Inzwischen hatten diese jedoch genug von Yhantis dauernder Fragerei, und sie hatten ihm geraten, den Berg zu erklimmen, damit er dem legendären Shamana, dem Erwachten, dort begegnete. Konnte ihm dieser Mann auf seine brennenden Fragen keine Antwort geben, wäre das zumindest der Beweis für Yhantis einzigartige Intelligenz.

Yhanti machte Rast am Rande der Wiese, die den Turm umgab, damit er bei seiner Ankunft in bester Verfassung sei. Er band gerade sein Haar zusammen, als ihn eine Stimme aus dem Turm anrief: „Wer bist du?"

Er sprang auf und antwortete: „Ich bin Yhantishor vom

Stamme der Kinas".

„Weshalb bist du hier?"

„Die Ältesten haben mich geschickt. Sie sagten, es wäre Zeit, den Berg zu besteigen, damit ich die Antworten auf meine Fragen finde."

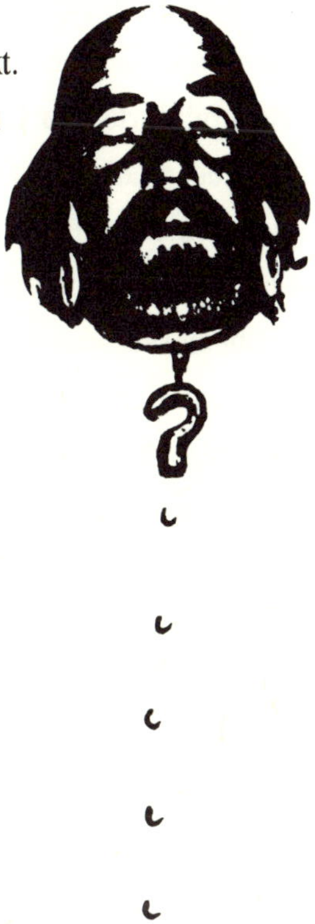

Die nun folgende lange Stille war Yhanti sehr unangenehm. „Bist du Shamana?" rief er, um die Spannung zu lösen.

Ein Mann mittleren Alters, dessen grau-es Haar eine glän-zende Glatze um-kränzte, zeigte sich in der Tür. Er trug eine weiß wallende Robe und hielt seine Hände gefaltet, während er auf ihn zuging. Als er näher kam, erkannte Yhanti das aus Holz ge-schnitzte Frage-

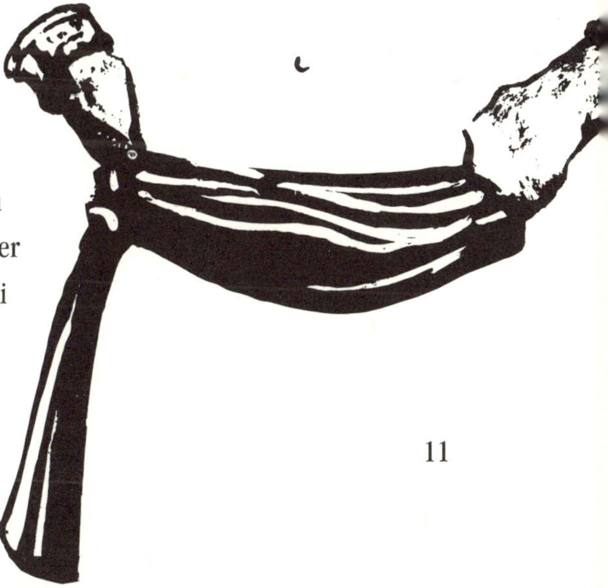

zeichen unter dem finsteren Gesicht. Ein durchdringender Blick stach aus den von Falten umsäumten Augen. Seine Mundwinkel formten einen abwärts strebenden Bogen, und zwei goldene Ohrringe glitzerten an den riesigen Ohren. „Nein, mein Name lautet Rudo. Shamana ist im Garten. Folge mir!“

Rudo umrundete das Gebäude, und Yhanti folgte ihm auf den Fersen hinein in den Wald. Unterhalb der Böschung des Pfades bemerkte er in einer Lichtung blühende Bäume und verlor jegliches Interesse daran, mit dem Mann, der ihm voranging, Schritt zu halten. Er war ihm unsympathisch, und außerdem konnte er den Garten ja dort unten liegen sehen. Yhanti schlüpfte behutsam durchs Gebüsch in ein Paradies blühender Pflanzen und fruchtbeladener Bäume. Der süße Duft erfüllte ihn mit Freude, und er begann mit den Blüten, die sich im leichten Bergwind wiegten, zu tanzen.

Schallendes Gelächter brachte ihn mit einem Ruck wieder zu sich. Ein alter Mann blinzelte ihm von seiner schattigen Bank unter einem uralten Mangobaum aus zu.

„Du brauchst nicht aufzuhören, weil ich lache ... Es sei denn, natürlich, du möchtest nicht weitermachen“, sagte er und ruderte unterdessen mit seinen Händen in der Luft, als dirigiere er ein großes, unsichtbares Orchester.

Yhanti trat näher an den Baum heran, um ihn besser sehen zu können. „Ich habe mich mitreißen lassen“, erklärte er.

„Ja, ja, alles ist hier wunderschön.“ Die Augen des alten

Mannes strahlten vor Freude. „Ich hatte die Hoffnung, dich eines Tages begrüßen zu dürfen. Nun ja, nicht unbedingt *dich*, aber im wesentlichen schon. Wie heißt du?"

„Yhantishor."

„Komm her und setz dich." Das Gesicht war alt und voller Faltent, dennoch hatte dieser Mann die staunenden Augen eines neugeborenen Kindes. Der schneeweiße Bart berührte fast den Boden und formte einen scharfen Kontrast zu der tiefgrünen Robe und dem grünen Schlapphut.

„Du bist der erste, der Rudo nicht gefolgt ist. Die ihm folgen, nehmen immer den langen, sich windenden Weg; viele kommen nicht einmal bis hierher. Rudo ist ein guter Bergsteiger, und der Pfad ist steil. Es gefällt ihm, mit seinen Talenten Eindruck zu machen."

„Ich bin gekommen, um Antworten auf meine Fragen zu finden", erklärte Yhanti kühn. „Die Kinas haben mich geschickt. Hast du die Antworten?"

„Die Antworten?" Shamana zog die Augenbrauen hoch, bis seine Augäpfel beinahe doppelt so groß waren. Es schwindelte Yhanti, als dieser Blick sein Herz durchdrang. „Hast du denn die Fragen auch alle dabei?"

Schweißperlen traten auf Yhantis Stirn, und er fühlte sich etwas in Verlegenheit gebracht. Seit Monaten waren die Fragen über alles und jedes nur so aus ihm hervorgesprudelt, und jetzt, da er in die intensiven Augen des Erwachten blickte, setzte sein Verstand einfach aus. „Ich glaube, eh ...", stotterte er, „... ich *selbst* bin die Frage."

„Stimmt genau!" bestätigte Shamana. „Das ist die richtige Einstellung. Wenn du dich dazu entschließt, bei mir zu bleiben, wirst du alle Schichten deiner selbst erfahren. Zuerst macht es nicht sonderlich viel Spaß, den ganzen Schutt zu durchwühlen, aber darunter liegen nun einmal die Perlen verborgen. Ich werde dir keine Antworten, sondern einzig und allein Erfahrungen verschaffen. Willst du es versuchen?"

„Ja", antwortete Yhanti geschwind. „Ich muß es wissen."

„Das liegt ganz bei dir", blinzelte Shamana ihm zu. „Zuallererst muß ich ein wenig über deine Vergangenheit erfahren. Was hat dich zu mir geführt?"

Yhanti schloß die Augen, damit der Garten ihn nicht ablenken würde. „Durch meine Geburt gehörte ich zu einem wandernden Stamm, den Humas. Sie sind ein Stamm von Musikern und Tänzern und deshalb in den meisten Dörfern herzlich willkommen, vor allem wegen ihrer abendlichen Aufführungen. Ich erinnere mich, daß die Stammesmitglieder einander paarweise verbunden waren durch eine Tradition, die man Ehe nannte, die es bei den Kinas nicht gibt. Die Kinder wurden als Eigentum des betreffenden Paares betrachtet. Meine Besitzer hießen Prad und Mia. Sie verschwanden eines Tages in der Regenzeit bei der Überquerung eines Flusses und sind höchstwahrscheinlich ertrunken."

„Wie hast du es ohne sie geschafft?"

„Ich muß ungefähr fünf Jahre alt gewesen sein, und es gab niemanden, der auf mich aufpassen konnte, also ließen die Humas mich zurück. Ich sah, wie der Fluß anschwoll, und beschloß, daß ich lieber einen Ritt auf einem der Baumstämme machen wollte, die ich auf den Stromschnellen vorbeischießen sah, als zu erfrieren. Ich entdeckte einen riesigen Baumstamm in der Nähe und setzte mich darauf, bis das Wasser ihn anhob und die kräftige Strömung ihn mitriß.

Es war ein Ritt, den ich nie vergessen werde! Wellen schlugen über meinem Kopf zusammen, als ich dahinsauste. Im Licht der Blitze sah ich die unwahrscheinliche Geschwindigkeit meines Bootes.

Ich geriet auf eine Sandbank und wurde kurz darauf von zwei Männern der Flußstation der Kinas vom Baumstamm heruntergehoben. Sie hatten mich schreien gehört mit ihren empfindlichen Empfängern und mich sogar mit ihrem Nachtsichtgerät gesehen. Das war meine erste Begegnung mit Technologie."

„Was für ein grandioser Anfang, Yhantishor!" rief der Alte aus und klatschte in die Hände. „Wie war dein Leben bei den Kinas?"

„Sie nahmen mich gleich mit und gaben mir den Namen Yhantishor, was soviel bedeutet wie Flußreiter. Ich war begeistert, keine Besitzer mehr zu haben; ich gehörte nur noch mir selbst. Der Instrumentenbauer der Kinas konnte mir eine Ulay bauen, ein Instrument, das ich bei den Humas spielen gelernt hatte. Es hat acht Saiten und verfügt über einen riesigen Tonumfang. Schon bald wurde ich zu Feiern und Festlichkeiten der Kina eingeladen und brachte dort meine Musik zu Gehör."

„Hört sich an, als hättest du ein angenehmes Leben gehabt", sagte Shamana, „was also bringt dich hierher?"

„Die Kinas gaben mir weit mehr, als ich jemals für meinen Lebensunterhalt benötigte. Vielleicht hatte ich deshalb genügend Zeit und Muße, mir den Kopf über die Rätsel der Welt zu zerbrechen. Die Humas mußten immer ums Überleben kämpfen und konnten von materiellem Reichtum nur träumen. Heute weiß ich, daß alle Güter dieser Welt einen nicht glücklich machen können. Ich richtete meine Fragen an die Ältesten der Kinas, aber sie zuckten nur die Achseln und zeigten auf die Fragezeichen um ihren Hals. Was ist das Geheimnis des Glücks?"

„Es gibt kein Geheimnis", kicherte Shamana. „Wenn man hinter etwas her ist, ist man immer angespannt. Glück ist nur die eine Hälfte; es geht immer mit seinem Gegenteil einher, mit Unglück. Wenn man sich für das eine entscheidet, hat man beides. Man kann nur über die Dualität hinausgehen, indem man sich zutiefst entspannt ... und keine Wahl mehr trifft."

„Das verstehe ich nicht", mußte Yhanti zugeben.

„Sehr gut!" Shamana legte Yhanti beruhigend seine Hand auf

die Schulter. „Versuche nicht, es zu verstehen. Entspanne dich einfach und *beobachte!* "

Am späten Nachmittag erschien Rudo am anderen Ende des Gartens. Er schaute weder Shamana noch Yhanti an, nicht einmal flüchtig, sondern widmete sich sofort der Vorbereitung des frischen Gemüses für das Abendessen. Daß seine Kletterfähigkeiten nicht das nötige Publikum gefunden hatten, schien ihm ganz offensichtlich nicht zu gefallen. Yhanti bemerkte nur dann ein Lächeln auf Rudos Lippen, wenn sich Shamana ihm zuwandte.

Der Mond trat gerade über die Gipfel der nächsten Bergkette, als Shamana Rudo zu sich rief. Yhanti war bezaubert von dem hell leuchtenden Ball am Himmel, den er zuvor immer nur stückweise in der tiefen Urwaldnacht gesehen hatte. Rudo wurde zum Turm geschickt und kehrte mit einem Bündel für Shamana zurück.

„Ich kann deine innere Welt nur indirekt ändern", wandte Shamana sich an Yhanti. „Sie wird sich ganz von allein wandeln, wenn sich dein Bewußtsein erweitert. Wie dem auch sei, ich würde dennoch gerne dein äußeres Erscheinungsbild ändern." Beim flackernden Licht des Feuers packte Shamana unter Yhantis gespannten Blicken eine purpurrote Robe aus. „Bitte, zieh sie an ... und hänge dir diese Kette um." Ein Fragezeichen aus Holz.

„Weshalb sollte ich das anziehen?" erwiderte Yhanti widerstrebend. „Man wird mich belächeln." Im Dorf der Kinas trugen die Männer Blau und die Frauen Gelb.

„Und genau das ist der Grund. Die Farbe schockiert, nicht wahr? Das wird dich jedesmal daran erinnern, daß du ein Suchender bist. Mit der Kette zeigst du der ganzen Welt, daß du nichts weißt. Niemand wird dich mit Fragen belästigen, denn man kann dir nun deine Suche ansehen. Wie bei allen anderen, die vor dir hier gewesen sind, muß ich darauf bestehen, daß du die Kette umbehältst, bis du die Wahrheit entdeckt hast, auch wenn du zum Dorf zurückkehrst."

Die Symbolik leuchtete Yhanti ein. Er zog die strahlendrote Robe an und legte die Kette um den Hals. Er wunderte sich ein wenig darüber, daß er eine rote Robe bekam statt einer weißen, wie Rudo sie trug, oder einer grünen, wie Shamana. Yhanti fiel auf, daß der alte Mann auch gar kein Fragezeichen am Hals trug.

„Wo bist du geboren?" fragte er und blickte ins Feuer.

„Hier", erwiderte der alte Mann.

„An diesem Ort? Meinst du, hier oben auf dem Berg?"

„Jedes Kind wird auf dem Gipfel geboren", sagte Shamana. „Nur die Wolken des Unwissens hindern es zu erkennen, wo es ist. Mit den allerbesten Absichten schleift die Gesellschaft es in die dunklen Täler, wo es den Blick für sein wahres Wesen, seine ursprüngliche Natur verliert. Glücklicherweise ist ihm das eine Aufforderung, den Weg zurück zu finden. Und erst

dann wird es die von der Sonne erleuchteten Gipfel sehen. Das Offensichtliche übersieht man am leichtesten."

„Weshalb erkenne ich es denn nicht? Ich habe diesen Berg bestiegen."

„Du schläfst", stellte der Meister fest.

„Was soll das nun wieder heißen?" fragte Yhanti irritiert.

„Das heißt, der Grund, weshalb du nicht weißt, wer du bist, liegt darin, daß du noch nicht hier angekommen bist. Dein Körper ist da, aber du erträumst dir eine Zukunft und sorgst dich um die Vergangenheit. Du orientierst dich nicht an diesem Moment." Shamana lachte erneut. „Das ist nicht böse gemeint. Aber es muß einem gesagt werden, denn es ist leichter zu erwachen, wenn einem das eigene Schnarchen bewußt ist. Wenn du bemerkst, daß du träumst, dann gib dir einen kräftigen Ruck, damit du deine Energie auf das Gegenwärtige richten lernst. Morgen früh beginnen wir mit deiner Transformation auf der ersten Ebene. Sieh zu, daß dir bewußt wird, daß du schläfst, wenn du heute nacht träumst." Der alte Mann schloß die Augen und wurde still. Das schien das Ende der Unterhaltung zu sein.

Neben Shamanas Mangobaum stand ein anderer Baum voller Avocados. Yhanti streckte sich auf dem weichen Moos darunter aus und ließ das Geschehen des Tages vor seinem inneren Auge vorbeiziehen. Der Vollmond hatte den Zenit erreicht, und sein Licht brach in immer neuen Mustern durch die Blätter und Früchte.

Was dieser eigenartige Alte wohl für Pläne mit mir hat? dachte er. Er schloß die Augen und versuchte sich auszumalen, was mit einer Transformation der ersten Ebene gemeint sein könnte. Wie kann man sich nur des Träumens bewußt sein? Während er noch darüber nachsann, hörte er ein fernes Trommeln. Yhanti setzte sich aufrecht hin. Der alte Mann war verschwunden!

Der Rhythmus schien vom Turm zu kommen. Der Mond schien so hell, daß er den Pfad dorthin ohne Schwierigkeiten fand, und vorsichtig näherte er sich der Quelle des Lärms. Die Wiese war von vielen Feuerstellen hell erleuchtet, und um sie herum sprangen Tänzer und drehten sich zu fröhlicher Musik im Kreis. Yhanti begann ganz automatisch, sich im Takt zu bewegen, und summte vor sich hin; er liebte solche Musik. Schon bald tanzte auch er voller Hingabe im Kreis.

Seine Blicke erkannten auf einmal zwei wohlbekannte Gesichter jenseits der Flammen. Prad und Mia, seine früheren Besitzer, spielten zusammen mit den Musikern! Zu spät; sie hatten ihn bereits gesehen und kamen zu ihm herüber. „Schau mal einer an, unser Sohn!" riefen sie. Soweit Yhanti sich erinnern konnte, war das ein Wort, welches man auf männliche Sklaven anwandte.

„Ich ... dachte, ihr seid ertrunken", sagte der Junge; die Enttäuschung war ihm anzusehen.

„Ertrunken?" lachte Prad. „Wir sind hergekommen, um dich

wieder mit zu den Humas zu nehmen. Es ist an der Zeit, unsere Sitten und Gebräuche zu lernen und selber eine Familie zu gründen."

„Ich will nichts mit eurer Tradition zu tun haben", Yhanti wich zurück. „Ich bin hierhergekommen, etwas über das Leben und die Wahrheit zu lernen und mich selbst zu erkennen. Ich kann jetzt nicht von hier fortgehen..."

„Keine Widerrede!" befahl Prad. „Du wirst dich an unsere Sitten gewöhnen müssen und an unseren Glauben."

Glauben? In Yhantis Ohren klang dieses Wort lächerlich: Wieso an etwas glauben, wenn jeder vernünftige Mensch sehen konnte, was richtig und was falsch war? Er konnte seine eigene Intelligenz nicht verleugnen. Er hatte keine andere Wahl als die Flucht. Er spurtete regelrecht in Shamanas Arme. Die Augen des alten Mannes glühten wie heiße Kohlen im Feuer.

„Hilf mir!" bat Yhanti. „Sie wollen mich wieder in Besitz nehmen."

Aus dem Nichts zauberte Shamana ein goldenes Schwert hervor und bot es dem Jungen an. „Bring sie um", schlug er vor.

„Was soll das heißen? Ich kann niemanden umbringen!" Yhanti drängte an Shamana vorbei und rannte den Hügel hinunter in den Garten. Ein kurzer Blick über seine Schulter reichte, um die Meute zu sehen, die ihn verfolgte. Sie schwenkten Waffen über dem Kopf. Ohne zu verschnaufen, kletterte Yhanti den Avocadobaum hinauf und hielt sich mäuschenstill.

Furchterstarrt sah er, wie die Verfolgerschar jedes Gebüsch nach ihm durchsuchte. Sie besprachen, welche fürchterliche Strafe ihm blühen würde, sollten sie ihn finden. „Er muß Disziplin lernen“, forderte Prad. „Die Kinas haben ihn total verzogen!“

Ohne Vorwarnung brach der Ast, auf dem Yhanti saß. Verzweifelt versuchte er, einen Halt zu finden, da sausten zwei Kokosnüsse durchs Geäst abwärts und fielen geradewegs vor die Füße seiner Verfolger. Moment mal, dachte Yhanti. Wie kommen Kokosnüsse in Avocadobäume? Ich träume ja!

Im Vertrauen auf seine Entdeckung ließ er seinen Halt fahren und schwebte federleicht zwischen den Ästen hindurch zu Boden und hinein in seinen Körper. Er setzte sich schnell aufrecht hin; er war schweißgebadet. Der Mond beendete gerade seine Reise über den Himmel, und am östlichen Horizont zeichnete sich der kommende neue Tag ab. Im Zwielicht konnte Yhanti Shamanas Augen ausmachen, die aus dem Schatten des Mangobaumes auf ihn gerichtet waren, und das Blitzen der Zähne enthüllte ihm sein Lächeln in der Dunkelheit.

DIE ERSTE EBENE:

UNYA

„Vertrödel nicht die Zeit des Meisters!“ hörte Yhanti Rudo rufen. Die Sonne war auf ihrer täglichen Reise durch den Himmel schon weit vorangekommen, und Yhanti erkannte, daß er offensichtlich wieder eingeschlafen war. Vor ihm stand ein mit rotem Samt gesatteltes Pferd. Rudo blickte von einem makellosen weißen Hengst auf ihn herab. Shamana saß unter seinem Baum.

„Werden wir ohne dich reiten?“

„Nein“, antwortete der Alte. „Zum ersten Mal seit etwa zehn Jahren werde ich wieder einmal reiten.“

„Seit zehn Jahren?“ fragte Yhanti skeptisch, während er seine Sandalen anzog. „Hast du dich zehn Jahre lang gezwungen, unter dem Baum sitzen zu bleiben?“

„Nicht gezwungen“, lachte Shamana und stieg auf sein kleines graues Pferd in den gefütterten grünen Sattel. „Ich habe einfach kein Bedürfnis, irgendwohin zu gehen. Ich bin nun einmal immer *hier*. Vor zehn Jahren ist Rudo gekommen, und ich beschloß, auch mit ihm einen Ausritt zu machen. Ich lebe hier bereits dreißig Jahre ... glaube ich wenigstens.“

Das Tageslicht enthüllte Yhanti einen riesigen See im nächstgelegenen Tal im Westen. „Darf ich dich etwas über meinen Traum fragen?“ wollte Yhanti wissen, als sie alle im Sattel saßen und den Abstieg begannen.

„Aber gewiß.“

„Weißt du, was ich geträumt habe?“

„Keine Ahnung. Träume sind Trugbilder des Verstandes; mithin eine ziemlich private Angelegenheit.“ Der Abhang wurde steiler. „Ich mische mich niemals in die Angelegenheiten anderer ein. Ähnlich wie man seinem Pferd freien Lauf lassen muß, wenn man abwärts reitet, da es sonst einen Fehltritt machen könnte, überlasse ich dich deiner eigenen Entfaltung. Ich trage selbst keine Last und weigere mich, dir mehr zu tragen zu geben, als du bereits auf dich genommen hast.“

„Ich habe geträumt, daß meine früheren Besitzer gekommen sind, um mich mitzunehmen. Du kamst mit einem Schwert und sagtest mir, ich solle sie umbringen.“

„Und, hast du es getan?“ Shamana zügelte, ganz Ohr, sein Pferd.

„Nein, ich wußte auch noch nicht, daß es sich um einen Traum handelte. Hat er eine besondere Bedeutung?“

„Bedeutungen werden vom Verstand gegeben und sind nichts als seine Art, sich wichtig zu machen. Alles *ist*, mehr nicht! Dein Verstand will das Unerkennbare erklären. Die meisten Träume sind Botschaften des Unbewußten. Es ist nicht notwendig, deine Eltern wirklich zu töten. Du mußt ihre Persönlichkeiten ablegen, denn die hast du übernommen, und das hat dazu geführt, daß du vergessen hast, wer du in Wirklichkeit bist."

Rudo führte sie über eine große flache Weide an einen Teich. Sie tranken alle ein wenig und wuschen sich. „Hier werden wir unser Lager aufschlagen", beschloß Shamana, denn es war flach genug, und es gab ausreichend Holz, um ein Feuer zu machen. Rudo blieb zurück, um die Lagerstätte zu bereiten, während Shamana mit dem jungen Mann in einen Ort namens Unya ritt. „Ich werde dich in den Ort begleiten, aber du wirst den Leuten aus eigener Kraft entgegentreten müssen."

Eine Stunde später ritten sie durch die Hauptstraße. Es war ein schmutziges kleines Dorf, und die meisten Häuser hätten einen Eimer Farbe gebrauchen können. Einige wenige Bewohner kamen auf die Straße und schauten die Fremden neugierig an, hielten jedoch Distanz. Shamana machte vor einem Geschäft halt, über dem mit großen Buchstaben das Wort *HIMMELSPFORTE* geschrieben stand. Sie stiegen ab und banden die Pferde an einen morschen Pfahl. Ein hagerer Mann mit ausdruckslosem Gesicht trat aus dem Geschäft.

Er deutete mit dem Finger auf Yhantis Fragezeichen und sagte: „Die sieht man hier nicht oft. Tretet ein, dann wird man sehen, ob euch geholfen werden kann."

Der kleine Raum quoll über von Büchern, Kerzen, Weihrauch und Kleidungsstücken. Shamana ließ sich in einen Stuhl am Eingang fallen, von wo aus er, ohne in das Geschehen einzugreifen, zuschauen konnte. Yhanti bemerkte eine Menge Gesichter, die neugierig durch die Fenster schauten.

„Wir haben jemandem wie dir eine Menge zu bieten", begann der Verkäufer das Gespräch.

„Was meinst du mit ‚jemandem wie mir'?" fragte der Junge.

„Du bist unwissend", entgegnete messerscharf der Geschäftsmann. „Du trägst das Zeichen des Fragenden. Wir unsererseits haben alle Antworten. Wähle ein Buch aus, und wir werden sehen, ob es das richtige für dich ist. Wenn du das Buch, das dir gefällt, gefunden hast, laufen wir zur dazugehörigen Kirche und lassen dich eintragen."

„Ich lasse mich nirgendwo eintragen", widersprach Yhanti. „Ich bin hier, um die Wahrheit zu finden. Kann ich sie in einem dieser Bücher finden?"

„In jedem Buch, das du dir nimmst!" Der Mann wurde ganz aufgeregt. „Du entscheidest dich für die Wahrheit, die du willst, und die entsprechende Kirche wird sie dir offiziell zuerkennen. Mach dir keine Sorgen, die falsche Wahrheit zu erwischen, denn bei uns ist es nicht schwer, den Glauben zu wechseln."

Yhanti schaute sich kurz nach seinem Begleiter um. Shamana strahlte amüsiert, aber gab nicht zu erkennen, was er selbst vorziehen würde. Yhanti hob ein Buch auf, blies den Staub vom Deckel und las den Titel DIE WAHRHEIT: ZWEITE ÜBERARBEI-

TETE AUFLAGE. Shamana stand auf, bezahlte den Mann, und sie gingen hinaus.

Eine Menschenansammlung wartete draußen darauf, zu sehen, für welches Buch sich Yhanti entschieden hatte. Ein Mann trat freudig hervor. „Du hast die wahre Religion erkannt“, rief er. „Dies Buch enthält die einzig wirkliche Wahrheit. Es ist das Buch der *Guacamoleaner*! Du mußt heute abend in unseren Gottesdienst kommen. Wir werden dich einweihen und dir das heilige Handeln beibringen.“

„Nein, vielen Dank“, entgegnete Yhanti und blieb stehen. „Ich werde es einfach lesen und sehen, was ich davon halte.“

„Nein, nein“, der Mann schüttelte den Kopf. „Du kannst es nicht lesen. Es ist in Gottes Sprache geschrieben. Wir werden dir seine Bedeutung erklären müssen.“ Yhanti schlug das Buch in der Mitte auf. Die Schrift schien eine Art Hieroglyphen zu sein und war von Hand geschrieben.

„Das ist verrückt“, rief er aus. „Dann ist das Buch wertlos.“ Er reichte es dem Mann.

„Wertlos?“ Der Mann verfärbte sich. „Es ist das Herz und die Seele der guacamoleanischen Tradition! Verleugnest du das Blut unseres Herrn Moxli?“

„Blut?“ wunderte sich Yhanti lauthals. „Seid ihr Kannibalen?“

„Gesegnet sei Hokum!“ rief eine Frau und trat aus der Ansammlung nach vorn. Ihr Haar war unter einem schwarzen

Schal verborgen, und ihr langes weißes Kleid schleifte beim Gehen über den Boden. „Dieser Junge hat sich von euren üblen Verleumdungen nicht täuschen lassen. Komm, mein mutiger Sohn, ich werde dich zum Tempel Hokums begleiten, des einzig wahren Gottes."

„Ihr werdet mir mein Unwissen, was eure Sprache betrifft, vergeben müssen", versuchte Yhanti zu erklären, „aber ich bin nicht euer Sohn und habe keine Ahnung, wer dieser Typ mit Namen Gott ist."

Die Menge redete hektisch auf ihn ein, und jeder versuchte gleichzeitig, ihm den eigenen Glauben zu erklären. Es war ein heilloses Durcheinander, aber die Frau mahnte ihre Dorfgenossen zur Stille und verschaffte sich wieder Gehör. „Gott ist unser aller Vater. Er hat alles erschaffen."

Yhantis Stirn legte sich in Falten, als er das hörte. „Er hat alles erschaffen?"

„Aber sicher! Nichts kann existieren, ohne erschaffen worden zu sein."

„Wenn das stimmt, wer hat dann diesen Gott erschaffen?"

Totenstille folgte auf seine Frage. Die meisten schauten sich gegenseitig verständnislos an, während einige in ihren Büchern auf der Suche nach einer Erklärung blätterten. „Er war schon immer da", erwiderte die Frau schließlich gefaßt. „Wenn wir an ihn glauben, werden wir in den Himmel kommen."

„Na gut", stimmte Yhanti ihr zu. „Laß uns in den Himmel

gehen und mit diesem Typen sprechen. Ich glaube, er hält euch alle zum Narren."

„Da können wir jetzt nicht hin, sondern erst nachdem wir gestorben sind."

Yhanti brach in Gelächter aus. „Du machst Witze. Wie kannst du wissen, was nach dem Tode geschieht?"

„Das steht alles ganz genau in unserem Buch. Siehst du: *Seid treu und folget Meinen segensreichen Befehlen, die Ich euch erteilet habe, und ihr werdet die Freuden meines Himmels ernten...* Wenn wir Seinen Befehlen nicht folgen, werden wir an einem Ort ewigen Jammerns und Zähneklapperns landen, der Hölle genannt wird."

„Was sind die Befehle, denen ihr gehorcht?"

Wieder war keiner mehr zu verstehen, denn erneut redeten sie alle wirr durcheinander. Die Frau schrie und herrschte die anderen so lange an, bis sie die Ordnung wiederhergestellt hatte. „Unsere Hauptregel ist die Liebe und daß wir niemals zornig werden."

„Dann kannst du abtreten!" Ein Mann mit schwarzer Krawatte trat aus der Menge. „Gerade eben warst du zornig auf uns. Ab in die Hölle mit dir!" Er wendete sich Yhanti zu. „Unsere größte Sünde ist es zu tanzen." Er blickte Yhanti vorwurfsvoll an. „Du bist kein Sünder, oder? Wir wissen, daß Frauen zum schwachen Geschlecht gehören und dieser Sünde weitaus leichter verfallen. Deshalb bewahren wir sie vor einer Missetat mit Knieketten. Wir entfernen die Schlösser nur für die heiligen Rituale der Vereinigung des Fleisches, daher kommen all unsere Frauen in den Himmel."

„Weshalb sollte irgend jemand solch eine Qual leiden wollen, nur um in den Himmel zu kommen?" fragte Yhanti. „Was ist am Himmel so besonders?"

„Es ist der wunderbarste Ort, den man sich nur vorstellen kann!" rief der Mann und erhob den Blick verzückt gen Himmel. „Es ist ein Ort der Feste. Dort gibt es jede Menge hübscher Mädchen, und es wird andauernd getanzt!"

Yhanti rannte Shamana hinterher, der gerade in einem Restaurant verschwand. Sie setzten sich an einen Tisch im hinteren Teil, damit sie ungestört reden konnten.

„Nun?" Shamana grinste und wartete auf Yhantis Bericht.

„Es war eigenartig", gab Yhanti zu. „Sie meinten, ein Kerl namens Gott sei ihrer aller Vater. Wahrscheinlich führt Inzest immer zu Entwicklungsstörungen."

Shamana lachte tief aus seinem Bauch. „Was schlägst du nun also vor?"

„Ich will diesen Gott besuchen und den Kerl entlarven. Er hält sie alle zum Narren."

„Warte damit, bis wir gegessen haben", gluckste Shamana vergnüglich. „Dann besuchen wir ihn und reden weiter."

„Abgemacht", stimmte Yhanti zu. „Warum haben die Leute hier Bücher in all diesen eigenartigen Sprachen? Sie scheinen ansonsten doch eine allgemein verständliche Sprache zu sprechen."

„Jede Familie hat ein eigenes Buch. Sie sind in erfundenen Sprachen geschrieben, damit nur die eine Familie es auslegen kann. Seit Jahrhunderten werden diese Bücher von Generation auf Generation vererbt, ohne daß irgendeiner sie hinterfragt."

„Warum trägt niemand von ihnen ein Fragezeichen am Hals? Kommt denn keiner von ihnen dich besuchen?"

Shamana seufzte. „Ihnen ist seit Geburt beigebracht worden, an die Überlieferungen ihrer Familie zu glauben. Sie sind überzeugt, die Wahrheit sei ein Gut, das man jemand anderem weitergeben kann. Du kamst auf deiner Suche zu mir, weil du selbst interessiert genug warst, Fragen zu stellen."

„Das ist ungerecht. Wollen sie denn nicht, daß ihre Kinder ihre eigene Wahrheit suchen und entdecken?"

„Nun ja, das, was sie haben, nennt sich Religion. Religion bedeutet: wieder zusammenbringen." Sie mußten beide lachen.

Plötzlich wurden ihnen Teller vorgesetzt. Darauf lag ein dampfendes, schwarzes, längliches Gericht mit Salat garniert. „Was ist das?" fragte Yhanti. „Wir haben noch nicht bestellt. Wir haben noch nicht einmal die Speisekarte gesehen."

„Vorsicht!" warnte der Kellner sie. „Ihr habt das Restaurant des Bischofs betreten. Es ist Freitag, der Tag der Schlange. Es gibt heute somit nichts anderes als Schlange."

Yhanti war entsetzt. Die Kinas zwangen nie jemanden,

Fleisch zu essen, und er hatte nicht das Gefühl, jetzt damit anfangen zu wollen. „Ich hätte gerne ein Glas Wasser", bat er den Kellner.

Ein schriller monotoner Gesang weckte Yhantis Aufmerksamkeit. Umherschauend entdeckte er die Quelle: Ein Mann im Rollstuhl fuhr langsam in dem Raum herum. „Was ist mit ihm los?" fragte Yhanti Shamana. „Ich habe noch nie solch ein trauriges Lied gehört. Hat er seine Beine verloren?"

„Mich brauchst du nicht zu fragen. Ich bin nur ein ziemlich unschuldiger Zuschauer", lautete seine schlichte Antwort.

Yhanti wartete eine Pause in dem Jammergesang ab, bevor er sich dem Fremden näherte. Der kleine runde Mann schaute aus seinem Gefährt auf, schockiert, daß jemand ihn ansprach.

„Nie zuvor habe ich solch einen Gesang gehört", sagte Yhanti.

„Vielen Dank!" sagte der Mann lächelnd.

„Du hast mein Herz berührt, und ich leide mit dir. Ich habe noch niemanden getroffen, den ich so sehr habe leiden sehen. Wir haben Doktoren im Dorf der Kinas, die dir sicherlich helfen können. Darf ich dich dorthin bringen?"

Das Gesicht des Mannes verdüsterte sich. „Schmerzen, Leiden? Ich bin Sänger der heiligen Gesänge des Bischofs und bringe die gute Botschaft. Dies sind Freudenlieder, mit denen wir Gott für alles danken, was er uns gegeben hat."

„Gott!" rief Yhanti begeistert. „Genau den suchen wir. Weißt du, wo ich ihn finden kann?"

„Aber natürlich“, versicherte ihm der Mann und grinste breit. „Das ist der ganze Zweck meines Gesanges! Ich bin ein Botschafter Gottes. Meine Mission ist es, verlorene Schafe wieder zurück in ihren Stall zu führen. Ihr seid der erste seit Jahren, der diese Botschaft verstanden hat. Ihr seid herzlich eingeladen, den Bischof zu treffen. Er kennt Gott persönlich!“

„Ausgezeichnet!“ Yhanti nahm die Einladung an. „Aber wovon handelte dein Lied?“

„Es steht mir nicht zu, das zu erklären. Kommt mit zum Haus des Bischofs, dort oben auf dem Hügel“, sagte er. „Wir können Euch dort alles über den Stuhl auf Rollen und das Hängeritual erklären. Seht Ihr das?“ Er hielt einen Strick hoch, der seinen Hals umschlang; er war wie ein Galgenstrick geknotet. „Wir können Euch diese Schlinge geben, statt Eures Fragezeichens. Es ist die Schlinge des Heils!“

„Bis später“, versprach Yhanti und kehrte an seinen Platz zurück. „Ich habe jemanden gefunden, der Gott persönlich kennt“, verkündete er stolz. Shamana lächelte und stand auf. Sie verabschiedeten sich von Yhantis neuem Freund, der gerade seinen Rollstuhl zusammenfaltete und ihn zur Hintertür hinaustrug. „Er kann laufen!“ rief Yhanti verwundert aus.

Die Sonne schien ihnen gnadenlos aufs Haupt, als die beiden Freunde die lange Treppe zum Haus des Bischofs hinaufstiegen. Yhanti drehte sich mehrmals um, denn er wollte sichergehen, daß sein Begleiter auch mitkam. Bewundernd stellte er fest, daß der alte Mann nicht einmal schnaufte. Das Bischofshaus sah einer Burg ähnlich, es war aus riesigen Quadern gebaut und hatte eine Tür, die mindestens fünf Meter hoch war.

Ein Schild an der Tür verkündete: *GOTTES HAUS: HANDELE HEILIG*. Die Eingangshalle führte zu einem Versammlungsraum, aus dem ein disharmonischer Stimmenwirrwarr erscholl. Als sie eintraten, sahen sie einen Raum voller Rollstühle, die alle in Richtung Bühne standen. Über einem Podium auf der Bühne hing ein Mann umgekehrt an einem Strick, der eine Schlinge um eines seiner Fußgelenke bildete.

„Ein gesegnetes Willkommen", rief der hängende Mann. „Seid ihr gekommen, meine Zeugen zu sein, liebe Kinder?"

„Seid Ihr der Bischof?"

„Habt Ihr jemals jemand anderen so hängen sehen wie mich?" Yhanti schüttelte den Kopf. „Ich bin es! Nur einen Moment noch, und ich werde mich auf Euer Niveau herablassen." Der Bischof winkte einem seiner Helfer zu, ihn herunterzulassen. Er setzte sich pompös in einen goldenen Rollstuhl und gebot dem Singsang Einhalt.

„Was wünscht Ihr? Sucht Ihr den Himmel?"

„Nicht im Moment, nein", antwortete Yhanti, der sich entsann, daß man dazu zuerst sterben mußte. „Ich bin gekommen, um Gott zu treffen."

„Gott segne Euch!" nickte der Bischof. „Ihr könnt ihm durch mich begegnen. Ich bin sein persönlicher Vertreter auf Erden."

„Nein, Ihr versteht mich nicht", wandte Yhanti ein. „Ich möchte ihn persönlich treffen. Die Dorfbewohner sind voller Geschichten über ihn. Sie meinen, er sei ihr Vater und er hätte sogar Befehle und Strafen für Leute, die sich gegen ihn erheben. Nein, ich muß schon selber mit diesem Strolch reden!"

„GOTTESLÄSTERUNG!" brüllte der Bischof. „Gott ist unsichtbar. Nur wer ein reines Herz hat, kann ihn sehen. Er sprach mit meinem Großvater Masso, der all seine Wünsche in einem Buch aufgeschrieben hat." Er zeigte ihnen ein kleines schwarzes Büchlein mit einer goldenen Schlinge auf dem Umschlag.

Yhanti nahm das Buch und öffnete es. „Habt ihr eure eigenartigen Rituale alle aus diesem Buch? Ihr seid noch nicht mal alt und sitzt schon in Rollstühlen. Hat Gott euch befohlen, euch umgekehrt aufzuhängen wie Fledermäuse?"

„Fledermäuse?" donnerte der Bischof. „Indem wir uns umgekehrt aufhängen, zeigen wir Gott unsere Hingabe an ihn. Laufen ist eine Sünde, und ich kann es beweisen. Es steht alles hier in diesem heiligen Buch!"

Yhanti ließ das Buch auf den Boden fallen und lief hinaus. Hinter ihm konnte man zusammenstoßende Rollstühle hören und das hysterische Schreien des Bischofs: „Ihr werdet in der Hölle braten! Gott wird euch strafen!!"

„Irrsinnige", sagte Yhanti, als er mit Shamana die Treppen hinunterstieg. „Wenn sie Masso in allem nacheifern, haben sie Glück, daß er kein Epileptiker war. Wie können sie ihre Lehre auf die Gesetze eines unsichtbaren Diktators gründen?"

„Gruselig, nicht wahr?"

„Warum hängen sie sich auf und weigern sich zu laufen?"

„Ich habe gehört, daß Masso schon recht alt gewesen ist, als er sein Buch geschrieben hat, so um die Achtzig. Er war auf einen Rollstuhl angewiesen. In der gesamten Geschichte haben Krüppel immer wieder versucht, ihre Gebrechen als etwas Besonderes darzustellen.

Masso muß große Schmerzen gelitten haben, und sich kopfüber aufzuhängen war seine Art, Bereitschaft zur Askese zu zeigen. All seine Jünger tragen die Schlinge um den Hals, weil sie wissen, daß sie solch eine Marter nicht ertragen kön-

nen. Deshalb bewundern sie den Bischof, weil er es dennoch tut."

„Aber er hängt mit dem Kopf nach unten. Warum tragen sie die Schlinge um den Hals?"

„Scheinbar war der alte Masso ein wenig senil. Eines Morgens wußte er nicht mehr, welche Richtung kopfüber war, weil er sich schon so daran gewöhnt hatte ... nun verehren sie die goldene Schlinge als Symbol seiner Himmelfahrt."

„Ich glaube, ich habe genug von diesem Ort", sagte Yhanti; als sie die Pferde erreichten. „Ich bin froh, daß ich bei den Kinas aufgewachsen bin und nicht bei diesen Idioten. Reiten wir los?"

„Schneller als die Schlange am Freitag!"

VERGANGEN IST VERGANGEN

Bei ihrer Rückkehr erwartete Rudo sie mit einem Festmahl. Nachdem sie in Stille gegessen hatten, bat Shamana Yhanti, sich zu ihm zu setzen. Rudo räumte auf und brummte etwas in seinen Bart.

Yhanti fiel auf, daß etwas in seinem Herzen lebendig wurde, sowie er in Shamanas Nähe saß. Es ähnelte dem freudigen Gefühl, das ihn immer überkam, wenn das Kinamädchen Luneau, das er seit frühster Jugend kannte, anschaute. Dennoch gab es einen Unterschied: In der Gegenwart dieses Mannes empfand er ein Brennen im Herzen, eine Wärme, die er nicht in Worte fassen konnte.

Shamana betrachtete ihn eine Weile in vollkommener Stille. Schließlich sprach er: „Ich werde dir einige Dinge erklären, Yhantishor, aber ich muß dich gleichzeitig warnen, dir nicht den Kopf darüber zu zerbrechen; denk nicht zuviel darüber nach. Worüber ich jetzt mit dir reden werde, ist bereits vor langer Zeit geschehen, und ich erzähle es dir auch nur, damit du begreifst, wo wir heute stehen.

Damals gab es überall in der Welt große Zivilisationen. Sind dir die alten Bauten im Urwald schon einmal aufgefallen?"

„Allerdings“, erwiderte Yhanti. „Als ich noch bei den Humas lebte, waren wir andauernd unterwegs und kamen bisweilen durch ganze Städte, die der Urwald inzwischen zurückerobert hat. Wir haben sie nie erforscht aus Angst vor den Tieren, die jetzt dort leben.“

„Die Welt in jenen Tagen war unter Tausenden unterschiedlicher Stämme aufgeteilt, die Nationen genannt wurden“, fuhr der alte Mann fort. „Sie hatten ihre Technologien weit entwickelt, aber ihre Ideologien waren primitiv. In ihrer Gier wollten sie einfach alles haben, deshalb umzäunten sie das Land, nahmen einander in sogenannter Ehe in Besitz und hielten die Massen unter Kontrolle durch den Glauben an einen Gott, der das Tun und Lassen jedes einzelnen überwachte.“

„Der unsichtbare Diktator“, entsann Yhanti sich.

„Die Nationen waren wieder in kleinere Einheiten aufgeteilt, die sich Staaten nannten“, fuhr Shamana fort, „und jeder einzelne Staat war noch einmal nach Religionen und Rassen unterteilt.“

„Was sind Rassen?“

„Damals gab es noch viele Hautfarben. Manche Menschen waren sehr dunkelhäutig, andere sehr hellhäutig. Es entwickelte sich ein Gruppengeist, und jede Gruppe gab einer anderen von anderer Hautfarbe oder Religion die Schuld dafür, wenn sie Probleme hatten.“

„Hört sich beinahe wie Unya an.“

„Als die Nationen immer größer wurden und die Bevölkerung immer dichter, glaubten sie, Gründe dafür zu haben, Krieg gegeneinander führen zu müssen, anstatt zum Beispiel ihre Geburtenrate unter Kontrolle zu bringen. Einige dieser Nationen hatten Nuklearwaffen erfunden, mit denen Fanatiker die ganze Welt zu zerstören drohten."

„Wie hat der Planet das überlebt?" fragte der Junge.

„Gerade diese Gefahr völliger Zerstörung veranlaßte viele Menschen, ihre Prioritäten zu überprüfen. Alternativen zum sozialen Wahnsinn wurden entwickelt und hatten insgesamt eine Schockwirkung auf die etablierten Gesellschaften. Die Allermächtigsten jedoch bauten einfach Bunker für sich und ihre Familien tief unter der Erde. Es gab aber auch viele andere, die sich zu den Erwachten hingezogen fühlten, die gekommen waren, um ihre Erfahrung des ewigen Lebens kundzutun. Sie forderten alle Menschen auf, ihre alten Denkgewohnheiten fallenzulassen und die Welt mit vorurteilslosen Augen zu betrachten."

„War es den Erwachten möglich, auch mit Leuten zu sprechen, wie wir sie heute getroffen haben?" wollte Yhanti wissen.

„Leider nur mit einigen wenigen", gab Shamana zu. „Aber die Menschen, die einen wahren Meister gefunden hatten, empfanden so viel Liebe, daß sie dadurch nicht nur jegliche Motivation zu kämpfen verloren, sondern sie machten deshalb auch keinen Versuch mehr, die Welt zu ändern. Statt dessen war ihre

Antwort auf die herrschenden Gesellschaften der Aufbau von echten Alternativen. Eine davon ist die der heutigen Kinas. Dieser Stamm förderte die Vermischung der verschiedenen Hautfarben, die Leute entledigten sich all ihrer vorgefaßten Ideen über Kultur und Gesellschaft, und letztendlich zogen sie alle hierher mit einem Meister namens Rakina."

„Aber der große Krieg fand trotzdem statt, nicht wahr?" warf Yhanti ein. „Hat der nicht all diese Zivilisationen zerstört?"

Seufzend lehnte Shamana sich zurück. „Sogar schon vor dem Krieg gab es jede Menge Probleme. Industrien schleuderten Millionen Tonnen Gift in die Luft, man konnte das Wasser kaum noch trinken, die Atmosphäre wurde durchlässig für gefährliche Strahlung aus dem Weltall, und mit dem Anstieg der Temperatur schmolz ein Großteil der Polkappen. Die Religionen behaupteten, das ganze Elend würde mit dem eigenen Tod ein Ende haben, und deshalb hinterfragte die Mehrzahl der Menschen die Katastrophe nicht, die sie auf der Erde verursachten."

„Weshalb verhielten die Leute sich denn so abscheulich?"

„Die natürlichen, lebenserhaltenden Triebe wurden unterdrückt. Sex und sogar die Liebe wurden als minderwertig gebrandmarkt, und die sexuelle Energie wurde qualvoll verzerrt. Männer wandten sich zu Männern und Frauen zu Frauen. Die Liebe ging unter in einer Springflut oberflächlicher Gefühle, und eine fürchterliche Seuche grassierte in allen Ländern. Die

Krankheit ließ den Körper schnell altern, und er hatte nicht mal mehr gegen kleinste Krankheiten eine Abwehr. Die Menschheit verlor den Lebenswillen."

„Und der Krieg?" drängte Yhanti.

Shamana lachte. „Du hast nicht sonderlich viel Geduld."

„Weil darüber bisher noch niemand mit mir geredet hat."

„Die Seuche hatte die Weltbevölkerung so schnell dezimiert, daß der Zerstörungskrieg dadurch nahezu verhindert worden wäre. Einer der Erwachten hatte die Intelligenz der Welt aufgerufen, sich zusammenzutun und sich zu erklären. Viele kreative Menschen eigneten sich so ihre Macht wieder an, die sie an neurotische Führer, die man Politiker nannte, abgegeben hatten. Künstler, Tänzer, Dichter und sogar Wissenschaftler bäumten sich gegen den Wahnsinn auf. Es war an und für sich ein ziemlich kleiner Krieg, wenn man das von einem Atomkrieg sagen kann, aber er tötete dennoch die Hälfte der Weltbevölkerung. Die meisten Überlebenden befanden sich in den Urwäldern der südlichen Halbkugel, hier also."

„Sind die Unyas aus dem Krieg hervorgegangen?"

„Hervorgegangen? Sie haben ihn verursacht. Wenn sie heutzutage die entsprechende Technologie hätten, würden die Unyas das ganze Theater wahrscheinlich noch mal veranstalten. Die Kinas waren die ersten, die Technologie kreativ genutzt haben. Ich werde dich Schritt für Schritt, während du stets bewußter wirst, damit vertraut machen."

„Wo kamen die Humas her?“ rätselte Yhanti.

„Wen interessiert das schon?“ sagte Shamana und zuckte die Achseln. „Was ich dir gerade erzählt habe, geschah vor Hunderten von Jahren. Ich möchte dir nicht noch mehr Aufkleber geben, mit denen du deine Vorstellungen von dir selbst etikettieren kannst. Laß die Vergangenheit sterben!“

Yhanti konnte nicht nur Shamanas Worte hören, er konnte ihre Wahrheit spüren. Dieser Augenblick! Die Sonne tief am Horizont warf lange Schatten, die im schwankenden Gras spielten. Rudo zündete ein Feuer an. Jedes Geräusch war eine Mahnung, gegenwärtig zu sein: das tiefe Summen des Lasers, der das Feuer entfachte, das Knistern neugeborener Flammen, die hungrig das trockene Gras und kleine Zweige leckten.

Der Abend wurde zur Nacht, und Yhanti bemerkte, wie sehr er Rudo anstarrte. Wer war dieser Mann ganz in Weiß, der für Shamana sorgte und der ihn in die Irre führen wollte, als er ankam? Shamana, der Yhantis Verwirrung bemerkte, bat Rudo, größere Holzstücke sammeln zu gehen.

Als Rudo im Dunkel verschwunden war, fragte Shamana den Jungen: „Interessiert Rudo dich?“

„Er ist mir ein Rätsel. Was macht er eigentlich hier?“

„Ich werde dir alles, was du wissen willst, unter einer Bedingung beantworten: daß du mich niemals mehr über die Vergangenheit befragst. Du bekommst genau soviel Information, wie du brauchst; warte einfach ab, daß ich sie dir gebe.“

Yhanti erklärte sich einverstanden.

„Rudo kam vor ungefähr zehn Jahren zu mir. Er hatte ein Jahr bei den Kinas verbracht und ihre große Bewunderung für mich bemerkt. Sein Motiv herzukommen war gewiß, daß er selbst genauso bewundert werden wollte. Seine Ambition, Menschen zu führen, ist nichts anderes als das Anliegen, heilig zu sein und respektiert zu werden."

„Weshalb trägt er immer Weiß?"

„Es paßt zu seinem Selbstbild. Er denkt, er sei ein äußerst spiritueller Mensch. Ich vermute, er hat die Hoffnung, mein Nachfolger zu werden, wenn ich sterbe."

„Ist das möglich? Kannst du deinen Nachfolger ernennen?"

„Das ist ein Sache des Bewußtseins, nicht des Verdienstes. Er kann nicht so werden wie ich. Niemand kann dazu ernannt werden, ein Erwachter zu sein, sondern man muß einfach aus dem Winterschlaf erwachen."

„Weshalb schläft er noch, wenn er bereits so lange Zeit bei dir ist?"

„Er liebt nun einmal seine Träume", grinste Shamana. „Zeit ist nicht von Bedeutung. Das Erwachen kann sich jederzeit ereignen. Er jedoch ist trunken vor Gier nach Macht und Prestige und hat bereits vor langer Zeit vergessen, weshalb er eigentlich hergekommen ist."

„Kannst du ihn denn nicht ein wenig aufrütteln? Kann, wer wach ist, nicht den Schlaf der anderen stören?"

„Damit würde ich seine Freiheit beeinträchtigen. Ich bin an sich bereits eine Störung, weil ich bin, wie ich bin. Was Rudo tut, ist Rudos Sache.“ Shamana beugte sich vor, so daß Yhanti sein Gesicht im Feuerschein sehen konnte.

„Was denkst du, weshalb kommen nur so wenige Menschen her? Weil sie wissen, daß ich sie wecken kann. Und in Wirklichkeit tue ich überhaupt nichts. Es liegt an dir, ob mein Feuer dich entflammt oder nicht. Außerdem“, der Meister zwinkerte, „bereitet Rudo das beste Essen, das ich je gegessen habe.“

MYSTICA

Yhanti betrachtete den wolkenlosen Morgenhimmel. Auf einem Baum in der Nähe kreischte ein Papagei. Er hatte geträumt, und das einzige Bild, an das er sich erinnern konnte, war das Kinamädchen Luneau. Es ärgerte ihn, daß ihm die Details entfallen waren. Rudo zäumte Shamanas Pferd für die Abenteuer, die der neue Tag bringen würde. In Stille sattelte Yhanti sein eigenes Reittier.

Rudo blieb wieder an ihrer Lagerstätte zurück, während der alte Mann in einen anderen Ort, Mystica genannt, voranritt. „Ich habe den größten Teil meines Traums vergessen", seufzte Yhanti. „Ich kann mich nur an ein Mädchen erinnern."

„Dann verstehst du nun, wie schwierig es ist, wach zu bleiben." Shamana war ihm nicht böse. „Ein Traum ist ein Verlangen, das sich am Tag nicht erfüllt hat; der Verstand versucht dann einfach, es sich in der Nacht zu erfüllen. Wer war sie?"

„Sie heißt Luneau. Als die Kinas mich damals aus dem Wasser zogen, war sie das erste Kind, das ich kennenlernte, und seitdem sind wir Freunde."

Sie überquerten einen Bach und schlossen sich einer Gruppe Reisender auf einer breiten, ausgetretenen Straße an. „Der

Bach führt zu einem See, den du vom Berggipfel aus sehen kannst. Auf seiner östlichen Seite liegt die Stadt, die wir besuchen werden. Diese Leute unterscheiden sich enorm von den Unyas. Wiederum möchte ich, daß du etwas über dich selbst lernst, indem du dich mit anderen auseinandersetzt."

„Erinnerst du dich an all deine Träume?" fragte Yhanti ihn.

Shamana lachte. „Meine Träume sind schon vor langer Zeit an ihr Ende gekommen."

Dort, wo die Straße aus dem Urwald hervorkam, gab sie den Blick auf ein weites Tal frei. Vor ihnen erstreckte sich der See; glitzernde Wellen kräuselten sich auf seiner Oberfläche. Überall konnte man Vögel sehen, die sich vom Wind zum Fischfang tragen ließen.

Sie kamen an einem verwitterten Reklameschild vorbei, dessen abblätternde Farben jeden einluden: *BESUCHEN SIE MYSTICA, UND BEGEGNEN SIE DER ZUKUNFT*. Das Gedränge auf der Straße wurde immer größer, als sie sich der Stadt näherten, und es dauerte nicht lange, bis sie von Felsklippen am See Einblick in die Hauptstraße hatten. Massen von Kauflustigen wälzten sich eilig durch die Straßen. Von leuchtend angemalten Häusern flatterten Fahnen im Wind, der vom Duft süßen Weihrauchs erfüllt war.

Als ihre Pferde sie die überfüllten Straßen hinuntertrugen, entdeckte Yhanti, daß viele der Einwohner die gleichen Fragezeichen um den Hals hatten wie er selbst. Allerdings trugen sie keine Robe. Nur wenige Bürger beachteten die Fremden, die ihre Reittiere vor einem großen, lila angestrichenen Gebäude anbanden. Das Portal wurde von mehreren Männern mit langen Bärten und Turbanen gesäumt, die gemeinsam eine Wasserpfeife aus Messing rauchten. Yhanti meinte, sie sähen alle ziemlich müde aus.

Die Gegenstände im Haus, die Möbel, Wände und Decken, alles war in den verschiedensten Lavendeltönen gehalten und wurde von sich drehenden, weißen Lampen beleuchtet. Dazu erklang elektronische Musik. Yhanti wurde von alledem ein wenig schwindelig, schaffte es allerdings dennoch, Shamana die Treppen hinauf in einen Raum voller Vitrinen zu folgen. Er stellte sich in die Türöffnung und sah zu, wie Shamana durch die Menge glitt und ein kleines rotes Säckchen kaufte, das er an seine Schärpe band.

„Laß uns wieder gehen!" Shamana dirigierte ihn zurück in Richtung der Treppen. Der Rauch im Raum stach Yhanti prickelnd in die Augen. Er fühlte sich eingeengt und ungewöhnlich hungrig. Weshalb hatte Shamana ihn bloß mit an diesen Ort genommen, und was war in dem roten Beutel?

Der Wind hatte sich beruhigt. In den Straßen bauten die Stadtbewohner Stände auf. „Was hast du da drinnen gekauft?" fragte Yhanti neugierig. „Die meisten Leute haben Fragezeichen umhängen... Was haben sie alle geraucht?" Yhanti war voller Fragen, während er hinter Shamana über den Marktplatz tau-

melte. Der Alte grinste, bot ihm jedoch keine Erklärung. Hinter einer Marktbude saß eine Frau, einen Seidenschal um den Kopf gewunden. Ihre rabenschwarzen Augen schielten praktisch um ihre lange Nase herum, und ihre knöcherne Hand streichelte eine durchsichtige Kristallkugel auf hölzernem Sockel.

„Es ist viel zu windig, um die Karten zu legen“, murmelte sie. „Soll ich für Euch die Kugel lesen?“

„Für den Jungen", sagte Shamana und ließ sich auf einem Stuhl nieder, um zuzuschauen.

„Hast du Geld?" fragte sie Yhanti und hielt ihre Hand auf. Yhanti kramte in seiner Börse herum und fand ein Stück Jadegeld, das ihm der Ältestenrat gegeben hatte, bevor er das Kinadorf verließ; diese Münzen wurden in den meisten Dörfern und Städten der Umgebung akzeptiert. Die Frau war offenbar zufrieden und steckte die Münze schnell weg.

„Man nennt mich Gatz", begann sie. „Haste 'ne Frage?"

Yhanti dachte einen Moment lang nach. „Auf dem Schild vor der Stadt steht, man könne hier der Zukunft begegnen. Erzähl mir etwas über meine Zukunft."

„Ach ja, die Zukunft. Gatz weiß alles, aber sagt nicht alles." Sie hielt die Hände über die Kugel, starrte hinein, mal hierhin, mal dorthin und begann schließlich zu zittern. Ab und zu quietschte sie, als wäre sie überrascht.

„O ja", entfuhr es ihr schließlich. „Jetzt kann ich es ganz klar sehen. Du bist ein Sucher. Du bist zu diesem weisen Mann hier gegangen, und er brachte dich zu mir. Ah, ich sehe ein Mädchen ... ein sehr schönes Mädchen. Ihr Name lautet ..."

„Luneau", ergänzte Yhanti ganz verdutzt.

„Ich sehe Luneau", verkündete Gatz. „Dieser Mann hier mit den grünen Roben hat dir etwas gekauft ... etwas aus Mystica. Er wird dich in eine Welt voller Mysterien einführen, in das Unbekannte. Ich muß dich jedoch warnen, bleib so lange in Mystica, bis du weißt, wie man sich in jener Welt verhält, oder es droht dir Gefahr. GROSSE GEFAHR!" Sie schloß die Augen und zitterte, als wäre sie in Trance.

Yhanti war erschüttert. Würde Shamana ihn in Gefahr bringen? Bot sie ihm Gelegenheit, die Gefahr zu vermeiden? Plötzlich hörte Gatz auf zu zittern und öffnete ihre Augen langsam wieder.

„Möchtest du, daß ich dir aus der Hand lese?" fragte sie.

„Was? Nein, ich glaube nicht", entgegnete Yhanti einigermaßen beeindruckt und schaute Shamana an. „Vielleicht später einmal."

Er zerrte Shamana in eine leere Gasse, um sich ungestört mit ihm unterhalten zu können. „Unglaublich, wie wußte sie das alles? Oder wußte sie in Wirklichkeit gar nichts?"

„Das mußt du selbst herausfinden."

„Wahrscheinlich konnte sie an meinem Anhänger und meiner Robe sehen, daß ich ein Suchender bin ... Vielleicht wußte sie ja sogar, wer du bist. Aber wie konnte sie wissen, daß du mir etwas gekauft hast?" Shamana drehte den roten Beutel an der Schnur hin und her. Da stand es unübersehbar: *Made in Mystica*. „Nun gut. Ich sehe ein, daß es keine Möglichkeit gibt, ihre Vorhersagen zu überprüfen, denn die Zukunft hat ja noch nicht stattgefunden, aber wie wußte sie das von Luneau?"

„Du selbst hast ihr den Namen gesagt", rief Shamana ihm ins Gedächtnis. „Sie redete lediglich von einem Mädchen. Was übrigens beweist, daß sie intelligent genug ist, zu erkennen, daß du ein Junge bist."

„Sie ist eine Betrügerin!" Yhanti war wütend. „Wir holen uns sofort das Geld zurück."

„Moment mal", Shamana hielt seinen Arm fest. „Du hast für eine Lektion bezahlt, Yhantishor. Kannst du wahrhaftig sagen, daß du keine bekommen hättest?"

Er konnte es nicht leugnen. Yhanti war mit diesem Mann zusammen, um etwas über sich selbst zu lernen, und seine Methoden waren nicht vorhersehbar. Er entspannte sich und gestattete Shamana, ihn weiter die Straße entlangzuführen. Aus einer anderen Bude winkte ein Mann mit spitzem Hut sie herbei. „Willkommen, Freunde. Tretet näher, denn ich kann euch astrologisch beraten."

„Was ist das?" fragte Yhanti.

„Astrologie ist die uralte Wissenschaft von den Himmelskörpern und ihrem Einfluß auf den Menschen", klärte der Mann ihn auf. „Der Stand der Planeten und Sterne in der Stunde deiner Geburt beeinflußt die Handlungen und Erfolge in deinem gesamten Leben. Gib mir den Zeitpunkt und Ort deiner Geburt, und ich errechne dir sofort deinen Lebensweg."

„Man hat mir gesagt, ich sei an den Sandbänken des großen Flusses geboren, ich weiß aber nicht, wann. Der Stamm der Humas verschwand vor langer Zeit, und die Kinas, die mich erzogen haben, interessieren sich nicht für das Alter einer Person. Sie messen das Leben in Phasen, und ich bin in der fragenden Phase."

„Ohne entsprechende Informationen kann ich leider nichts machen", entschuldigte der Mann sich. „Geh zu einem Medium, vielleicht kommst du so dahinter. Wie wär's mit dir, alter Mann?"

„Tut mir leid", kicherte Shamana, „aber deine Projektionen funktionieren bei mir nicht. Ich wachte zufällig eines Tages auf, und nun kann mich nichts mehr binden. Ich habe meine Einheit mit allem entdeckt und bin deshalb selbst nichts mehr."

Die Kinnlade des Astrologen klappte runter, und sein Mund war immer noch offen, als seine Gäste schon ein ganzes Stück weitergegangen waren.

Yhanti hielt seine Augen fest auf Shamana geheftet, während sie ihren Rundgang durch Mystica fortsetzten. „Wie kann ich mich selbst wecken?" fragte er.

„Es kann nicht *getan* werden." Shamana blieb stehen. „Wenn *du* es tust, kann es nur so groß sein wie du selbst und wird Teil deines Traums. Wenn es jedoch von selber geschieht, wird es dein ganzes Wesen erfassen, und *du* wirst für immer verschwunden sein."

Shamana deutete auf ein weißes Gebäude mit dem Namen *KRISTALLPALAST*. „Das ist unsere nächste Station. Du wirst dir einen Kristall aussuchen. Halte einfach deine Hand über jeden Stein und sieh, welcher dich anzieht."

Yhanti ging hinein und lief an Verkaufsständen voller schöner Steine entlang. Große Klumpen klaren Bergkristalls waren umringt von Amethyst, Zitrin, Turmalin, Topas, Rosenquarz und Aquamarin. Wo sollte er anfangen? Yhanti hielt seine Hand über jeden einzelnen Stein und war sich sicher, daß er ein gewisses Prickeln verspürte. Ein Amethyst erinnerte ihn an einen Anhänger, den Luneau immer trug. Der Stein fühlte sich kühl und ruhespendend an, er beschloß, ihn zu nehmen.

„Wenn das dein Stein ist, kannst du ihn hier drin aufbewahren", rief Shamana ihm zu und hielt einen Beutel aus Seide in die Luft.

„Kannst du mir sagen, ob dies der richtige Stein ist?"

„Hast du ihn ausgesucht?"

„Ja."

„Dann ist es der richtige." Shamana ging zur Kasse, bezahlte den Stein und war schon zur Tür hinaus.

„Laß uns nach Hause gehen", bat Yhanti, nachdem er ihn eingeholt hatte. „All diese Lügner und Betrüger ermüden mich."

Shamana schüttelte den Kopf. „Du schnarchst selber ganz schön laut. Nur weil du die Tricks einiger Leute durchschaut hast, hat dein Verstand sie alle in die gleiche Schublade gesteckt. Man sieht verschiedene Schichten der Menschen, und zuerst sieht man immer die gröbste. Los, komm mit!"

Shamana ging schnell in eine Querstraße hinein. Hier standen keine Marktbuden mehr, und kein einziges Gebäude war hell angestrichen. Shamana ging mit Selbstverständlichkeit in eines der Häuser hinein, als wäre er dort zu Hause. Yhanti folgte ihm zögernd.

Der Mann, der auf dem Boden saß, war so dünn, daß man die Rippen zählen konnte. Er trug einen langen schwarzen Schnurrbart, der bis auf seine schmalen Schultern herabhing, die tiefliegenden Augen glichen denen einer Eule. Als Shamana eintrat, weiteten sie sich ein wenig vor Bestürzung, aber der Mann gewann seine Haltung schnell wieder.

„Yhantishor, darf ich vorstellen: Dervashi", sagte Shamana. Yhanti verbeugte sich verlegen, der Mann jedoch verharrte reglos. „Bitte, zeige Yhantishor deine Kräfte."

Dervashi nickte, und Shamana verließ den Raum. Ohne zu sprechen, kniff Dervashi die Augen zusammen, und seine Konzentration zog tiefe Furchen auf seiner Stirn. Yhanti gähnte und fragte sich, was er hier eigentlich sollte, bis er bemerkte, daß Dervashi abhob! Erst langsam, dann immer schneller schwebte sein ganzer Leib empor, bis er sich etwa einen halben Meter über dem Boden befand. Dann flog er leicht wie eine Feder zurück an seinen ursprünglichen Ort.

Yhanti blieb völlig still und aufmerksam sitzen, während Dervashi ihm einen Bogen Papier reichte. Er drehte ihn um, weil er lesen wollte, was darauf stand, aber er war leer. Dervashis starrer Blick steigerte sich zu äußerster Intensität, und sein Atem wurde lang und kräftig. Plötzlich brach das Papier in Flammen aus!

Yhanti schlug die Flammen aus.

„Brauchst du noch mehr Beweise?“ fragte Dervashi herablassend.

„Nein, danke! Das war recht... eigenartig.“ Yhanti war etwas verwirrt. „Wie hast du das gemacht?“

„Man braucht dafür jahrelanges Training und Erfahrung. Ich habe meine Energien in einem konzentrierten Strahl gebündelt, wie einen Laserstrahl. Ich richte ihn auf eine einzige Aufgabe, und wenn die Kraft, die ich selbst erzeuge, größer wird als die natürliche Kraft der Dinge, geschieht, was ich verlange.“

„Wo kommt diese Energie her?“

„Sie ist überall. Alle Materie ist eine Form der Energie. Ich sitze den ganzen Tag still; ich faste und richte meine gesamte Aufmerksamkeit auf ein Mantra, einen Ton, den ich andauernd wiederhole. Das verhindert, daß meine Gedanken wild herumspringen und meine ganze Kraft verschwendet wird. Ich kanalisiere all diese Energie in einen Strahl. Was du gesehen hast, ist noch gar nichts. Einmal hob ich ein ganzes ...“

„Und wozu das alles?“ unterbrach Yhanti ihn. „Weshalb sollte man sein gesamtes Leben darauf verwenden, Kräfte zu entwickeln, nur damit man mit dem Geist das gleiche machen kann wie mit den Händen und den Füßen?“

„Raus mit dir!“ schrie Dervashi. „Du bist noch viel zu jung, um solche Kräfte zu verstehen. Du bist ja nur neidisch, weil du so etwas nicht machen kannst."

Auf dem Weg nach draußen hielt Yhanti in der Tür kurz inne. „Ich glaube nicht. Vielleicht merkst du selber etwas, nämlich daß du dein ganzes Leben vergeudet hast. Die ganzen Freuden des Daseins hast du für dein Streben nach Macht geopfert."

Das flammend rote Gesicht gab Yhanti zu verstehen, daß es an der Zeit war zu gehen. Mit lautem Schlag knallte die Tür hinter ihm zu.

Shamana saß im Schatten. „Interessant?" fragte er.

Yhanti setzte sich neben ihn. „Die Frau mit der Kugel konnte mich einen Moment lang zum Narren halten. Dieser Typ allerdings hält sich selbst zum Narren."

„Dann möchtest du dir solche Kräfte nicht aneignen?"

„Wozu denn?" antwortete der Junge. „Wie könnte das jahrelange Training, das man braucht, bis man solche Tricks erlernt hat, mich etwas darüber lehren, wer ich bin?"

Yhanti konnte sehen, daß der Alte sich über ihn freute. In der Stille des Augenblicks konnte er wieder jenes geheimnisvolle Brennen in seinem Herzen verspüren, als stünde er an einem warmem Feuer in der Nacht. Shamana nickte und stand auf. Yhanti fühlte kein Verlangen, nach ihrem Ziel zu fragen. Er vertraute darauf, daß sein Begleiter ihm die rechte Richtung weisen würde.

Shamana hielt beim letzten Haus, am Ende der Straße. Es war ein rundes Holzhaus, weiß umzäunt. Die Tür stand offen. Wieder trat Shamana ein, ohne seine Ankunft anzukündigen. Yhanti blickte hinein. Eine junge Frau mit dunkelbraunem Haar verbeugte sich. Als sie sich wieder aufrichtete, entschlüpfte ihm ein kleiner Schrei, denn sie war vollkommen nackt. Sie stand sonnengebräunt, wohlproportioniert und graziös da und hob ihre Hände nach oben, als badete sie in Sonnenstrahlen, die durch das Oberlicht hereinströmten. Sie sah ihre Besucher nie direkt an und sprach sanft und rhythmisch. „Yhantishor und Shamana sind gekommen. Ihr könnt mich Raphni nennen. Und Shamana möchte, daß der Junge einem Medium bei der Arbeit zusieht.

Er ist von meiner Gabe überrascht. Shamana jedoch läßt sich von Gedanken nicht einengen, denn er ist ein aktiver Beobachter bei der Entfaltung seines Lebens.

Yhanti bewundert meinen Körper. Danke. Jetzt mache ich ihn verlegen. Er denkt an ein anderes Mädchen. Sie wird bald wieder in sein Leben treten. Er ist erregt.

Jetzt will er vor Raphni davonrennen. Ja, es hat Spaß gemacht. Keine Ursache.“

Shamana legte eine Jademünze an die Türschwelle, als sie hinausgingen. Nachdem Yhanti die Sprache wiedererlangt hatte, wollte er wissen: „Ist sie erwacht?“

„Nein“, erwiderte Shamana. „Sie kann nur die Gedanken der

Menschen in ihrer Umgebung lesen. Da die Menschen oft das zu sich hinzuziehen, nach dem sie verlangen, kann sie die Zukunft vorhersagen, jedoch lediglich in Trance. Sie erinnert sich hinterher an nichts, was sie gesagt hat. Für sie ist es also keine bewußte Erfahrung."

„Ihre Fähigkeiten überraschen mich, aber ich möchte völlig erwachen. Kannst du die Zukunft vorhersehen?"

„Hab's nie versucht", lächelte der Meister. „Ich liebe Überraschungen."

RUDOS GEHEIMNIS

Die Straße war inzwischen beinahe leer, und sie erreichten die Wiese bei Sonnenuntergang. Bevor sie aus dem Wald heraus auf die große Lichtung kamen, legte Shamana mahnend den Finger an die Lippen. Das Rauschen der Blätter übertönte die Geräusche ihrer Ankunft, und sie spähten aus dem Schatten der Bäume hervor und sahen, wie Rudo sich am Feuer zu schaffen machte.

Rudo schien wieder Selbstgespräche zu führen, aber schon kurze Zeit später hörte Yhanti eine weibliche Stimme aus dem Gebüsch jenseits des Feuers antworten. „Sie werden bald dasein", sagte Rudo. Er verschwand mit einer vollen Essensschale im Gebüsch und kam kurz darauf mit der leeren wieder zum Vorschein. Bevor Yhanti etwas sagen konnte, ritt Shamana in den Feuerschein, als käme er gerade an. Yhanti folgte mit einigem Abstand und hielt die Büsche im Auge. Rudo hieß sie willkommen und reichte ihnen auch sogleich ihr Abendessen, das sie schweigend zu sich nahmen.

Sowie sie damit fertig waren, kündigte Rudo einen Spaziergang an. Er schritt pfeifend in das Dunkel der Nacht. „Weshalb hast du ihm nicht gesagt, daß du wußtest, daß jemand anwesend war?“ fragte Yhanti. „Weißt du denn, um wen es sich handelt?“

„Keine Ahnung“, Shamana zuckte die Achseln.

„Es könnte doch aber eine Verschwörung gegen dich sein. Er ist sehr ehrgeizig und könnte dir Leid zufügen. Machst du dir keine Sorgen deswegen?“

„Sorge ist nichts weiter als ein Synonym für Todesangst. Ich akzeptiere einfach, was das Leben bringt. Aber ich werde Aktionen deinerseits für den Fall, daß du dir Sorgen machst, nicht verhindern.“

Kaum hatte er diese Worte gehört, da machte Yhanti sich schon auf den Weg. Als er außerhalb des Feuerscheins war, hielt er an und schloß die Augen. Die Kinas hatten ihm beigebracht, daß man auf diese Art Nachtsicht erlangen konnte. Er brachte nur eine Minute Geduld dafür auf, aber der aufgehende Mond machte es leicht, den Pfad, den Rudo eingeschlagen hatte, zu erkennen. Er lief, so schnell und geräuschlos er konnte.

Nachdem er eine kleine Hügelkuppe überquert hatte, hielt er inne und lauschte. Der Pfad führte in eine monumentale Felslandschaft hinein, die einer verlassenen Stadt glich. Da seine Opfer hinter jeder dieser dunklen Formen versteckt sein konnten, schlich Yhanti nun langsam vorwärts. Ja! Er konnte Stimmen hören. Jemand stand am Fuße eines nahegelegenen Felsblockes.

Es war zweifelsohne Rudos Stimme, die er vernahm: „Ist das alles? Ich wollte eine ganze Menge."

„Es ist nicht die richtige Jahreszeit dafür", verteidigte sich die Frau. „Ich verspreche dir, daß es mehr als genug ist. Verlaß dich auf mich. Ich werde keine Bezahlung verlangen, bis alles vorbei ist."

„Also gut", Rudo war einverstanden. „Komm ganz früh zu unserem Lager. Und wenn ich früh sage, meine ich auch früh! Der Alte schläft fast überhaupt nicht, und der Junge folgt jeder Bewegung, die er macht."

„Keine Sorge, ich werde dasein."

Yhanti konnte kaum an sich halten und eilte zurück, um Shamana Bericht von seiner Spionageaktion zu erstatten. In seiner Hast stolperte er einige Male, sah aber schon bald die fliegenden Funken und den Rauch des Feuers. Angekommen, blieb er jedoch wie angewurzelt stehen: Der alte Mann war verschwunden! Schnell rannte er zu den Pferden, von denen nur noch zwei angebunden waren.

Shamana war im Dunkeln unmöglich zu finden, also führte Yhanti sein Pferd auf einen sicheren Abstand vom Feuer, von wo aus er Rudo ungestört beobachten konnte. *Dieser Kerl ist gefährlich*, dachte er. *Hier wird er mich nie finden*.

Nur wenige Minuten später kam Rudo zurück zur Feuerstelle. Es schien ihn allerdings nicht zu beunruhigen, daß er niemanden dort vorfand. Yhanti saß stundenlang da und beobach-

tete ihn, bevor er sich schlafen legte. Gedanken tanzten ihm durch den Kopf. Wer war die Frau, und was hatten die beiden ausgeheckt? Wo war Shamana?

Die Welt unter ihm bewegte sich rhythmisch, als Yhanti von Rudos Schultern herabschaute. Die Sonne war bereits aufgegangen, und er wurde in den Feuerkreis zurückgetragen. Yhanti merkte erst, daß seine Hände gefesselt waren, als Rudo ihn neben die Feuerstelle warf. Ein riesiger Falke glitt hinab in die Lichtung und setzte zur Landung auf einem Baumstumpf an, den sie vergangene Nacht als Sitzgelegenheit benutzt hatten.

Ein Knacken von Zweigen kündigte Rudos Gast an. Yhanti konnte einen Laut der Überraschung nicht unterdrücken, als Luneau in den Kreis trat. Ihr blond schimmerndes Haar war länger, als er es je zuvor gesehen hatte, und von einem Kranz blauer Blumen gekrönt.

„Luneau“, sagte Yhanti mit erstickter Stimme, „was machst du hier?“

„Ich bin gekommen, weil ich meinen Geliebten sehen wollte.“

„Was?“ stammelte Yhanti. „Rudo ist dein Geliebter?“

„Nicht Rudo, dummer Junge“, sang Luneau, „mein Geliebter ist Shamana, der Falke!“

Luneau hob ihren Arm, und der große Vogel flog zu ihr. Sie reichte ihm eine der blauen Blumen aus ihrem Haar. Der Falke nahm sie in den Schnabel, kreiste über ihrem Haupt und flog pfeilschnell zum Berggipfel empor.

Yhanti war völlig verwirrt. „War das Shamana?" wollte er wissen. „Was hast du ausgeheckt, Rudo? Und warum hast du ihm die Blume gegeben, Luneau?"

„Es ist Bergkraut", sagte Luneau. „Es bringt die Wahrheit an den Tag. All deine Wünsche treten klar hervor, wenn du nur daran riechst. Hier, versuche es einmal."

Sie schwenkte eine Blume vor Yhantis Nase hin und her. Der ungewöhnliche Duft weckte sein Verlangen, sie in die Arme zu nehmen. Luneau kam näher. Sie umarmte und wiegte ihn, als sei er ein kleines Kind. „Siehst du", sagte sie. „Die Wahrheit ist, daß alles, was du verlangst, in Erfüllung geht."

Yhanti hatte sie verstanden, sagte jedoch kein Wort. Es war wirklich wunderschön, Luneau zu fühlen. Obgleich er die Gesellschaft vieler Kinamädchen genossen hatte, seit er in die sexuelle Phase gekommen war, war Luneau dennoch etwas Besonderes.

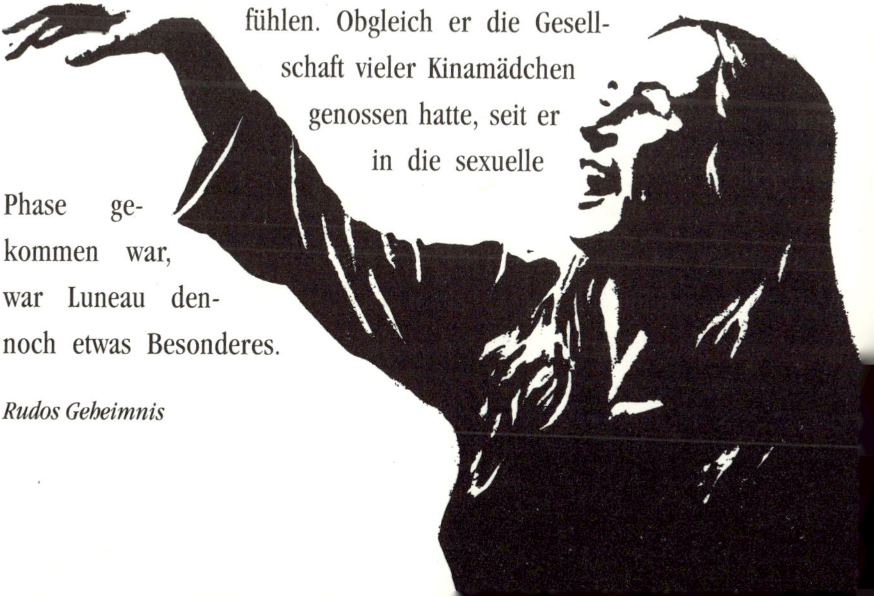

Rudos Geheimnis

Sie war ein wahrer Freund. Yhanti hatte nie eine sexuelle Beziehung zu ihr gehabt, auch nicht, nachdem sie beide gegen Fruchtbarkeit behandelt worden waren, denn er wußte, wie schnell der Streit zwischen Geliebten eine Freundschaft zerstören kann.

Zum ersten Mal akzeptierte Yhanti sein tiefes Verlangen, Luneau zu lieben. Das war auch eine Erklärung dafür, weshalb er so oft von ihr träumte. Er ließ das Haupt auf ihre Brust fallen und lauschte ihrem Herzschlag. Vor seinen Augen baumelte ihr Anhänger aus Türkis.

Wie ein Blitz aus heiterem Himmel traf es ihn. *Luneau trägt Amethyst, nicht Türkis! Shamana ist kein Falke. Dies muß ein Traum sein!* „Wir schlafen!" sagte er zu Luneau.

Er öffnete die Augen und blickte seinem Pferd ins Gesicht, das die Blätter vom Baum über ihm knabberte. *Das heißt… ich schlafe.*

Rudo schnarchte ruhig und ungestört in der Nähe der nachglühenden Asche. Da Yhanti bewußt war, daß er noch immer nicht des Rätsels Lösung gefunden hatte, beschloß er, der Sache auf den Grund zu gehen und Shamana zu berichten, was Rudo vorhatte. Rudo hörte ihn kommen und richtete sich auf.

„Du kommst gerade noch rechtzeitig", rief er ihm entgegen. „Ich wollte schon allein nach Hause reiten."

„Ich habe Hunger", entgegnete Yhanti, als hätte er Rudo nicht gehört. „Laß uns Frühstück machen."

„Ich habe gestern abend genug gegessen. Nein, ich glaube, es ist heute ein Tag, an dem man früh aufbrechen sollte. Später wird es ziemlich heiß werden.“ Aber es war zu spät; Fußstapfen tönten vom Pfad unter ihnen herauf. Yhanti war erleichtert, daß es nicht Luneau war, sondern eine Frau mit kurzem schwarzem Haar und einem sonnengebleichten Blümchenkleid. Yhanti schaute hin und her von Rudos blaß gewordenem Gesicht zum verwirrten Gast.

„Wo ist denn dein leuchtender Typ?“ fragte sie herablassend.

„Erleuchteter“, korrigierte Rudo sie. „Er ist letzte Nacht verschwunden; wir wollen die ganze Sache vergessen ... bitte!“ flehte er sie an.

„Ist das der Junge?“ fragte sie und blinzelte Yhanti verschmitzt an.

„Ja, das ist er, aber halte jetzt bitte den Mund und geh“, sagte Rudo nachdrücklich.

„Wozu die Eile? Ich bin gerade erst angekommen.“ Offensichtlich genoß sie Rudos Verlegenheit. „Willst du denn kein Held mehr sein? Ich hab' das *Morta*.“

Yhanti ergriff die Gelegenheit beim Schopf. „Was ist *Morta*?“

„Ein Moos, das in der Regenzeit hier in der Gegend wächst. Du ißt etwas davon, und es sieht so aus, als wärst du tot, etwa zehn Minuten lang. Das Herz hört auf zu schlagen, die Atmung auch ... und so weiter! Der Kerl hier wollte mich dafür bezahlen, wenn ich etwas davon einnehmen und er mich vor den

Augen des weisen Mannes wieder zum Leben erwecken würde.“ Sie wurden von galoppierenden Pferdehufen unterbrochen, Rudo suchte das Weite. „Verdammt noch mal, er hat mich nicht einmal bezahlt“, klagte die Frau. „Na ja, die Show findet wohl nicht mehr statt; warum behältst du also nicht einfach das Zeug? Vielleicht hast du eines Tages Verwendung dafür.“

Yhanti schaute in den Beutel, der randvoll mit schwarzem Puder war, während die Frau auf dem Pfad davonstapfte. Er band den Beutel an seinen Gürtel und sprang auf sein Pferd. Shamana mußte schleunigst gewarnt werden.

Der Pfad war nicht zu verfehlen und führte direkt zurück zu Shamanas Garten. Rudo brachte gerade sein Pferd auf die Weide, und so konnte Yhanti ungehindert zum Mangobaum eilen. Shamana genoß die Morgensonne und schlürfte das Fruchtfleisch einer Mango.

„Shamana!“ brach es aus Yhanti heraus. „Rudo wollte ...“

„Möchtest du eine Mango?“ unterbrach Shamana ihn. „Hier, ganz tief drinnen findet man den wahren Saft.“ Es wurde Yhanti klar, daß der alte Mann sich nicht im geringsten für seine Nachrichten interessierte, und er nahm die Frucht entgegen. Er sah Shamana jeden Happen langsam kauen und den Geschmack von Moment zu Moment voll genießen. Da wurde ihm klar, daß dieser Mann ganz und gar in der Gegenwart lebte.

Yhanti versuchte sich zu entspannen. Er beschnupperte die

reife Mango, bevor er einen Bissen nahm. Der Saft rann ihm am Kinn hinab, als der Geschmack in seinem Mund explodierte. So sollte man essen! Nur noch die Frucht und die Sinne, die sie erforschten, waren für ihn da. Aber sowie die Mango gegessen war, erinnerte Yhanti sich wieder an seine Mission.

„Bemerkst du den Unterschied, Yhantishor", sagte Shamana, „zwischen Denken und Sein? Du wirst schon wieder ganz fiebe-rig."

Yhanti mußte dies zugeben. Solange er mit der Mango beschäftigt war, hatte es weder Zukunft noch Vergangenheit gegeben, und jetzt wollte sein Verstand vor Aufregung schier zerbersten. „Das stimmt", gab er zu, „aber willst du denn nicht wissen, was Rudo geplant hat?"

„Für das Leben sind Pläne absolut bedeutungslos", seufzte der Meister. „Ich mache keine Pläne und NEIN, mich interessieren die Vorstellungen, die andere haben, in keiner Weise."

„Moment mal", erhob Yhanti Einspruch. „Bist du nicht gestern nacht auf der Flucht vor Rudo hierhergeritten?"

„Flucht?" Shamana grinste. „Es gibt nicht immer Gründe für Dinge, die ich mache. Ich habe lediglich einen Ritt im Mondschein gemacht."

Yhanti saß da, und alles in seinem Kopf drehte sich einen Moment lang. „Ich habe auch gute Nachrichten", erklärte er. „Ich erwachte wieder aus meinem Traum. Du warst ein Falke, und Luneau kam geschmückt mit Blumen, die die Wahrheit zeigen. Ich sah, wie alle meine Wünsche wahr wurden, sowie ich daran dachte. Ich wollte Luneau, und sie kam. Schließlich sah ich, daß der Anhänger, den sie trug, nicht der richtige war, und weckte mich selbst."

„Ausgezeichnet!" Shamana nahm seine Hand. „Es stimmt, alles, was du unbewußt begehrst, ziehst du an, auch wenn du das im Moment der Erfüllung wieder vergessen hast. Nun, da du anfängst zu erkennen, wann du träumst, schau, ob du deinen Traumzustand erkunden kannst, ohne aufzuwachen."

„Wie kann ich das tun?"

„Tu es einfach. Und versuche auch das Gegenteil. Sieh, ob du dich aus deinen Tagträumen reißen kannst, wie du es bei deinen Nachtträumen getan hast. Nun mußt du eine Weile ruhen. Wenn heute abend die Sonne untergeht, beginnen wir mit Ebene zwei."

Shamana lehnte sich zurück und schloß die Augen, und Yhanti kehrte zu seinem Baum zurück. Plötzlich fiel ihm die blaue Blume am Hut des alten Mannes auf.

„Bergkraut!" flüsterte er.

DIE ZWEITE EBENE:

SOMA

Den ganzen weiteren Tag über saß Yhanti an den Avocadobaum gelehnt und betrachtete seine Gedanken. Die Erinnerung an die letzten beiden Tage führte zu Fragen über seine Zukunft. Er war aufgeregt, was die nächste Phase bringen würde. Er fragte sich, ob er Luneau wirklich bald wiedersehen sollte. Als ihm klar wurde, wie sehr er in seinen Gedanken gefangen war, versuchte er sie zu stoppen, kam dabei jedoch zu der Entdeckung, daß dieser Widerstand seinen Verstand nur noch mehr anregte. Frustration war die natürliche Folge.

Wenn er sich jedoch auf einen Ton konzentrierte, wie Dervashi es gemacht hatte, verringerte sich der rege Fluß der Gedanken. Dazu mußte er sich allerdings sehr stark konzentrieren, und sobald seine Konzentration nachließ, strömte eine desto heftigere Gedankenflut auf ihn ein. Es war einfach viel zu schwierig! Er wurde neidisch auf Shamana. Es kostete den alten Mann keine Mühe, im gegenwärtigen Augenblick zu verweilen; er war eines Tages zufällig erwacht. Das eigene Versagen machte Yhanti wütend auf sich selbst und verschaffte ihm ein Schuldgefühl, das zu weiteren Gefühlen und Ideen führte. Als Shamana die Augen öffnete, war Yhanti ziemlich verspannt.

„Sieht ganz so aus, als hättest du ein Gehirnfieber", lachte der Alte.

„Wo ist der Netzschalter?" fragte Yhanti. „Je mehr ich versuche, das Denken zu stoppen, desto stärker rührt sich mein Verstand."

„Sieht aus, als ob du siehst, aber nichts dabei lernst."

Yhanti hatte plötzlich eine Idee: „Sollte ich aufhören zu versuchen, es in den Griff zu bekommen?"

„Bleib einfach wachsam und beobachte", schlug Shamana vor. „Greife nicht ein! Sieh ein, daß der Verstand denkt. Wenn du ihm zusehen kannst, weißt du, daß du nicht dein Verstand bist. Wenn etwas in dir aufsteigt, bedeutet das, daß du noch nicht fertig damit bist. Alles muß ausgedrückt werden, zumindest in der Form eines Gedankens, bevor du es loslassen kannst. Beobachte einfach nur." Shamana schaute auf die Sonne. „Übrigens, iß heute abend vor deiner Sitzung nichts."

Die Sonne stand tief am westlichen Himmel, Rudo war mit dem Abendessen beschäftigt. Yhanti gewahrte die Lichter Mysticas in der Ferne, jetzt, da er wußte, wo er sie suchen mußte. Er dachte an all die unterschiedlichen Einwohner dieser Stadt und ihre ungewöhnlichen Angewohnheiten.

Sowie er sich entspannte, hatte Yhanti das eigenartige Gefühl, daß alle Geräusche um ihn herum und seine eigenen Gedanken verschmolzen; es schien alles *außerhalb* seiner selbst zu liegen. Wie ein großartiges Schauspiel. Rudo hielt das Feuer in Gang, während Shamana aß und Yhanti zusah, wie sein Verstand das gesamte Geschehen kommentierte. Diese kleine Entdeckung gab ihm das Gefühl, großen Erfolg gehabt zu haben. Die Gegenwart des alten Mannes war eine kontinuierliche Erinnerung an sein eigenes Potential und ließ alles viel einfacher fließen. Der Meister war ein Katalysator.

„Yhantishor", rief der Alte sanft. „Es ist an der Zeit, mit der zweiten Ebene zu beginnen. Ich erinnere dich daran, daß die erste Ebene sich mit der nach außen gerichteten Suche nach Erkenntnis befaßte. Die Bevölkerung in Unya ist in kleine Gruppen zerfallen, weil die Menschen sich niemals über den eigenen Glauben hinausentwickelt haben. Wenn man von so vielen anderen Ansichten umringt ist, läßt einen das stark an den eigenen Ideen zweifeln. Deshalb versuchen sie andauernd, einander zu bekehren."

„Haben sie jemals Erfolg damit?"

„Durchaus. Je größer die Schar der Jünger, desto nachdrücklicher sind die betreffenden Antworten. Die kleineren Kirchen tun sich öfters zusammen und schließen Kompromisse, was ihre Bücher betrifft. Später spalten sie sich vielleicht wieder wegen Meinungsverschiedenheiten, die sie nicht bereinigen können."

„Wie ist es mit Mystica?"

„Diese Leute sind machtbesessen. Am harmlosesten war noch die Kristallkugel- und Handleserin. Sie kann nicht viele Menschen beeindrucken. Andere beeindrucken zu wollen ist der erste Schritt, wenn man sie ausbeuten will."

„Und der Astrologe?"

„Er nimmt einfach die Informationen über deine Geburt entgegen und füttert damit seinen Computer, der sie mit ähnlichen Daten vergleicht. Die Chance ist groß, daß seine Aussagen zutreffen, da unbewußte Leute von allem beeinflußt werden, sogar von den Schwerkraftfeldern weit entfernter Planeten. Wer jedoch sein eigener Energiequell geworden ist, ist nicht mehr abhängig von äußerlichen Einflüssen."

„Und Dervashi?"

„Er kam zu mir wie du, vor vielen Jahren. Er war beeindruckt von den Kräften, die er in Mystica bekommen konnte, und wurde krank vor Verlangen, sie sich anzueignen. Er warf sein Fragezeichen fort. Er zog mit seinen Künsten der Levitation viele Anhänger an und vergaß völlig seine Suche nach der eigenen wahren Natur. Er ist berühmt wegen seiner Wunder, und er identifiziert sich mit ihnen, was ihn nur noch mehr einschränkt und tiefer in Schlaf wiegt, als er zuvor schon war."

„Das erklärt, warum dein Besuch ihn so aufgeregt hat. Anstatt ihn wegen seiner Fähigkeiten zu loben, hast du ihn an die Suche, die er nie beendet hat, erinnert."

„Stimmt", lächelte der Meister. „Und er war böse auf dich,

weil du dich nicht von deiner Suche abbringen lassen wolltest. Und dann nahm ich dich mit zu Raphni. Sie bewies dir, daß Telepathie entwickelt werden kann. Es ist erstaunlich, daß jemand deinen Verstand besser kennt als du selbst."

Der Alte atmete tief. „Ich wollte sehen, ob dein Interesse an diesen Kräften geweckt werden konnte, aber du hast gezeigt, daß du ein wahrer Sucher bist. Die Stadt ist voller Leute, die ich dorthin geschickt habe, um herauszufinden, ob psychische Kräfte eine Versuchung für sie sein können. Deshalb bin ich auch mit dir dorthin gegangen.

Ich kann sehen, daß du ein Rebell bist und noch dazu ein sehr intelligenter. Als ich dich im Garten tanzen sah, wußte ich, daß du der Richtige sein könntest. Nun ist es an der Zeit, dir die Tür zur zweiten Ebene zu zeigen. Ich kann diesmal nicht mit dir gehen, kann dir jedoch als Helfer erscheinen, wenn der Moment mich hineinzieht. Hast du deinen Kristall?"

„Hier", Yhanti hielt den Beutel hoch.

„Er kann ein guter Katalysator sein, und ich möchte dich bitten, ihn allzeit dabeizuhaben." Shamana zog den roten Beutel, den er im violetten Haus gekauft hatte, hervor. „Dies ist eine der wenigen Traditionen, die ich aufrechterhalte. Wegen seiner langen Geschichte als Fahrzeug zu anderen Dimensionen habe ich es *Soma* genannt, nach einem uralten Ritual."

Shamana verrührte den Inhalt des Beutels mit etwas heißem Wasser, das Rudo bereitet hatte. „Bedenke, daß das Fragezeichen um deinen Hals symbolisiert, allem offen gegenüberzustehen.“ Der alte Mann zeigte auf den anderen Beutel an Yhantis Schärpe.

„Das ist *Morta*. Rudo wollte ...“

„Darf ich ihn haben?“ bat Shamana ihn. „Komm nun mit zum Turm der Forscher, und wir werden sehen, ob du deinem Namen gerecht wirst, Flußreiter!“

Die hängenden blauen und grünen Moose gaben dem Turm ein gruseliges Aussehen. Erneut fiel Yhanti das strahlendrote Fragezeichen in die Augen. Shamana schwenkte die Holztür zur Seite und entzündete eine Laterne. Überall waren Bilder der Suche. Die Wände waren bedeckt von farbenfrohen Mosaiken, auf denen Suchende dargestellt waren, umringt von Fragezeichen. Augen schauten in jede nur erdenkliche Richtung.

Shamana ging direkt zu einem dicken Teppich im Zentrum des Raumes und übergab Yhanti eine blutrote Decke, in die er sich einwickeln sollte. Er nahm ihn an den Schultern, drehte ihn nach Osten und goß das geheimnisvolle Gebräu in eine Tasse. „Dies ist lediglich ein Fahrzeug“, erklärte er. „Wie andere Instrumente auch, kann man es mißbrauchen und ein Unheil damit anrichten; wenn es jedoch intelligent und aufmerksam angewendet wird, siehst du viele Dinge, die deinen Sinnen normalerweise unzugänglich sind.“

Als er das Getränk kostete, spürte Yhanti, wie sich die Wärme von der Kehle bis in den Magen erstreckte. Das Gebräu schmeckte zitronenähnlich und hatte einen leicht bitteren Nachgeschmack. Es bereitete ihm keine Probleme, den gesamten Inhalt zu trinken.

Shamana saß still vor ihm und wartete offensichtlich auf ein Zeichen, daß die Wirkung des Trankes einsetzte. Yhanti betrachtete aufmerksam die Collage der Fragezeichen um ihn herum. Wie viele andere wohl vor ihm auf diesem Fleck gesessen hatten?

Ein Kribbeln in den Beinen, das wie sanfte Elektrizität hinauf- und hinabströmte, lenkte seine Aufmerksamkeit nach innen. Es war eine angenehme Empfindung, und er lächelte. Kurze Zeit darauf empfand er eine leichte Übelkeit. Ein sanfter Druck in der Stirn breitete sich bis in die Schläfen aus, und er hatte das unbestimmte Gefühl, daß bald etwas geschehen würde.

Shamana drückte auf einen Knopf an der Wand, und Musik ertönte; ein summendes Saiteninstrument, gefolgt von einer elektrischen Orgel. Aus allen Richtungen auf ihn einströmend, füllte die Musik Yhanti mit einem Wonnegefühl. Er tastete nach dem Samtbeutel und holte den Kristall heraus. Er lag glatt in seiner Hand und fühlte sich eigenartig vertraut an.

Wieder nach innen schauend, entdeckte Yhanti, daß sein Magen ein weit entfernter Ort geworden war. Er wußte, daß er Teil seines Körpers war, aber er konnte ihn jetzt von einem völlig neuen Standpunkt aus betrachten. Die Gestalt und Funktion seines Magens, ja, jedes einzelnen Körperorgans standen der Erforschung offen. Das gewaltige Netzwerk der Zellen, in dem alles eine eigene Aufgabe erfüllt: Der Atem transportierte Sauerstoff in die Lungen, von wo aus die Blutzellen den wertvollen Brennstoff zu jedem Teil seines Körpers brachten ... alles tanzte seinen magischen Tanz in ihm.

Seine Fingerspitzen flammten mit ungeahnter Energie. All diese Entdeckungen erreichten ihn als eine Art von Urwissen, lange bevor sie in Form von Gedanken in seinem Gehirn ankamen. Diese andere Bewußtseinsebene formte die Basis für die Gedanken der physischen Ebene.

Energie durchflutete seinen Leib. Yhanti lenkte die Aufmerksamkeit wieder nach außen und sah, daß der Raum sich völlig verändert hatte. Zwei durchdringende schwarze Flecken lagen im Zentrum eines wirbelnden, farbigen Tunnels. Es waren Shamanas Augen! Yhantis Herz pochte, und sein Atem wurde tief und heftig, aber er konnte nicht aufhören, in diese Augen zu blicken.

Shamana berührte Yhantis Stirnmitte mit dem Daumen. Eine intensive Lichtflut durchwogte sein Gehirn und floß den Rücken hinab ... oder strömte sie von unten nach oben? Er kam sich selbst wie eine langstengelige Pflanze vor, deren Blüte sich aus seinem Scheitel heraus entfaltete. Welch eine Ekstase!

Nun konnte Yhanti auch wieder den Bart und das lächelnde Gesicht Shamanas erkennen, immer noch von tanzenden Farben umsäumt. Über dem Haupt des alten Mannes befand sich eine weiße Lichtschicht; sie erstrahlte wie Eis an einem kristallklaren Wintertag. Nie zuvor hatte er größere Lebendigkeit gesehen. Obgleich all dies weit jenseits des Bereichs normaler Erfahrungen lag, hatte Yhanti keine Angst. Es machte ihm Spaß.

Die Schönheit dieses Zustandes lag in der Einheit des Chaotischen: Was er auch sah und erlebte, war Teil seiner selbst ... oder er war Teil dessen! Shamanas Stimme tönte mit einem sanften Echo: „Geh zurück nach innen, tiefer als zuvor. Laß los!"

Yhanti fühlte sich nicht völlig wohl dabei, alles loszulassen. All das, wofür er sich selbst hielt, war in Wirklichkeit eine Form des *Anklammerns*, und das loszulassen erschien ihm wie sein eigener Tod. Dennoch verlor er rapide jegliche Kontrolle. Einzig seine Liebe und sein Vertrauen zu diesem alten Mann erlaubten es ihm, dieses Anklammern zu lösen. Er war hierhergekommen auf der Suche nach sich selbst, aber jetzt mußte er mit ansehen, wie er sich auflöste und ins Formlose hineinging.

Shamana legte Yhanti flach auf den Rücken. „Ich weiß, daß du mich hören kannst", klang die bekannte Stimme. „Schau dich nun um, jetzt, wo du Augen hast, die wahrlich sehen! Es gibt nichts zu lernen, nichts zu wissen und niemanden, der es wissen könnte. Laß los und *schau*!"

All seine Empfindungen, die Bilder, die vielen Farben, die tanzende Musik: Yhanti konnte sie alle sehen! Sein Verstand urteilte nicht. Nichts konnte gut oder schlecht sein: Richtig und falsch waren ein und dasselbe. Etwas war zum ersten Mal lebendig geworden und ließ alles, was er ehedem gewußt hatte, sterben. Yhantishor löste sich auf. Die Grenzen zwischen ihm und der Welt um ihn herum verschwanden. Das Dasein hatte weder Anfang noch Ende. Alles war lebendig und mit magischer Energie erfüllt.

Yhanti zwang sich, seine Augen wieder zu öffnen. Die Decke war bemalt mit einem riesigen Fragezeichen, in dem ein kleineres Fragezeichen war und darin wieder eines... so viele, daß er das kleinste nicht mehr erkennen konnte. In das Zentrum starrend, floß er den Tunnel der Fragezeichen hinunter... hinunter... hinunter. Er schloß die Augen erneut.

Er war wahrhaft frei. Die Begrenzungen des Leibes entschwanden, gefolgt von den Schranken der Gedanken. Er war reines Erfahren an sich. Bewußtsein durcheilte das Universum, war jedoch nicht getrennt davon. Die Zeit war nicht mehr. Keine Struktur hatte Bestand. Fragen waren irrelevant.

Wieder vernahm er Shamanas Stimme als Teil dieser Erfahrung. „Schau dich um. Kannst du dort irgendwo Gott finden?"

Yhanti wußte es nicht. Es gab keine Person, Gott genannt. Entweder war Gott der Name der gesamten Erfahrung, oder er existierte einfach nicht. Yhanti empfand die Ewigkeit des Lebens, also stellte sich die Frage nach der Schöpfung und einem Schöpfer nicht. Nichts war etwas *anderes*, von ihm Verschiedenes, wie also könnte Gott getrennt von ihm existieren? Je mehr Yhanti das verstand, desto mehr wurde es ihm zum Mysterium.

Alles verschmolz mit seinem Gegenteil; ein jedes war die Kehrseite eines einzigen Gesamtphänomens. Es gab nichts zu entscheiden, denn es war keiner mehr da, der etwas entscheiden konnte. Sogar die Worte Shamanas hörte er nicht nur; ihre Bedeutung floß gewissermaßen durch das universale Bewußtsein.

„Wer bist du nun?“ fragte Shamana. „Wer ist Yhanti?“

Sich innerhalb dieses Mysteriums zu befinden war völlig sich selbst genug. Es gab nichts Abgetrenntes mit Namen Yhanti. Es war unerforschlich. Ohne beantwortet zu werden, schmolz die Frage dahin.

Yhanti wagte wiederum die Augen zu öffnen und fand sich erneut in ein Paar Augen blickend. Nicht die schwarzen Pupillen Shamanas, diese Augen waren blau, himmelblau. Er blinzelte und schaute noch einmal. Es war Luneau! Yhanti streckte eine Hand aus, um festzustellen, ob er halluzinierte.

Luneau saß wirklich neben ihm, voller Liebe schaute sie ihn an. Um ihr Haupt lag ein rötlicher Strahlenkranz, dessen Ränder leicht moosgrün getönt waren. Sie lächelte, als sie sah, daß er sie erkannte. Keiner sprach ein Wort. Die Augen sprachen die Sprache des Herzens.

Yhanti setzte sich langsam hin. Bilder aus seinen Träumen blitzten auf und erinnerten ihn an sein Verlangen, sie wiederzusehen. Jetzt, vom Soma beeinflußt, war jegliches Verlangen erloschen. Er hatte das Gefühl, vollkommen zu sein, und war dennoch glücklich, sie zu erblicken. Zum ersten Mal konnte er sein eigenes Wesen zeigen, ohne irgendein Bedürfnis zu verspüren.

Luneau küßte ihn. Es war, als vervielfachten sich seine Energien! Sie legten sich gemeinsam hin. Er hatte die Empfindung, daß Luneau mit jedem Herzschlag Liebe ausstrahlte, mehr noch als sein eigenes Herz. Sie verschmolzen zu einem einzigen Wesen, das sich selbst liebte. Ihre Individualität entschwand, gab einem ausgewogenen Gefühl der Gegenwärtigkeit statt.

Ab und zu bemerkte Yhanti, wie er sich abwandte; das Verschmelzen war ihm zuviel. War es wirklich in Ordnung, derartig glückselig zu sein? Er sah die Schatten seiner Besitzer sich über ihm erheben. Sie waren umgeben von Schuldgefühlen! Ein wenig von ihrer Humamoralität, so ernst und unglücklich, mußte sich in seinem Unterbewußtsein festgesetzt haben.

Er ließ abermals alles los. Phantastische Farben erfüllten aufs neue seine Wahrnehmung. Luneau und er lösten sich ineinander auf.

Eine Ewigkeit später wurden sie sich wieder des Raumes bewußt und setzten sich hin. Alles nahm wieder seine ursprüngliche Gestalt an. Nun wußte Yhanti, was Liebe ist. Sie war unbeschreiblich, ungreifbar, konnte jedoch empfunden werden, ausgekostet. Sein Herz war stärker geworden, und er konnte in Luneaus Augen sehen, daß sie ebenso empfand.

Yhanti war immer noch in ihre Augen versunken, als Shamana sprach. „Seht in den Spiegel, der ihr füreinander seid. Die Vergangenheit erfüllt euch nicht mehr. Ihr seid vom Leben beseelt! Es gibt keine Möglichkeit, sich selbst direkt wahrzunehmen: Kein Wahrnehmer ist mehr da. Im gegenseitigen Spiegel jedoch werdet ihr die gesamte Menschheit sehen, einschließlich eurer selbst. Alles, was ihr im anderen sehen könnt, ist eure eigene Widerspiegelung.

Während ihr zum Normalbewußtsein zurückkehrt, erinnert euch daran, in der Gegenwart zu verweilen. Es ist nicht notwendig, wieder unbewußt zu werden. Was ihr gerade erfahren habt, war eine Halluzination des Erwachens. Seid ihr jetzt bereit, der Wirklichkeit zu begegnen?“

LUNEAU

Shamana saß an seinem Baum, als Yhanti und Luneau Arm in Arm vom Turm in den Garten hinunterkamen. Rudo machte riesige Augen, als er hier eine Frau erblickte, und er zog sich auf die Pferdeweide zurück, anstatt das Frühstück aufzutischen, das er zubereitet hatte. Sie aßen in Stille.

Schließlich durchbrach Yhanti das Schweigen. „Was machst du hier?" fragte er Luneau.

„Ich habe dir deine Ulay gebracht." Sie überreichte ihm das Instrument, das sie hinter seinen Baum gestellt hatte. „Und außerdem wollte ich mit eigenen Augen sehen, wo du hingegangen bist. Shamana bat mich, dich nicht zu stören, bis die Soma-Erfahrung zu Ende war."

Shamana bat Luneau, näher heranzurücken. „Es ist wunderschön, eine Frau hier zu haben", sagte er zu ihr. „Bist du auch an der Wahrheit interessiert?"

„Eigentlich bin ich hergekommen, um Yhanti zu besuchen. Ich wußte, daß er hier heraufgestiegen ist, um Antworten auf Fragen, die für ihn lebenswichtig sind, zu finden. Ich habe sicherlich selbst auch viele Fragen, aber ich bin wirklich nur gekommen, weil ich Yhantishor besuchen wollte."

„Ausgezeichnet!" Shamana lachte. „Frauen erwachen zumeist durch das Herz. Das Schicksal der Männer ist es gewöhnlich, den schwierigen Weg zu nehmen. Vielleicht brauchen sie das, damit sie sich stark und erfolgreich fühlen."

„Moment mal", unterbrach Yhanti ihn. „Was soll das denn heißen?"

„Männer erwachen zumeist auf dem Weg der Einsamkeit. Viele haben ihn Meditation genannt, aber dieses Wort ist inzwischen gleichbedeutend mit Konzentration geworden, und das kann irreführend sein. Ich benutze lieber ein Wort aus einem uralten Land namens Indien, in dem die menschliche Psyche erstmals in ihrer ganzen Tiefe erforscht wurde. Das indische Wort, um reine Gegenwärtigkeit, ohne Ego, zu beschreiben, lautet *Dhyana*. Es bezeichnet einen Zustand, in dem alle Gedanken aufgehört haben und die Flamme der Aufmerksamkeit alle Formen zur Auflösung bringt.

Die Kinas schätzten diesen Zustand außerordentlich und versuchten ihn auf jede erdenkliche Art zu erreichen. Der Widerspruch ist, daß man ihn nicht durch Anstrengungen erreichen kann. Es stimmt, anfangs muß man sich sicherlich bemühen. Wir haben bereits so lange geschlafen, daß wir unsere Aufmerksamkeit entwickeln müssen, aber Dhyana geschieht nur, wenn alle Anstrengung aufgegeben wird, und gibt dir dann eine Ahnung deines wahren Selbst. Deshalb sage ich: ‚Eines Tages wachte ich zufällig auf.' Es geschah trotz meiner Bemühungen und nicht ihretwegen."

„Und wie ist das mit Frauen?“ fragte Luneau.

„Es ist schon eigenartig“, rief Shamana aus. „Nur einige winzige Tröpfchen anderer Hormone, und schon ändert sich die ganze Psychologie. Eine Frau erlangt Gewahrsein auf einfachem Wege, über das Herz. Der Mann erreicht die Liebe nur als Gipfel des Dhyana, eine Frau erreicht Dhyana als Gipfel der Liebe.“

Yhanti und Luneau schauten einander wieder in die Augen. Es war, als begegneten sie sich zum ersten Mal. Shamana fuhr fort: „Natürlich ist es hilfreich, wenn ein Mann auch mit dem Herzen empfinden kann und eine Frau ihre Einsamkeit entdeckt. Yhanti ist kein Krieger, sondern er liebt das Leben. Falls du, Luneau, das Verlangen verspürst, hierzubleiben, dann kann ich dich ohne weiteres in mein Spiel mit aufnehmen. Ich weiß sowieso nie, was ich als nächstes tun werde. Ich tendiere zwar ganz vage dazu, nach einer gewissen Reihenfolge vorzugehen, aber ich wandele mich immer wieder, um den Menschen, mit denen ich spiele, zu entsprechen.“

„Wie kannst du wissen, was wir brauchen?“ entgegnete Yhanti.

„Ich weiß es gar nicht!“ sagte Shamana lachend. „Ich bin wie ein Fluß geworden. Du wandelst dich – ich wandele mich. Alles, was lebt, ändert andauernd die Gestalt. Wer auf der Suche nach Erkenntnis zu mir kommt, erwartet von mir Antworten auf idiotische Fragen, damit er sich den Anschein eines Allwissenden geben kann. Ich jedoch setze euch immer nur Situationen aus, in denen ihr lernen werdet, falls ihr aufmerksam seid. Ihr selbst macht die Entdeckung."

Yhanti lehnte sich zurück und lächelte. „Ich bin sehr dankbar dafür, daß du mich aufgenommen hast und mit mir arbeitest."

„Ein Fluß entscheidet nicht, wem er Wasser spendet. Eine wahrhaft durstige Person wird den Fluß finden und trinken. Ich entscheide mich niemals, was ich tun werde, und versuche nie irgendwen zu ändern. Ich kann mich einem ernsthaft Suchenden jedoch nicht verweigern: jemandem, der, falls es nötig sein sollte, bereit ist, für die Wahrheit zu sterben."

„Nun", Luneau dachte einen Moment lang nach. „Ich weiß nicht, was es zu finden gibt, also kann ich nicht sagen, ob ich bleiben soll oder nicht."

„Das ist die richtige Einstellung", versicherte Shamana ihr. „Erzähle mir bitte ein wenig von deiner Vergangenheit, was alles geschehen ist und zu deinen Fragen geführt hat!"

Luneau lehnte den Kopf zurück und zupfte sich am Ohrläppchen, während sie nachdachte. „Meine frühsten Erinnerungen sind von Willow, der Gärtnerin der Kinas, meiner Mutter. Sie hat mich versorgt, bis ich alt genug war und in die Laufphase kam, dann schloß ich mich den anderen Kindern an. Sie nannte mich Luneau, was soviel bedeutet wie Welle des Mondes."

Luneau fuhr sich mit den Fingern durchs Haar. Es gefiel ihr, wenn sie über sich erzählen konnte. „Ich erinnere mich noch gut an die Nacht, als sie Yhantishor von der Flußstation gebracht haben. Er war naß und durchgefroren. Er verlangte jedoch, losgelassen zu werden, denn er wollte mit mir spielen. Seitdem sind wir Freunde. Ich habe ihm die Ulay gebracht, weil ich noch nie einen Tag erlebt habe, an dem er nicht auf ihr gespielt hätte. Nun kann ich sehen, daß hier etwas sehr Tiefgreifendes geschieht. Yhanti scheint sich bereits jetzt verändert zu haben."

„Wirklich?" grinste Yhanti. „Inwiefern habe ich mich verändert?"

„Du strahlst eine gewisse Lebendigkeit aus! Heute morgen branntest du vor lauter Energie. Ich habe immer gedacht, ich sei eine gute Liebhaberin, und hatte immer das Gefühl, daß die Männer sich zurückhielten. Dies war das erste Mal, daß ich eine solch intensive Liebe verspürt habe. Ich wäre beinahe davongerannt."

„Es ist immer einfach, etwas auf andere abzuwälzen", nickte Shamana. „Vielleicht hast du Männer angezogen, die deine Liebe nicht richtig erwidern konnten. Mit ihnen brauchtest du nicht zuzugeben, daß auch du Angst vor Nähe hattest. Mach dir keine Sorgen deswegen. Jeder hat Angst, sich einem Fremden zu öffnen, und wir bleiben Fremde füreinander bis zum letzten Atemzug."

Luneau seufzte. „Ich habe immer davon geträumt, ein Haus zu haben, einen Ort, an dem es warm und gemütlich ist. Ich stellte mir einen Mann vor, der mein Nest mit mir teilte, einen starken Mann, der mich beschützt."

„Und nun?" wollte Shamana hören.

„Ich glaube, in Wirklichkeit war es nur ein Traum. Yhanti war nie daran interessiert, seßhaft zu werden. Er suchte nach Wahrheit. Ich verbrachte den Großteil meines bisherigen Erwachsenenlebens mit einem Mann namens Drieke. Er paßte haargenau in meinen Traum. Er war groß und stark, mit schwarzem lockigem Haar. Er bot mir ein Haus, in dem uns niemand störte, und er jagte jeden davon, der sich hätte einmischen können."

„Was geschah dann?" hakte der Alte nach.

„Es wurde mir total langweilig", kicherte Luneau. „Ich besaß alles, was ich mir je erhofft hatte, Sicherheit und Frieden, aber es war keine Lebendigkeit mehr da. Mein Traumhaus war nichts als ein Käfig. Mit anzusehen, wie Yhanti wegging, seinem Abenteuer nach, berührte etwas tief in meinem Herzen. Ich verließ Drieke einige Tage, weil ich über mein Leben und die Dinge, die mir früher so wichtig waren, nachdenken wollte, und ich mußte erkennen, daß sie sich in Wahrheit als Fallen entpuppt hatten.

Als ich gestern den Berg hinaufstieg, wurde mir klar, daß ich meine eigenen Werte nie hinterfragt habe. Ich hatte zwar sowohl die Beziehung als auch die Sicherheit, die ich immer haben wollte, aber das hat mich niemals glücklich gemacht.

Ich dachte, ich hätte den falschen Mann gefunden und ein neuer Liebhaber würde alles verändern. Drieke war also letztlich der Wendepunkt. Er paßte genau in mein Bild, erfüllte all meine Erwartungen, aber ..." Luneau schüttelte den Kopf und faßte sich traurig an die Stirn.

„Ich habe Angst davor, alt und häßlich zu werden. Daher habe ich wohl auch immer alles so arrangiert, daß Drieke nicht fortlaufen würde. Ich machte ihm sogar vor, ich sei glücklich, damit er die Leere, die mich bisweilen überfiel, nicht bemerken würde. Yhanti tröstete mich nie. Er sagte, Liebe wäre ein Mysterium und sie fassen zu wollen würde ausreichen, sie sterben zu lassen. Ich bestieg diesen Berg, um dem Mann zu folgen, der sich traute, mir die Wahrheit zu sagen."

„Bravo!" Shamana klatschte Beifall. „Du fängst an zu verstehen. Das Haus, nach dem du suchst, ist in dir, und derjenige, den du immer vermißt hast, bist *du selbst*." Luneau nickte, weinte und lachte.

„Sich selber zu finden heißt nicht Bettler sein, sondern überquellen. Dein Glück kannst du nicht von der Außenwelt abhängig machen. Wachse in deinen Namen hinein. Sei empfänglich und widerspiegelnd wie eine Welle des Mondes." Yhanti umarmte Luneau sanft, während sie vor Freude weinte. Rudo kehrte zurück, blieb jedoch auf Abstand und hielt die Hände über die Ohren. Shamana schickte ihn zum Turm, um eine weitere rote Robe zu holen.

„Was ich gerne wissen würde", Yhanti wandte sich Shamana zu, „bist du auch hergekommen, und hast du hier einen Meister gefunden, der dir geholfen hat?"

„Du hast versprochen, mich nicht nach der Vergangenheit zu, fragen", ermahnte Shamana ihn.

Yhanti zwinkerte Luneau zu, und sie wiederholte die Frage mit anderen Worten. Shamana schien Gefallen an ihrer kreativen Lösung zu finden. „Ja, es gab hier einen Erwachten, aber es war kein Mann."

„Dein Meister war eine Frau?" fragte Luneau erstaunt.

„Bewußtsein ist keine Sache des Geschlechts", erklärte Shamana ihnen. „Erwachen geht über Geschlechtlichkeit weit hinaus. Ein Meister ist kein Vorgesetzter, der Befehle erteilt. Ich bin Meister meiner selbst. Und sie war Meisterin ihrer selbst. Ja, ich kam auch aus dem Kinadorf, nachdem ich alle mit meiner dauernden Fragerei völlig entnervt hatte. Der Meister hier hatte einen weiblichen Körper. Sie war sehr jung und ziemlich attraktiv, hatte seidiges braunes Haar, und alles, was sie mitteilte, kam in der Form von Liedern."

„Wie lautete ihr Name?"

„Den hat sie mir nie gesagt. Sie behauptete, daß alle Namen Begrenzungen darstellten. Ich nannte sie Niemand, und sie akzeptierte das."

„Wie hat Meisterin Niemand dich erwachen lassen?" fragte Luneau, und ihr war klar, daß dies vielleicht die letzte Gelegenheit war, eine Frage über die Vergangenheit zu stellen. „Darüber habe ich noch nie geredet", erklärte Shamana. Er hielt inne und strich über seinen langen Bart.

„Ich denke, es kann nicht schaden, es zu erzählen. Das Problem ist, daß ein Meister Anhänger anzieht, die versuchen, ihn zu imitieren. Das führt zum Unheil! Wir werden alle von der Natur als einzigartige Wesen erschaffen. Manche Jünger sind sogar so weit gegangen, Abbilder ihres Meisters anzubeten, nachdem dieser verstorben war. Es gibt tatsächlich Narren, die einen Gottesdienst aus der Art und Weise, in der ihr Meister gestorben ist, machen, wie zum Beispiel die Schafe des Bischofs mit den Stricken um den Hals."

Der Alte lachte schallend. „Die Art und Weise meines Erwachens ist sowieso nicht nachzuahmen. Dennoch warne ich euch, keinen Moment mit dem Versuch einer Imitation zu verschwenden." Er atmete tief und begann.

„Die Regenzeit war gerade vorbei, und es war, als hätte die Sonne nie heller geschienen. Ich hatte das Gefühl, nach Monaten der Gefangenschaft aus einer Grotte ins Tageslicht zu treten; ich war ganz versessen darauf, etwas zu tun. Meine Ruhelosigkeit ist Meisterin Niemand nicht entgangen, also erfand sie eine Aufgabe für mich. Sie schickte mich zur entferntesten Seite des Sees, um einen geheimen Ort namens Veritas zu suchen.

Pferde gab es nicht, und ich brauchte schon einen ganzen Tag, um nur bis Mystica zu kommen. In einer kleinen Taverne machte ich Pause und trank gerade etwas. Da traf ich eine junge Frau, die behauptete, mich nach Veritas führen zu können. Ich konnte ihren wunderschönen Augen nicht widerstehen, und schon bald waren wir gemeinsam unterwegs. Ich war ziemlich aufgedreht und gab ein wenig an; ihr wißt ja, was Hormone alles bewirken können. Wir verbrachten die Nacht am Ufer des Sees.

Natürlich war sie am nächsten Morgen verschwunden und mit ihr meine Tasche und Verpflegung. Ich suchte weiter nach der geheimen Ortschaft, hatte allerdings keinen Erfolg. Der lange Heimweg machte überhaupt keinen Spaß, aber ich überlebte ihn nur mit Beeren und Früchten.

Meisterin Niemand sang mir ein Willkommenslied:

Auf der Suche nach Wahrheit,
läßt du dich binden.
Du folgst einer Weisung,
kannst die Wahrheit nicht finden.
Einem Führer zu folgen
macht dich taub und blind,
macht dein Erbrecht, die Wahrheit,
zu Schall, Rauch und Wind!

Meine Torheit belustigte sie, und ich konnte mir nicht helfen, auch ich mußte über mich lachen. Es gab kein Dorf der Wahrheit. Sie zeigte mir, daß es in der Welt da draußen nichts gab, was sich zu suchen lohnte. Jemandem zu erlauben, mich zu führen, gab ihr die Gelegenheit, mich auszunutzen. Ich hatte verloren, womit ich gekommen war, und nichts erreicht."

„Nichts außer einer Erfahrung", bemerkte Yhanti. „Reichte das aus, um dich erwachen zu lassen?"

„Am nächsten Tag war ich am Boden zerstört. Ich quoll über vor Energie und konnte sie nicht herauslassen. Meisterin Niemand begegnete mir an jenem Morgen auf der Wiese. Ich war überrascht. Sie hatte immer am Turm auf mich gewartet. Sie nahm mich mit zu jenem Grat." Shamana zeigte nach rechts.

„Dort ist einer der schönsten und größten Wasserfälle, die ich jemals gesehen habe. In der Luft über ihm konnte man einen Regenbogen sehen.

Wir stiegen einen Pfad hinauf, bis wir auf dem felsigen Grat angelangt waren, oberhalb der tosenden Wasser; es war ein gewaltiges Schauspiel. Dann tat sie etwas vollkommen Unerwartetes. Sie entfernte meine Robe und legte sich auf mich! Ihre Augen durchbohrten mich, und ihr Herz trommelte in mein Herz. Ich muß stundenlang dort oben gelegen haben, verstrickt in ihre Schönheit. Energiekreise tanzten zwischen uns. Ich ahnte nicht, daß sie meine Ruhelosigkeit benutzte, um mich zu meinem Herzen zu führen."

Yhanti konnte nicht umhin, eine Zwischenbemerkung zu machen: „Heute morgen mit Luneau hatte ich das gleiche Gefühl."

„Die Intensität wurde unerträglich, und ich wußte, daß ich es nicht viel länger würde aushalten können, da sang sie:

Ekstatische Liebe
explodiert in dir.
Komm, süßer Vogel,
fliege fort mit mir!

Kaum hatte sie diese Worte gesungen, da rollte sie rückwärts über den Grat und zog mich mit sich in die Tiefe!"

Der Alte kratzte sich am Kopf. „Ich erinnere mich nicht, unten angekommen zu sein, nur an ihr wahnsinniges Lachen während des Falls. Der Schock rüttelte mich wach. Sie weckte meinen tierischen Hunger nach Liebe und fiel dann mit mir dem Tod entgegen. Ich bin, wie ihr seht, nicht gestorben. Lediglich meine Persönlichkeit starb an jenem Tag und gab dabei das Bewußtsein frei, das ihr zugrunde lag."

„Was ist mit Meisterin Niemand geschehen?" wollte Luneau wissen.

„Ich habe sie nie wieder gesehen", Shamana zuckte die Achseln. „Erwachen ist eine totale Erfahrung, und es dauerte eine Weile, bis ich mit diesem neuen Bewußtsein richtig umgehen konnte. Die automatischen Teile meines Gehirns waren abgeschaltet worden, und ich habe wochenlang nichts getan. Aber jedesmal, wenn ich am Wasserfall vorbeikomme, kann ich ihr ausgelassenes Lachen noch hören."

DER WASSERFALL

„Na komm schon, Yhanti!“ Luneau war aufgestanden und tänzelte vor ihm her. „Wir wollen mal sehen, ob wir den Wasserfall nicht finden können!“

Abenteuerlustig sprang auch Yhanti auf. Luneau war ihm schon weit voraus, aber er schaffte es, sie oben am ersten Bergkamm einzuholen. Sie rannte spielerisch vor ihm davon, und sie sprangen umher wie zwei Kinder, spielten Fangen und Verstecken.

„Hörst du das?“ Yhanti hielt die Hand ans Ohr. Das tosende Wasser war nicht mehr weit entfernt. Sie nahmen sich an der Hand und gingen das letzte Stück gemeinsam.

Atemlos blieben sie stehen. Offenen Mundes betrachteten sie das Schauspiel, das sich ihnen bot. Ein Regenbogen stand über dem Wasserfall, wie Shamana es beschrieben hatte. Große Raubvögel umkreisten den farbigen Bogen, und im Schlamm zeichneten sich Spuren von Tieren ab, die sich in der Nacht am kühlen Naß gelabt hatten.

„Hinauf zu den Felsen!“ rief Yhanti und übertönte das Brüllen.

Es wurde ein Wettrennen, zickzack den Pfad hinauf, immer höher und höher.

Yhanti erreichte den Felsgrat als erster und blieb wie angewurzelt stehen. Eine alte Frau ließ ihre Beine über dem Abgrund baumeln. Weißes Haar wehte über ihr faltiges Gesicht, während sie leise ein Lied sang.

Luneau und Yhanti setzten sich zu ihr, ganz nah, damit sie sie verstehen konnten. Sie sang:

Auf der Suche kommt ihr her,
doch mein Wesen ist jetzt leer,
kann die Wahrheit euch nicht geben,
denn Erfahrung ist das Leben.
Bei mir bleiben könnt ihr nicht,
fort mit euch, aus meinem Licht!
Hinter mir hört ihr das Hallen.
Tief ins Wasser müßt ihr FALLEN!

Yhanti starrte der Frau ins Gesicht, es war von Lachfalten übersät. Ihre strahlendgrünen Augen glühten mit dem gleichen Glanz, den er so oft bei Shamana gesehen hatte. Könnte dies tatsächlich Meisterin Niemand sein?

„Meinst du, wir sollen in den Wasserfall hineinspringen und vielleicht auf den Felsen zerschellen?“ fragte Yhanti. „Damit würden wir nur nachahmen, was du mit Shamana gemacht hast.“

Aufs neue sang sie:

Wer am Morgen
erwachen will,
nimmt ein Bad
eisig kühl!

Ein Falke landete auf ihrem Arm, sie lachte wie eine Wahnsinnige und ließ sich über den Rand der Felsen gleiten. Sie schauten ihr nach, bis sie in der Gischt verschwand. Der Falke schwebte zurück auf den Felsgrat.

„So habe ich Shamana im Traum gesehen!“ rief Yhanti aus. Er stand wie angewurzelt, von einer Welle der Offenbarung überrumpelt. Luneau war weg, der Falke verschwunden. *Ein Traum*, dachte er. *Ich habe es geschafft, wieder im Traum zu erwachen!*

Yhanti versuchte sich zu entspannen, in der Hoffnung, den Traum nicht zu unterbrechen. Er konnte seinen Körper neben Luneau unter einem Baum fühlen, weit entfernt. *Ich frage mich, was man aus dieser Warte alles tun kann. Kann ich den Traum beherrschen? Ist es dann immer noch ein Traum?*

„Begreifst du es nicht?“ klang eine Stimme hinter ihm.

„Shamana?“ rief Yhanti und drehte sich flugs um. Ein alter Mann, in die gleiche grüne Robe gehüllt wie Shamana, balancierte auf einem Bein und spreizte die Arme, als seien es Flügel. „Wer bist du?“ wollte der Junge wissen.

„Was meinst du wohl, wer ich bin?“ sagte der Mann spöttisch. „Du träumst doch, oder? Ich bin deine andere Hälfte, Yhanti. Nenn mich einfach Shor!“

„Meine andere Hälfte?“ fragte Yhanti. „Die andere Hälfte von was?“

„Nun, ich bin nur ein Traum... eine Projektion deines Geistes. Man könnte auch sagen, ich sei dein Unbewußtes. In Wirklichkeit habe ich keine Form, kann aber in deinen Träumen jede erdenkliche Form annehmen, um mit dir in Verbindung zu treten. Jede Nacht spiele ich Tausende von Rollen. Heute nacht führe ich dich.“

„Du führst mich? Kann ich dir auch Fragen stellen?“

„Ja, jede Frage. Vielleicht antworte ich, vielleicht auch nicht. Du kannst jederzeit Kontakt mit mir aufnehmen, natürlich nur, wenn dir bewußt ist, daß du schläfst. Sag mal, wie fandest du die heutige Vorstellung?“

„Ich versteh' nicht, was du meinst.“

„Wunderbar“, rief Shor aus und tanzte vor Freude. „Jeder Künstler hat die Hoffnung, daß das Geheimnis in seinen Werken nicht restlos aufgedeckt wird. Das macht sie um so spannender.“

„Also gut, meine Frage lautet wie folgt“, kündigte Yhanti an. „Kann ich noch irgend etwas tun, um mehr und mehr zu erwachen?“

„Das fragst du deinen Traum? Also gut, paß genau auf! Sei wachsam! Ich mach' all das nicht umsonst, oder? Ich bin heute nacht zu einer alten Frau geworden, Meisterin Niemand. War sie keine tolle Überraschung? Sie schlug ein kaltes Bad vor. Alles, was dich schockiert, kann dich aus dem Schlaf reißen. Ich hab' dir Shamana sogar zweimal als Falken gegeben. Was willst du mehr?"

„Ich habe keine Ahnung", erwiderte Yhanti etwas verlegen. „Ich werde versuchen noch aufmerksamer zu sein."

„Nicht versuchen, sondern tun! Du und ich, wir werden wieder eins sein, wenn du wach wirst. Jetzt im Moment bin ich neunmal so groß wie du."

„Wie bitte?" fragte Yhanti skeptisch. „Wenn du so weit entwickelt bist, warum kommst du mir dann wie ein Egoist vor?"

„Ich? Ich bitte dich, entsinne dich, mit wem du redest. Ihr rationalen Geister seid wirklich hinterm Mond. Ich kann dir nur empfehlen, jedes Muster im Leben zu durchbrechen. Wiederholung macht dich schläfrig, es versetzt dich in Hypnose. Ich kann nur erwachen, wenn du es kannst. Und nun, wach auf!" schrie Shor, während er Yhanti vom Felsgrat hinunterstieß.

Yhanti setzte sich so abrupt hin, daß Luneau kreischte. Es war immer noch dunkel, aber im Mondschein konnte er sehen, wie Shamana ihn anschaute. „Darf ich dir erzählen, was geschehen ist?" fragte Yhanti.

„Gewiß."

Sie setzten sich in einen Kreis, und Rudo schleppte seine Decke an einen ruhigeren Fleck. Yhanti erzählte die Begebenheiten seines Traumes. „Der ganze Traum erschien mir so wirklich; ich hatte nicht die geringste Ahnung, es mit einem Traum zu tun zu haben, bis ich dich wieder als Falken erblickte."

„Das ist ein guter Anhaltspunkt, mach ihn dir zunutze", schlug Shamana vor. „Wenn du eigenartige Begebenheiten nicht anzweifelst, schläfst du. Wenn du wach bist, hinterfragt dein Verstand alles, weil er interpretieren möchte."

Yhanti hatte darüber noch nie nachgedacht, aber es stimmte. Er hatte jahrelang die merkwürdigsten Sachen geträumt und niemals daran gezweifelt, nicht einmal an den allerverrücktesten. Er war stolz darauf, bereits dreimal im Traum erwacht zu sein.

Yhanti beschrieb seinen Traumführer Shor und was er gesagt hatte. „Glaubst du wirklich, daß er ein Teil meiner selbst ist, mit dem ich nicht in Berührung bin? Sollte ich versuchen, ihn noch einmal herbeizuzitieren?"

„Der Verstand ist außerordentlich trickreich, Yhantishor", warnte Shamana ihn. „Es steckt viel Wahres in dem, was dein Traumbild dir erzählt hat. Es bedeutet, daß deine Aufmerksamkeit tief in dein verborgenes Wesen vordringt.

Dennoch ist sie immer noch Teil deines Geistes, und Dhyana

führt darüber hinaus. Der Rat, Muster zu durchbrechen, ist ausgezeichnet, füge jedoch auch keine neuen Muster hinzu. Gestatte, zu kommen, was will, und nimm es als Gabe an."

„Super", seufzte der Junge. „Ich werde es versuchen. Nur noch eine weitere Frage. War die alte Frau in meinem Traum wirklich Meisterin Niemand? Hatte sie grüne Augen?"

„Schokoladenbraune", entgegnete Shamana. „Ruhe jetzt noch ein wenig aus. Wenn die Sonne aufgeht, werden wir mit Yhantis Verwandlung auf der dritten Ebene beginnen. Und du, Luneau, sei bereit, ein Leben ohne Absicherungen zu führen!"

DER PYRADOM

Yhanti starrte den abnehmenden Mond an. Schlafen war unmöglich. Wußte Shamana, was er machte, oder erlaubte er sich einfach Tricks auf Kosten anderer?

Luneau spielte mit den Blumen im Garten. Das Licht des untergehenden Mondes reichte aus, damit sie die Blüten sehen konnte, und sie machte sich ein Vergnügen daraus, die Blumen an ihrem Duft zu erkennen. Sie wußte, daß sie bereit war, ein neues Leben zu beginnen.

„Es ist Zeit, zu gehen!" rief Shamana. „Eigentlich habe ich kein Zeitempfinden mehr, und es macht auch nichts, wann wir anfangen; aber jetzt ist der richtige Moment, also... auf geht's!"

Yhanti war überglücklich, mit etwas Neuem anzufangen, aber auch neugierig, wie der nächste Schritt nach der Soma-Erfahrung aussehen könnte. Shamana bat Rudo, Luneau zum Königreich Rustador zu führen, an der ihnen zugewandten Seite des Sees. Rudo zuckte zusammen, aber verbeugte sich gehorsam.

Shamana begleitete Yhanti zum Turm und wies ihn an, die Treppen hoch in den zweiten Stock zu gehen. Dort zündete er eine Lampe an. Der Raum war genauso groß wie der darunter gelegene, hatte allerdings keine Mosaiken des Suchens und Fragens. Die Wände waren weiß. Ein Fenster in der Decke ließ den neuen Tag erahnen.

Shamana zog ein dickes Kissen hervor und legte es genau ins Zentrum. „Du wirst mich hören können, falls ich überhaupt rede. Dieser Raum heißt Pyradom. Dieses Instrument wurde vom ersten Erwachten der Kinas entwickelt, von dem sie auch ihren Namen haben. Meister Rakina schuf es als Hilfsmittel für Suchende, die erwachen wollen, und es funktioniert recht gut. Nach seinem Tod versuchten die Kinas, es zu verwenden, wie sie es ihn hatten tun sehen, konnten aber die Effekte nicht reproduzieren. Der Pyradom ist ein Werkzeug, und nur der geschickte Handwerker kann richtig damit umgehen. Es wurde zur Regel, daß nur ein Meister es benutzen darf."

„Weißt du, wie man richtig damit umgeht?" fragte Yhanti ein wenig besorgt.

„Aufmerksamkeit ist das einzige, was jemals richtig funktioniert, und dazu muß man erwacht sein! Ganz abgesehen davon macht es mir großen Spaß, mit Geräten zu spielen!" Shamana nahm die Lampe und tanzte zur Nebentür hinaus.

Yhanti saß in einer grenzenlosen Dunkelheit und erwartete das Unerwartete. Was Shamana gesagt hatte, hörte sich alles ganz lustig an, aber nichts regte sich. Was geschah mit den Leuten, die hier saßen, während Unerwachte an den Kontrollhebeln saßen?

Die aufgehende Sonne sandte einen Lichtstrahl durch das Deckenfenster hinab. Der helle Strahl verbreitete sich im Raum und enthüllte einen riesigen weißen Kristall, der von der Decke herabhing. Das Sonnenlicht brach sich regenbogenfarben im Kristall, und ein summendes Geräusch begann, als baue sich ein gewaltiges elektrisches Energiefeld auf. *Es muß sich um eine Art Generator oder Sonnenfänger handeln,* dachte er. Viele der Kinagebäude waren mit diesen Geräten ausgestattet.

Während das Summen immer lauter wurde, mischte sich ein anderer Ton hinzu. Eine hydraulische Hebevorrichtung ließ etwas von der Decke herab. Als es in den Lichtbereich kam, war Yhanti atemlos vor Überraschung. Tausende kleine Pyramiden aus Kristall glitzerten in einem goldenen Rahmen.

Der Apparat stoppte etwa drei Meter über seinem Kopf. Vier weiße kegelförmige Objekte kamen aus den Wänden und summten harmonisch. Yhanti erkannte sie als Ionengeneratoren, wie sie auch im Krankenhaus der Kinas angewendet wurden.

„Bist du bereit?“ rief Shamana.

„Ich weiß nicht, wie ich für so etwas bereit sein soll!“

„Wenn du jetzt nicht bereit bist“, erwiderte der Alte, „wirst du nie bereit sein. Es wird immer *jetzt* sein müssen!“

Strahlendhelles rotes und blaues Laserlicht blitzte durch die Pyramide. Bald war der Raum erfüllt von vielerlei Tönen und farbigen Lichtblitzen. Die Muster, die das Licht formte, änderten sich derart schnell, daß Yhanti kaum eine Farbe richtig erkennen konnte.

Klare, helle Töne elektronischer Musik setzten ein, und in dem Maße, in dem die Energie um ihn herum sich steigerte, standen Yhanti die Haare zu Berge. Sein Scheitel brannte, und seine Stirn zwischen den Augen, dort, wo Shamana ihn während der Soma-Erfahrung berührt hatte, pochte mit jedem Herzschlag. Seine Gedankenbilder wandelten sich mit der gleichen Geschwindigkeit wie das Laserlicht.

„Du wirst vielleicht das Gefühl haben, daß sich dein Körper etwas von dir entfernt hat“, überstimmte Shamana die Musik. „Beobachte weiterhin deinen Geist, wie du es geübt hast!“

Yhanti konzentrierte sich so stark wie möglich, konnte jedoch keinen klar umrissenen Gedanken fassen. Plötzlich vernahm er seine eigene Stimme im Raum, als sei sie Teil der Musik: *SAGENHAFT! DAS IST KOMISCH!* Er war verblüfft, die eigenen Gedanken über Lautsprecher zu hören. *WAS GESCHIEHT HIER EIGENTLICH?* klang sein Echo durch den Raum.

Yhanti verspürte eine Art Ziehen am vibrierenden Scheitel. Es kam ihm vor, als würde ein ungeahnter Druck ihn in diese Richtung zwingen. *STERBE ICH?* Die gesamte Existenz schien auf ihn niederzudrücken, und der einzige Fluchtweg war aufwärts. *ES IST ZUVIEL. ICH WERDE EXPLODIEREN!* Es wurde ihm bewußt, daß sein Scheitel eine Tür war, eine Öffnung, durch die er hindurchgehen konnte. *WERDE ICH GEBOREN?*

Yhanti hatte die Empfindung, mitsamt Wurzeln aus der Erde gezogen zu werden. Sein Wesen wurde mit einem fast erstickenden Druck durch eine kleine Öffnung geschoben. Dann war es vorbei.

Yhanti stand in einer Wiese mit gelbem Gras! So weit sein Blick reichte, sah er sanfte Hügel und wehendes Gras, durchsetzt von Feldblumen und gelegentlich einigen Bäumen. Ein Pferd hinter ihm schnaubte. Es war nicht eines jener großen Pferde, an die er gewöhnt war, sondern ein kleines Pony, dessen weißes Fell mit braunen Flecken gesprenkelt war. Ein totes Tier war hinten an den Sattel gebunden. Es schien eines der Rehe zu sein, die er im Urwald gesehen hatte, jedoch bedeutend größer.

Yhanti führte das Pony zur Sandbank eines kleinen Teiches. Als er sich nach vorne beugte, um selbst zu trinken, erblickte er sein Spiegelbild. Er war ein rothäutiger junger Mann mit langem, braunem Haar, das mit Tierpelzen durchflochten war. Eine Adlerfeder steckte in seinem Haar und flatterte in der Brise. Über seine Schulter hing eine primitive Waffe, ein in Leder gewickelter Stock mit einer Schnur, die beide Enden verband. Er wußte, daß er damit ein Projektil schießen konnte, wenn er an der Schnur zog und die Spannung plötzlich löste.

Yhanti ging mit dem Pferd an einer Felskuppe entlang; er hielt sich nahe am Boden, als verberge er sich vor jemandem in der Ferne. Da bemerkte er eine schwarze Rauchsäule, die in den wolkenlos blauen Himmel stieg. Er sprang auf sein Pony und ritt wie wild in Richtung des Rauches. Sein Dorf stand in Brand!

Als er im Galopp über einen Erdwall geritten kam, bot sich seinen Augen eine der furchtbarsten Szenen, die er jemals gesehen hatte. Überall lagen die reglosen Körper von Männern, Frauen und Kindern! Die Luft stank nach Blut und gesengtem Fleisch. Rauchende Pfähle lehnten aneinander, Reste runder Zelte hingen daran herunter, manche standen noch in Flammen. Schreiende Kinder und jammernde Verwundete ergänzten das Schreckensbild. Yhanti rannte zu einem der Zelte, wo er den Körper der Frau entdeckte, die ihn aufgezogen hatte.

„Es ist lediglich ein Film", klang Shamanas Stimme. „Hafte nicht an den Bildern, die du siehst. Sie sind ein Schatten der Vergangenheit. Schaue einfach nur an, was gewesen ist."

Yhanti stand nun auf dem Felsgrat eines Berggipfels und schwor seinen Unterdrückern Rache. Blut rann an seinen beiden Armen herab. Er hatte kleine Stückchen Haut herausgeschnitten, seinen Schmerz dem Himmel opfernd. Ein Lied brach aus ihm hervor, ein widerhallender Reigen von Lauten. „*Hey ya ki, hey ya ki ...*" Immer weiter und weiter.

Auf einmal sah er sich selbst, wie er die verbleibenden Mitglieder seines Stammes zu einem weit entfernten Lager führte. Jedes Bild erschien nur einige wenige Sekunden, aber er verstand alles, was geschah.

Es war ein riesiges Lager, in dem Abertausende Verbündete zusammengekommen waren. Es erstreckte sich meilenweit an einem Flußufer entlang. Alle bereiteten sich auf den Kampf vor. Yhanti fertigte gerade spezielle Pfeile, die er für magisch hielt, da ertönte das Signal: „Sie kommen! Es ist ein guter Tag, zu sterben! Hoka hey!“

Männer rannten in verschiedene Richtungen. Ihre Gesichter waren mit abschreckenden Mustern bemalt. Die Kinder holten die schnellsten Pferde. Frauen sangen Lieder des Beistands in schrillem Tremolo. Yhanti beendete eilig sein Ritual und holte sein bestes Pferd. Er ritt hinaus hinter dem Haupttroß der Verteidiger her und schwang eine kleine Axt über seinem Haupt, schreiend wie ein Wilder. Die Feinde waren alle in Blau gekleidet und wandelten sich innerhalb weniger Minuten von Angreifern in Verteidiger, als die Ureinwohner mitten durch ihre Linien auf sie einstürmten.

Von der nächsten Anhöhe kam eine weitere Welle der Freunde Yhantis, geführt von einem mächtigen Häuptling. Seine tapferen Helden überraschten die Blauhemden, durchbrachen ihre Abwehr, zerteilten sie in kleine Gruppen, die wild durcheinanderliefen. Die Krieger um Yhanti herum jubelten dem Häuptling zu, als er die feindlichen Linien durchstieß. „Crazy Horse!“ riefen sie.

Yhanti ritt auf eine feindliche Gruppe zu und schoß dabei aus der Deckung gefallener Pferde auf sie. Ein Schlag von hinten ließ ihn kopfüber zur Erde sinken. Eine leise Stimme in ihm erkannte, was geschehen war: *Nun bin ich tot!*

Ein großes Gebäude stand direkt vor ihm, größer, als er es je in seinem Leben gesehen hatte. Dies war wieder eine völlig andere Welt. Der Weg war aus gleichmäßig bearbeiteten Steinen gemacht, hier und da stand ein Baum, und er guckte in ein Schaufenster. Ein Plakat warb für Reisen in einer altmodischen Flugmaschine. Die Reklame lautete: *HAWAII FÜR WENIG GELD*. Die Widerspiegelung im Schaufenster enthüllte ihm, daß er eine Frau war!

„Mach schon, Schatz", tönte eine Stimme hinter ihm. Eine schlanke, fast schwarzhäutige Frau fuhr mit einem übergroßen Kamm durch ihr Kraushaar. „Das Flugzeug wartet nicht."

Aus dem Fenster der Flugmaschine blickend, war Yhanti überrascht von der Weite des Ozeans. Er hatte ihn einmal als Kind gesehen, als die Humas ihn mit zu einem Dorf an der Küste genommen hatten.

Die Bilder wechselten immer schneller, und Yhanti beschrieb, was er sah. „Ich sehe eine Insel, bedeckt mit sattem grünem Urwald... viele Frauen kommen uns begrüßen... sie nehmen uns mit zu einer Obstplantage mit einem wunderschönen weißen Haus... wir leben in einer Kommune in Harmonie mit der uns umgebenden Natur, aber viele Nachbarn ärgern sich über unsere Lebensform... wir predigen das Ende aller Einzelstaaten, eine einheitliche Weltregierung und eine konzertierte Aktion zur Rettung des Planeten ... wir sorgen dafür, die Seuche nicht zu verbreiten, und feiern jeden Tag unseres Lebens; wir werden hart angegriffen ... eine pilzförmige Wolke erscheint am Horizont ..."

Yhanti öffnete die Augen. Sein Körper schwebte im Energiefeld des Pyradom etwa fünf Fuß über dem Boden. Lichter blitzten über seinem Kopf, und er ruderte mit seinen Armen, um nicht herunterzufallen. Sein Rudern reichte, um seine Gewichtslosigkeit aufzuheben, und er stürzte herab. Die Pyramide stieg hoch, und das Laserlicht hörte auf.

„Man tut gewöhnlich gut daran, nicht hinunterzuschauen!" riet Shamana ihm.

Yhanti nahm sich zusammen und ging leicht schwankend hinaus. Shamana wartete unten an der Treppe auf ihn; Yhanti setzte sich auf eine Stufe und sah auf ihn hinab.

„Das war unglaublich", brachte er mit Mühe heraus, immer noch etwas benebelt. „Bin ich wirklich all diese Menschen gewesen?"

„Alle", nickte Shamana, „und viele mehr. Wen hast du gesehen?"

„Konntest du es nicht sehen?" Der Alte schüttelte den Kopf.

„Ich war ein rothäutiger Mann mit Fellstreifen und einer Feder im Haar, und ich hatte ein Pferd, aber kein großes ..."

„Immer mit der Ruhe. Ich bin ganz Ohr."

„Einige Feinde in blauen Uniformen töteten meine Mutter

und Hunderte andere. Sie brannten das ganze Dorf nieder. Ich sprach mit der Sonne und schnitt Hautstückchen aus meinen Armen. War ich verrückt?"

„Das gehörte in der früheren Zeit dazu. Die Leute waren sehr abergläubisch. Sie lebten ein hartes, oft kurzes Leben, und ihre Gesellschaft basierte auf dem Glauben an Magie. Machtlos den Härten und Widrigkeiten ihres alltäglichen Lebens ausgeliefert, suchten sie die Unterstützung mächtiger Geisthelfer. Um die Sympathie und Zuneigung der Geisthelfer zu erlangen, zeigten sie ihren Mut und ihre Entschlossenheit, indem sie sich selbst marterten."

„Gab es diese Geister wirklich?"

„Gewissermaßen." Shamana hielt inne. „Wenn viele Leute an eine Art Gott oder Geisthelfer glauben, stellen sie ein Energiefeld her. Es geht dabei um sehr wenig Kraft, aber jeder noch so geringe Beweis der Existenz des Geisthelfers verschaffte dem Suchenden mehr Vertrauen. Ich schloß mich einer Gruppe rothäutiger Menschen auf einem Flußufer an. Wir siegten über die Blauhemden, aber ich wurde von hinten getroffen und starb."

„Du kannst von Glück reden", sagte Shamana und wiegte den Kopf. „Danach wurde alles nur noch schlimmer."

„Warst du auch da?" fragte Yhanti aufgeregt.

„Ja, aber meine Vergangenheit nützt dir auf deinem Weg zum Erwachen nichts. Was hast du sonst noch gesehen?"

„Ich war eine Frau! Ich lebte kurz vor dem großen Krieg, als die Seuche überall herrschte. Wir hatten eine Kommune gegründet, um mit den Problemen unserer Welt anders umzugehen, und wurden von allen um uns herum angefeindet. O ja, meine beste Freundin war eine schwarzhäutige Frau."

„Hmm. Schwarze Frauen waren die unterdrücktesten Menschen der Erde in jener Zeit. Die Welt war geprägt von Konkurrenzdenken. Es war eine Männerwelt, und der Nachdruck lag auf Effizienz und nicht auf Schönheit. Es waren die Kinas, die es den Rassen letztendlich erlaubten, sich völlig zu vermischen, was übrigens zu einer größeren Intelligenz führte. Um die Schönheit erst gar nicht zu erwähnen!"

Shamana stand auf und bat Yhanti, mit in den Garten zu kommen und etwas zu essen. Bevor er aß, hob Shamana die Hand, um Yhantis Aufmerksamkeit zu wecken. „Es ist sehr nützlich zu sehen, was in der Vergangenheit geschehen ist, aber bleibe nicht daran haften. Der wirkliche Wert liegt darin, all die Fehler zu sehen, die du bereits gemacht hast. Anstatt also die alten zu wiederholen, mache diesmal ein paar neue!"

RUSTADOR

Rudo ging vor auf dem überwachsenen Pfad in Richtung des Königreichs Rustador. Luneau freute sich, das Kinadorf verlassen zu haben und auf dem Weg in ein neues Abenteuer zu sein. Sie folgte Rudo wie ein Schatten. Er machte große Sprünge über die Felsen, denn er wollte mit seiner Kletterfähigkeit Eindruck bei ihr schinden, aber sie sprang direkt hinter ihm her.

Rudo war nicht daran gewöhnt, eine Frau in seiner Nähe zu haben oder sie zu führen. Er schaute sich oft um, denn man konnte ja nie wissen, was sie gerade ausbrüteten – Frauen waren keine vertrauenswürdigen Wesen, und man wußte nie, was sie im Schilde führten. Ein Mann hätte Rudos große Sprünge zunächst aus sicherer Entfernung beobachtet, bevor er gewagt hätte, ihm nachzueifern, aber diese Frau befand sich in ihrer eigenen kleinen Welt. Sie sang und tänzelte ihm nach, ohne die Gefahr oder das Risiko zu sehen, dem Rudo sich aussetzte.

Als Rudo auf halbem Wege seine bevorzugte Stelle, einen Sprung von drei Metern, erreicht hatte, grinste er. Er war schon eine Menge Leute an diesem felsigen Abhang losgeworden, und nahezu niemand hatte gewagt, den Berg danach noch einmal zu besteigen. Jetzt würde sich auch der Unterschied zwischen echten Männern und ... Weibern zeigen! Zwei schnelle Schritte und ein Sprung.

O nein, dachte er. *Ich hätte drei Schritte nehmen sollen!* Aber es war bereits zu spät. Verzweifelt hangelte er nach einer Wurzel auf der anderen Seite des Abgrundes. Da hing er nun: Seine Verlegenheit war noch größer als die Angst vor dem tiefen Sturz.

Luneau lief vorsichtig um die gefährliche Stelle herum und half ihm wieder auf die Beine. „Vielleicht solltest du nicht so große Risiken eingehen", sagte sie. „Es ist viel leichter, einen kleinen Umweg zu machen." Rudo drängte an ihr vorbei und beeilte sich weiterzukommen. Sorgfältig wählte er nun den leichtesten Weg. Schon bald erreichten sie eine Lichtung am Fuße des Berges, wo Rudo einen weißen Hut auf seine glänzende Glatze setzte.

Jenseits einer großen Wiese strebten die kreisrunden Türme eines riesigen Forts gen Himmel. Es sah aus wie die Burg, die Luneau einmal in einem Buch gesehen hatte. Das Hauptgebäude bildete die Basis für den größten Turm, der aus Metall war, das in der Sonne schimmerte. Bevor sie das Tor erreichen konnten, ritt ihnen eine Schar der entgegen, deren Aufgabe es war, alle Neuankömmlinge schon im Vorfeld zu überprüfen. Sie trugen alle Brustpanzer aus Eisen und uralte Waffen. „Wer da?" fragte der erste, als er vor ihnen stand.

„Mein Name lautet Sir Rudo vom Turm der Forscher. Meine Begleiterin Luneau ist ein Mädchen der Kinas. Wir sind gekommen, dem Hof einen Besuch abzustatten."

Nachdem sie die erste Umfriedung passiert hatten, mußten sie auf einer steinernen Bank warten. Gleich darauf trat das Willkommenskomitee auf sie zu und begutachtete sie. Eine große, gutgekleidete Dame trat näher. Die Luft war erfüllt vom Duft zerdrückter Blüten, als sie die Enden ihres langen Kleides faßte, es seitwärts spreizte, die Knie beugte und sagte: „Wie geht es Euch?"

Luneau schaute Rudo an und wartete seine Antwort ab, er blieb jedoch stumm. Alle Aufmerksamkeit war auf sie gerichtet. „Wie geht was?" fragte sie unschuldig. Die Zuschauer zischelten abschätzig.

„Wollt Ihr mich beleidigen?" wollte die Frau wissen.

„Kann man dich denn so leicht beleidigen?" fragte Luneau.

„Wache!" schrie die Frau. „Begleitet diese Wilde in den Übungsraum!"

Zwei starke Männer hoben Luneau an den Armen hoch und zerrten sie einen Gang entlang. Sie konnte gerade noch einen Blick zurückwerfen, bevor sie um die Ecke bogen. Rudo beugte sich bis zur Taille vor, hatte seinen Hut in der Hand und genoß dieses Theater offensichtlich.

Die Wache hielt bei einer schwarzen Tür an und klopfte dreimal. Ein Mann mit schwarzer Kapuze, die sein gesamtes

Gesicht bedeckte, öffnete. Die Wache verbeugte sich, und er erwiderte den Gruß. „Die Gräfin der Sitten und Gebräuche wünscht, daß dieser Gast korrigiert wird", verkündete eine der Wachen, und an Luneau gewandt: „Wir überlassen Euch der Obhut des Meisters der Regeln."

An den Wänden hingen eine Menge eigenartige Werkzeuge. „Zuallererst muß ich Eure Absicht in Erfahrung bringen", stellte der Meister der Regeln fest. „Seid Ihr lediglich unwissend, was das rechte Benehmen betrifft, oder seid Ihr gekommen, unsere Gesellschaft als Rebell zu unterminieren?"

„Ich wußte wirklich nicht, daß es rechtes Benehmen bei der Begrüßung gibt und was von mir erwartet wurde, aber ich bin gerne bereit zu lernen", erbot sich Luneau. „Was erwartete die Dame?"

„Ihr müßt immer die Geste erwidern, die Euch angeboten wird! Habt Ihr denn überhaupt keine Manieren?" Luneau schüttelte den Kopf. Die Ernsthaftigkeit, mit der diese Leute solche triviale Spiele spielten, machte ihr zu schaffen. „Sprecht andere immer mit dem korrekten Titel an, und grüßt sie, wie sie Euch grüßen."

„Darf ich erfahren, wozu das alles gut sein soll?"

„Das ist Etikette! Ihr müßt gesellschaftsfähig sein! Wenn man Euch für unerziehbar hält, wird man vermuten, Euer Kopf sei verdreht, und man wird dieses Problem zu entfernen wissen", warnte der Meister der Regeln sie.

„Ich werde mein Bestes geben“, versprach Luneau. Um nicht abermals zur Korrektur geschickt zu werden, war sie bereit, jedes idiotische Spiel mitzuspielen, bis sie wieder in die andere Welt zurückgekehrt war. Sie ergriff die Zipfel ihrer roten Robe und spreizte sie zur Seite.

„Gut so!“ brüllte der Lehrer. „Nun beugt Eure Knie ... Füße zusammen ... und wieder grade stehen. Gut! Ihr werdet wieder zu mir gebracht werden, falls Ihr weiterer Korrektur bedürft. Solange Ihr so schnell lernt, werde ich mich nicht gezwungen sehen, eine meiner härteren Lehrmethoden anzuwenden. Man wird Euch womöglich bitten, einen Kurs zu absolvieren, der Euch einen Titel verschafft. Lediglich zwei Jahre an der Universität für Gesellschaftsregeln, und Ihr könnt alle Verhaltensvorschriften meistern.“

Der Meister der Regeln klopfte dreimal an die Tür, und die Wachen öffneten sie. Alle drei Männer verbeugten sich. „Die Untertänigste kann es nun erneut versuchen.“ Die Wachen marschierten mit ihr den Gang hinunter.

Sie betraten eine monströse Galerie, in der ein Bankett im Gange war. Die Gräfin der Sitten und Gebräuche unterhielt sich mit Rudo, der am Gästetisch an ihrer Seite saß.

„Es tritt herein Luneau, ein Kinamädchen“, schrie die Wache. Alle Frauen im Raum standen auf und verneigten sich zugleich. Luneau erwiderte diese Geste prompt, und sie jubelten alle, bevor sie sich wieder setzten. Man bot Luneau ein wenig Essen an, und eine ältere Frau wurde beauftragt, ihr die rechten Essenssitten beizubringen. Es gab sechs verschiedene Utensilien, aber kein einziges, das ein gutes Mittel gewesen wäre, Essen in den Mund zu befördern.

Nachdem sie soviel gegessen hatte, wie sie Geduld hatte, wurde sie dem Grafen der Sicherheit und Ordnung vorgestellt, einem großen, dünnen Mann mit spitzem Schnurrbart, gekleidet in einer goldbetreßten, blauen Uniform. „Sir Rudo hat verlauten lassen, daß Sicherheit und Ordnung Euer Steckenpferd sind. Meine Wenigkeit ist Experte für diesen Bereich, und ich würde mich glücklich schätzen, Euch unser System und meine geringen Beiträge dazu zeigen zu dürfen."

Sie entschloß sich, ihm nicht zu erklären, daß sie gerade dabei war, ihr eigenes übertriebenes Sicherheitsbedürfnis loszuwerden, und akzeptierte die Führung. Der Graf zeigte ihr die Burgmauern. „Jede davon ist mit dem Zweck entworfen, Eindringlinge aus- und die Bürger einzuschließen."

„Wie bitte?" entfuhr es Luneau. „Es ist niemandem erlaubt zu gehen?"

Der Graf kratzte sich ungläubig am Kopf. „Wäre es denn nicht sehr unhöflich, solch eine sichere Institution wie diese verlassen zu wollen? Wie könnten wir jemals die totale Sicherheit und Ordnung aufrechterhalten, wenn es den unentbehrlichen Mitgliedern des Hofstaates gestattet würde, zu gehen?"

„Wie viele Mitglieder sind denn unentbehrlich?"

„Jeder, der hier lebt, bekommt einen unentbehrlichen Titel vom Standesmeister und sammelt Verdienste beim Meritenmeister." Luneau beschloß bei sich selbst, daß zu ihr der Titel einer Fluchtmeisterin wohl am besten passen würde.

Als nächstes nahm der Graf sie mit zum großen Eisenturm, den sie bereits aus der Ferne gesehen hatte. „Und hier haben wir das eigentliche Herz unseres Sicherheitssystems", erklärte der Graf nicht ohne Stolz.

„Was ist das?"

„Habt Ihr die Geschichte des Großen Krieges studiert?"

Luneau sagte, sie hätte davon gehört, kenne jedoch keine Einzelheiten.

„Es gab damals eine Menge sehr mächtiger Nationen, die ihre Technologie bis zu einem außerordentlich hohen Stand entwickelt hatten. Sie hatten Sicherheitssysteme, die weit über das hinausgehen, was wir uns vorstellen können. Den beiden mächtigsten Staaten war das Geheimnis der Schöpfung und Vernichtung bekannt, und sie entwickelten viele Geräte wie dieses", sagte er und zeigte auf den Turm. „Wer nur ein einziges dieser hübschen Dinger in Besitz hat, kann ein gesamtes Königreich vernichten. Alle uns umgebenden Dörfer wissen, daß wir dieses Ding haben, und lassen uns deswegen in Ruhe."

„Wie nett", sagte Luneau sarkastisch. „Aber was für eine Sicherheit kann so eine Bombe denn verschaffen? Wißt Ihr denn, wie man sie zündet?"

„Nein, wir verfügen nicht mehr über die Technologie, sie fliegen zu lassen“, mußte der Graf zugeben. „Aber sie ist scharf und kann jederzeit zur Explosion gebracht werden, wenn wir es wünschen.“

„Aber auch Ihr wärt dann alle tot. Ein einziger Mensch könnte euer gesamtes Königreich in die Luft jagen, wenn er hier hineinkäme.“

„Völlig unmöglich“, versicherte ihr der Graf. „Es verstößt gegen unsere Moralvorstellungen, daß ein Angriff von innen her stattfindet.“

Der entfernte Klang einer Glocke weckte die Aufmerksamkeit des Grafen. Er geleitete Luneau in einen Raum voller Mädchen, die nur wenig jünger als sie waren. „Ihr müßt mich entschuldigen, ich muß Euch bei den jungen Mädchen lassen, meine Wenigkeit muß sich auf die große Hochzeit vorbereiten.“ Der Graf empfahl sich und eilte davon.

„Willkommen, wie geht es Euch?“ verbeugte sich die Älteste.

„Willkommen, wie geht es Euch?“ ahmte Luneau sie nach.

„Mein Name lautet Heesha. Wie lautet Eurer?“

„Luneau. Muß ich alles wiederholen, was Ihr sagt?“

„Natürlich nicht“, lachte Heesha. „Nach der Begrüßung kannst du sprechen, wie du willst, solange du nicht fluchst, streitest oder Fragen stellst, die der Hof nicht beantworten kann.“

Heesha war schlank und fast genauso groß wie Luneau.

Ihr Gesicht strahlte Süße und Unschuld aus, als verberge sich ein Kind in diesem weiblichen Körper. Würde sie im Dorf der Kinas wohnen, wäre sie schon weit in ihrer sexuellen Phase, dachte Luneau.

„Also gut, Heesha, erzähl mir ein wenig, wie es hier ist. Ich bin nur zu Besuch hier. Meister Shamana hat mich geschickt, darum weiß ich, daß es für mich hier etwas zu lernen gibt."

„Aber natürlich", sagte Heesha unverzüglich. „Alle lernen hier etwas. Ich habe meine zwei Jahre Gesellschaftsuniversität beinahe hinter mir, und ich werde schon bald zur Prinzessin der Kleidungskunst promovieren. Ich habe Farbverhältnis, Stil, Muster und anerkannte Bekleidungsmaterialien studiert. Was möchtest du lernen?"

„Ich glaube, für mich ist es am allerwichtigsten, herauszufinden, wer ich bin, und dann will ich natürlich auch die Geheimnisse der Liebe erkunden."

„Das ist ein leichtes!" rief Heesha aus. „Vor der Hochzeit wird ein einmonatiger Kurs absolviert, in dem man die Kunst der Liebe erlernt. Und bei uns kann jeder lernen, wie man zu dem wird, was man sein möchte. Die meisten von uns haben die Wahl, was sie werden wollen, auch wenn unsere Eltern etwas anderes sind."

Luneau konnte es fast nicht glauben. „Aber Heesha, meinst du denn nicht, daß wir in Wirklichkeit schon etwas sind, trotz allem, was uns beigebracht wurde?"

„Einst gingen meine Gedanken in ebendiese Richtung, aber heute weiß ich, wer ich sein sollte. Derlei Gedanken bringen einem nur Depressionen. Der Hof befaßt sich nicht gerne mit so schwierigen Fragen." Heesha schien selbst nicht ganz überzeugt zu sein von dem, was sie sagte. Sie kaute an den Fingernägeln und legte die Stirn in Falten. „Wie ist es dort draußen?" flüsterte sie.

„Es ist unterschiedlich, das hängt davon ab, wo man gerade ist. Bist du denn noch nie draußen gewesen?"

„Das ist verboten", Heesha legte den Finger auf die Lippen. „Bitte senke die Stimme. Stünde nicht die große Hochzeit bevor, dürfte ich überhaupt nicht mit dir reden. Man darf sich nicht dabei erwischen lassen, mit jemandem von draußen zu reden."

„Weshalb nicht?" Luneau senkte die Stimme, um ihre neue Freundin nicht in Verlegenheit zu bringen. „Da draußen liegt eine wunderbare Welt, in der es viele verschiedene Menschen gibt und phantastische Orte, die man besuchen kann. Jedes Dorf hat seine eigene Besonderheit und Schönheit."

„Genau das ist der Grund", seufzte Heesha. „Über das Verbotene zu reden weckt ein Verlangen in mir, es auch zu sehen. Der Hof sagt, daß wir des Todes sind, wenn wir uns zu weit hinauswagen. Das magische Pferd Fanden wird uns töten oder uns unserer Seele berauben. Wenn einer erst einmal hinausgegangen ist, läßt man ihn nie wieder hinein."

„Das hört sich gar nicht schlecht an", bemerkte Luneau. „Hör zu, Heesha, eines Tages wirst du sowieso sterben, entweder hier drinnen oder dort draußen. Ich habe mich entschieden, meine bequeme Sicherheit aufzugeben und ganz neu mit dem Leben anzufangen. Es ist besser, Risiken einzugehen und lebendig zu sein, als ungeboren zu sterben." Die Kraft ihrer eigenen Worte überraschte Luneau.

Heeshas Gesicht zeigte Begeisterung und Furcht gleichermaßen. Luneau ging langsam ein Licht auf, weshalb Shamana sie hergeschickt hatte: Sie sollte selbst erfahren, wie teuer Sicherheit bezahlt wurde. Vielleicht konnte sie Heesha mitnehmen.

„Luneau!" Heesha versuchte, das Thema zu wechseln. „Ich muß dich jetzt auf die Hochzeit vorbereiten."

„Dann erzähl mir etwas darüber. Was ist eine Hochzeit? Ist es eine Liebeszeremonie?"

„Ebendas", bestätigte Heesha. „Durch sie graduiert man von der Schule der Liebe: Mann und Frau geben einander das Gelübde, den Rest ihres Lebens zusammen zu verbringen. Es ist eine Zeit der Feste und Feiern und bringt dem Hof neue Kinder."

Luneau wurde blaß. „Soll das heißen, daß dieselben zwei Menschen einander versprechen, immer zusammenzubleiben? Was machen sie, wenn die Liebe verblaßt? Ich habe eine ganze Zeit mit dem gleichen Mann zusammengelebt. Das war genug

Zeit, zu lernen, was das Wesen der Liebe ist. Sie ist äußerst zerbrechlich."

„Unsere Liebe kann nicht sterben!" Heesha hatte das Gefühl, sich verteidigen zu müssen. „Es wird uns beigebracht, wann wir zu lächeln haben, wann ein herzliches Lachen angebracht ist und wie man Probleme verhindert. Ein Paar bleibt ewig zusammen; wozu sonst sollten sie heiraten? Wo bliebe die Sicherheit, wenn der Ehemann einen verlassen könnte? Sollten trotz alledem Schwierigkeiten entstehen, so gibt es einen Auffrischungskurs, in dem man lernen kann, wie man dem Lebenspartner das Gefühl gibt, erwünscht zu sein."

Luneau war ratlos. „Wie sollte jemand das Bedürfnis haben, sich erwünscht zu fühlen, wenn das nicht wahr ist? Es gibt so viele andere Menschen, und mit ihnen kommt vielleicht auch die Liebe wieder. *Meine* Liebe ist wild und unbändig! Ich glaube nicht, sie festhalten oder fangen zu können, ohne sie zu zerstören."

Heesha begann wieder zu flüstern: „Wie findet man diese Liebe?"

Luneau nahm ein Tamburin aus einer Sammlung von Instrumenten. „Ich werde versuchen, dir eine Ahnung zu geben. Sie kommt, wenn man nicht danach sucht. Sie scheint scheu zu sein." Sie bewegte das Tamburin leicht, um den Anfang zu zeigen. „Dann explodiert sie vor deinen Augen und überwältigt dich. Du kannst beinahe nicht glauben, daß dir so etwas passiert.“ Die anderen Mädchen sammelten sich um die beiden, während Luneau einen fröhlichen Rhythmus spielte. „Sie wächst, indem man sie mit dem anderen teilt.“ Sie gab Heesha das Instrument und wandte sich den anderen Mädchen zu. „Nehmt alle die Instrumente, mit denen ihr schon geübt habt. Wir wollen ein wenig Liebesmusik spielen.“

„Liebe macht dein Spiel ganz mühelos und frisch“, sang sie im Rhythmus. „Manche tanzen, andre singen; jeder spielt sein eigen Lied, und die Liebe, ja die Liebe wird zur großen Symphonie!“ Alle Mädchen stimmten ein, tanzten und spielten Musik, während Luneau sich im Kreis drehte.

„SOFORT AUFHÖREN! STOPP!“ tönte ein scharfer Befehl aus der Türöffnung. Eine muskulöse Frau mit der Stimme eines Mannes hob drohend den Finger. „Was ist denn hier los?“

Heesha trat nach vorn und grüßte den Drachen. „Wir lernen gerade einen neuen Tanz von unserem Gast Luneau. Sie ist zu Besuch, Gnädigste.“

„Solch ein Tanz gebührt sich absolut nicht für eine Dame!“ schrie die Furie. „Wir werden noch ein ernstes Wort zu wechseln haben. Aber jetzt werdet ihr euch schnellstens auf die Hochzeit vorbereiten!“

Die Mädchen zogen ihre Kleider an und bürsteten die Haare. Luneau bekam Heesha in dem Durcheinander dennoch zu fassen. „Komm mit nach draußen mit uns, Heesha“, flüsterte sie. Heesha konnte keine Antwort geben; der Drachen näherte sich ihnen.

„Madame, darf ich vorstellen, Luneau, von den Kinas", sagte Heesha förmlich. „Luneau, gestatte mir, dir die Matrone der Jungen Damen vorzustellen." Die Matrone stemmte ihre Hände in die Hüften, kniff die Augen zusammen und wartete auf die ihr gebührende Begrüßung.

Luneau fiel ein, daß sie die Begrüßung anderer in gleicher Form zu erwidern hatte, sie stemmte daher gleichfalls die Hände in die Hüften und schnitt eine Grimasse. Die Matrone glaubte ihren Augen kaum und schnaubte wütend. „Grüßt man so die Leute?"

„Grüßt man so die Leute?" wiederholte Luneau. „Jetzt, da das geklärt ist, wünsche ich *Herrn* Rudo zu sehen."

„Mein liebes Mädchen, du wirst an meinem privaten Benimmunterricht teilnehmen müssen", sagte die Matrone mit drohendem Unterton. „Leider kann ich mich dieser Sache gerade jetzt nicht widmen, die Hochzeit nimmt mich ganz in Anspruch. Dort wirst du auch Herrn Rudo finden." Heesha eilte herbei, nahm Luneau an die Hand und führte sie an ihren Platz in der Prozession der Mädchen.

Im Hof saßen bereits Hunderte von Gästen auf den ihnen zugewiesenen Plätzen, als die Prozession hereinkam. Rudo leistete immer noch der Gräfin der Sitten und Gebräuche Gesellschaft, aber Luneau nahm ihn auf die Seite, denn sie mußte unbedingt mit ihm reden.

„Jetzt verstehe ich, warum du mich hergebracht hast", flüsterte sie ihm ins Ohr. „Ich habe jemanden getroffen, der mit uns gehen möchte."

Rudo wurde fast genauso weiß wie sein Hut. „Shamana hat mir die Weisung erteilt, dir bei allem, was du mit diesen Leuten anstellst, nicht im Wege zu stehen", flüsterte er aufgeregt, „ich muß dich allerdings warnen: Man wird uns beide töten, wenn sie irgendwie Wind davon bekommen, daß wir einen Untertanen entführen wollen."

Rudo klebte sein Lächeln wieder aufs Gesicht, als der König des Heiligen Bandes der Ehe näher kam und sich vor ihnen verbeugte. „Ah. Wie erfreulich, daß Ihr die Muße fandet, uns mit einem Besuch zu beehren. Meine Wenigkeit möchte Euch freundlichst bitten, mir zu den Besuchersitzen zu folgen."

„Darf ich erfahren, wer hier verheiratet wird?" fragte Luneau höflich.

„Die Königin der Hebammen vermählt sich mit dem Prinzen der Bestattungen."

„Was für ein Paar", entfuhr es Luneau. Ihr fielen eine ganze Reihe passender Witze ein, aber sie behielt sie doch lieber für sich. Rudo saß an ihrer linken, und ein kurzer, dicker Mann mit blauem Turban an ihrer rechten Seite. Er sagte, er wäre aus Mystica gekommen, um der Zeremonie beizuwohnen.

„Wohnen die Leute aus Mystica gewöhnlich rustadorianischen Eheritualen bei?" wunderte Luneau sich. Der Mann gab keine Antwort und schaute woandershin.

Eine Phalanx Trompeter schmetterte eine Fanfare, als das künftige Ehepaar im Hoftor erschien und zwischen den langen Reihen der Gäste hindurchstolzierte. Der König des Heiligen Bandes der Ehe nahm ihnen den Schwur ewiger Treue ab.

„Schwört Ihr, Prinz der Bestattungen, dieser Frau ewige Treue und daß Ihr niemals Eure animalischen Triebe an einer anderen auslassen werdet?“

„Ich werde es versuchen.“

„Wie bitte?“

„Ja.“

„Und schwört Ihr, Königin der Hebammen, der Ehe mit diesem Mann wahrhaftig zur Geburt zu verhelfen und es seinen animalischen Trieben zu erlauben, dieser Stadt neue Untertanen zu schenken?“

„O.k. Ich meine: ja.“

Der König verband sie mit der zeremoniellen Kette und wollte das Ritual gerade mit dem heiligen Hängeschloß besiegeln, als der Graf der Sicherheit und Ordnung wild gestikulierend hereinplatzte. „Die Bombe!“ keuchte er. „Jemand hat unsere Bombe entsichert! Rette sich, wer kann! Sie wird in etwa fünf Minuten hochgehen!!“

Luneau fiel genau in dem Moment auf, daß der Besucher aus Mystica verschwunden war. Sie suchte Heesha in der Masse schreiender Leute und fand sie zusammengekauert in einer Ecke. „Los! Jetzt mußt du mit uns rauskommen!“ Sie ließ nicht locker. Heesha nickte, und gemeinsam rannten sie und schlossen sich Rudo beim Tor an. Der Tormeister öffnete gerade die inneren Tore, und sie rasten hindurch, gefolgt von einer Horde Rustadorianer. Die Außentore standen offen, und sie nahmen alle drei ein Pferd aus dem Wachhaus.

„Wenn das eine Atombombe ist, haben wir nicht die geringste Chance“, jammerte Rudo, während sie in die Ebene hinausgaloppierten.

„Es lohnt sich trotzdem abzuhauen!“ rief Luneau. Jeder Moment war von dem Gefühl belebt, es könnte ihr letzter sein. Die Pferde flogen nahezu, als verstünden sie die Not ihrer Reiter.

Als sie die ersten Bäume am Waldrand erreicht hatten, wendete Rudo sein Pferd, um einen letzten Blick auf Rustador zu werfen. „Schaut euch das an!“ rief er.

Die Bewohner waren aus dem Fort herausgeströmt, hatten sich aber aus Angst, die Burg zu verlassen, vor ihren Toren versammelt. Sogar auf diesen Abstand konnten sie den Stadtschreier rufen hören: „Es ist ein Blindgänger! Ihr könnt alle wieder nach Hause kommen!“

Die Menge stellte sich in Reih und Glied auf und ging durchs Tor zurück. Die drei Reiter aber begannen den steilen Ritt den Berg hinauf. Heesha blickte oft über ihre Schulter und kam dennoch gut mit. Erst gegen Abend kamen sie in Shamanas Garten an.

Yhanti, der seit seiner Erfahrung im Pyradom still gesessen

hatte, sprang auf, um sie zu begrüßen. „Wen hast du da mitgebracht?“ fragte er Luneau.

„Ihr Name lautet Heesha“, stellte Luneau sie vor.

Heesha stieg ab und machte einen Knicks. „Angenehm“, sagte sie.

„Ach, wirklich?“ erwiderte Yhanti. „Weshalb?“

Shamana kugelte sich vor Lachen, und sie alle versammelten sich um ihn unter seinem Baum. „Hallo, Heesha“, sagte er freundlich, als sie sich hinsetzte. Yhanti beobachtete, wie Heeshas Gesichtsausdruck sich von Verlegenheit in Verwunderung verwandelte, als sie in Shamanas strahlende Augen schaute. „Bist du aus einem bestimmten Grund hergekommen?“ fragte der Alte.

„Ich kam, um das Geheimnis der Liebe zu lernen, gnädigster Herr. Fräulein Luneau hatte die Freundlichkeit, mir davon zu erzählen, und ich möchte es selbst empfinden. Abgesehen davon habe ich das Verlangen, mit eigenen Augen zu sehen, ob die Welt hier draußen wirklich so eine Hölle ist, wie meine Erzieher es mir beigebracht haben.“

„Ich kenne nur eine einzige Hölle: nicht in sich selbst zu ruhen“, versicherte Shamana ihr. „Liebe kann das Tor zur Hölle sein, wenn sie von jemandem abhängig ist. Liebe ist wie eine Hibiskusblüte. Eines Morgens blüht sie auf, unerwartet und großartig, aber wenn es Nacht ist, kann sie bereits wieder verschwunden sein, ohne eine Spur zu hinterlassen. Man kann die Liebe nicht einfangen. Sie kann nur in Freiheit eingeladen werden. Und wenn sie schließlich zur Verfassung deiner selbst wird, ist sie der Himmel, und nichts kann sie zerstören."

Shamana sah den ungläubigen Blick in Heeshas Augen.

„Da du aus Rustador kommst, wirst du Schwierigkeiten damit haben. Dir ist eingetrichtert worden, wie du zu handeln hast, und du hast vollkommen vergessen, wer du bist. Für den Fall, daß du bleiben möchtest, versuche alle anerzogenen Gesten des Respektes aufzugeben, und versuche auch nicht, das, was natürlich in dir ist, zu beherrschen. Du bist willkommen, genauso wie du bist. Du mußt dir die Liebe nicht verdienen."

„Ich will es versuchen", sagte Heesha mit fester Stimme, sie wandte ihren Blick nicht von Shamanas Augen ab. „Wie fange ich es an?"

„Es gibt keine festen Regeln dafür, aber ich schlage vor, du ziehst erst einmal die gleichen roten Roben an wie die anderen."

Er gab ihr einen Fragezeichenanhänger. „Das hat nichts Ernstes zu bedeuten. Er soll dich nur daran erinnern, jede Gewohnheit, die du dir angeeignet hast, zu durchbrechen, und zwar in allem, was du machst.

Sei spielerisch und bedenke, hier gibt es keine Regeln. Verbringe ein wenig Zeit mit deinen Freunden. Sie haben von der Liebe gekostet, und das kann ansteckend sein!"

HEESHA

Der Himmel erglühte in morgendlicher Röte, als Heesha ganz plötzlich erwachte. Nervös begann sie, den Garten zu erforschen. Der Duft der Blumen und Früchte war unvergleichlich, es war das erste Mal, daß sich ihren Sinnen solch eine Pracht erschloß. Die Schatten allerdings bereiteten ihr Angst. Sie entdeckte den Pfad zum Berggipfel, ein Ort, nach dem sie sich schon immer gesehnt hatte. Langsam folgte sie ihm.

Der Turm der Forscher flößte ihr Furcht ein. Er sah aus wie eine Burg, ein Ort der Dunkelheit und Gefangenschaft, und sie zögerte, sich ihm zu nähern.

„Möchtest du sehen, wie er von innen aussieht?" Sie zuckte vor Schreck zusammen, als sie die Worte vernahm. Yhanti hatte sie gesehen, als sie den Pfad hinauf genommen hatte, und war ihr nachgegangen.

„Was wird darin aufbewahrt, hoher Herr... ich meine Yhantishor."

„Er ist dazu da, uns Schlafwandler zu wecken", sagte Yhanti. „Ich hatte eine Soma-Erfahrung im untersten Stockwerk. Darüber befindet sich ein Pyradom. Komm, ich zeige ihn dir. Yhanti versuchte die Tür zu öffnen, fand sie jedoch verschlossen.

„Was willst du?" Yhanti drehte sich um und sah Rudo, der aus den Schatten der Bäume hervorlugte. „Der Meister erlaubt nicht, den Turm ohne bestimmten Zweck zu betreten", erklärte er mit finsterer Miene.

„Wir waren einfach nur auf Kundschaft", erklärte Yhanti.

„Kundschafte woanders!" sagte Rudo bissig.

Yhanti hatte keine Lust auf Streit, schon gar nicht am frühen Morgen. „Hast du Lust, mit an eine Stelle zu gehen, von wo aus wir das Kinadorf sehen können, wo Luneau und ich herkommen?" fragte er Heesha. Rudo bewachte die Tür immer noch, als Yhanti, auf einem Felsblock stehend, sich umdrehte und zurückschaute.

„Laß dich von ihm nicht nervös machen", beruhigte er Heesha. „Er tut so, als sei er gefährlich, aber ich glaube, er fühlt sich einfach von den vielen neuen Besuchern hier überrollt."

Sie gingen den Berg hinab, bis sie die Kuppeln der Sonnenfänger in der Ferne sahen. „Mit den Kuppeln sammeln sie die Sonnenenergie, mit der die Maschinen gespeist werden."

„Wie lange ist es her, daß du geflohen bist?" fragte Heesha.

„Geflohen?" Yhanti lachte. „Ich kann kommen und gehen, wie ich will. Die Kinas sind kein herrschsüchtiges Volk."

„Sie haben dich sogar hierhergehen lassen?" Heesha konnte es kaum glauben. „Dieser Shamana scheint gegen alle Regeln und Gesellschaftsformen zu sein."

„Sie haben mich nicht nur gehen lassen, sie haben mich weggeschickt. Die Kinas haben den Turm der Forscher gebaut, den du gerade gesehen hast. Jeder ist willkommen, bei ihnen zu wohnen als Gleicher unter Gleichen. Und wenn man sich entscheidet wegzugehen, um den Sinn seines Lebens zu suchen, bekommt man auch ihren Segen.“

Heesha war noch nicht ganz überzeugt. Im Moment war der Ort, an dem sie sich befand, besser als derjenige, den sie verlassen hatte. Sie machte sich allerdings Sorgen darüber, von den Rustadorianern gefangengenommen zu werden. Yhanti war so wild und lustig im Vergleich zu den roboterhaften Herren in Rustador, und sie fragte sich, ob er sie auch mochte. Sie hätte gern gewußt, ob es in Ordnung sei, ihn danach zu fragen. Yhanti lächelte sie an. Sein Gesicht glühte vor Liebe und Wärme, und sie konnte sehen, daß es gar nicht nötig war, ihn zu fragen. Sie ruhten sich unter einer hoch emporragenden Pinie aus. Heesha war noch nie zuvor mit einem Mann allein gewesen. Sie strich ihr Haar zurecht, das in Rustador jeden Morgen gebürstet wurde. Was erwartete er von ihr? Was sollte sie tun? Konnte sie seine Hand halten?

Yhanti war sich ihrer Verlegenheit bewußt. „Du kannst dich ruhig entspannen“, sagte er. „Sei einfach du selbst, und laß deine Energie sich bewegen, wie es ihrer Natur entspricht.“

Heesha war vollkommen überrascht und starrte ihn ungläubig an. Es war, als spräche er eine unbekannte Sprache. „Wie sollte ich das anstellen? Ich habe nicht gelernt, wie man in solch einer Situation handeln soll."

„Und das ist genau der Punkt", lachte Yhanti. „Man kann durch Übung lernen, sich wie ein anderer zu verhalten. Aber nur du selbst weißt, wie du wirklich bist." Yhanti war verwundert, wie glatt ihm das von der Zunge ging. Er war hergekommen, um sich selbst zu finden, und nun beriet er schon jemand anderen in der Kunst des Selbstseins.

Yhanti wußte, daß Heesha viel Liebe brauchte, ohne daß sich Erwartungen damit verknüpften, also schlug er ihr vor, mit zurück zum Turm zu kommen.

Heesha war daran gewöhnt, weit hinter einem Mann herzugehen, und Yhanti drehte sich immer wieder um, um nachzusehen, ob sie ihm immer noch folgte. „Warum gehst du nicht eine Weile vor?" regte er an.

„Ich? Ich kann nicht vorgehen! Ich weiß nicht, wo es langgeht!"

„Immer bergauf, das ist doch einfach!"

„Ich habe Angst, ich könnte etwas falsch machen."

„Dann habe Angst. Aber auf Dauer wird es dir ein großes Gefühl der Freiheit geben, genau dorthin zu gehen, wo du hinwillst. Versuch es wenigstens einmal."

Heesha ging einige Schritte und kicherte. „Es ist ganz schön schwierig, ohne Anleitung. Es gibt keinen Weg."

„Mach dir einen."

Als sie Pferde hörten, die den Berg herabdonnerten, versteckten sie sich im Gebüsch. Fünf schwerbewaffnete Reiter kamen vorbei und führten die drei Pferde aus Rustador mit sich. Nachdem sie außer Sichtweite waren, griff Yhanti Heeshas Arm. „Los! Komm mit, sie sind im Garten gewesen!"

„Ich kenne sie alle", rief Heesha, als sie zum Turm rannten. „Es war die königliche Garde aus Rustador. Sie suchen bestimmt nach mir."

Plötzliche Furcht durchströmte Yhanti. Was, wenn sie Luneau oder Shamana verwundet hatten? Die Tür zum Turm war aufgebrochen. Yhanti beugte sich hinein und rief, aber es kam keine Antwort. Die Türangeln waren zerbrochen, und die Tür fiel um, als Yhanti sie schließen wollte. Yhanti stürmte den Hügel hinunter zum Garten.

„Möchtet ihr frühstücken?" Es war Shamana, der unter seinem Baum saß.

„Ist alles in Ordnung?" Yhanti keuchte atemlos. „Haben die Krieger dich verletzt?"

„Nein." Shamana schien sich über Yhantis Sorgen zu belustigen. „Die Typen haben Heesha und ihre Pferde gesucht. Ich sagte ihnen, wo sie die Pferde finden konnten und daß Heesha weg war."

„Also nahmen sie einfach die Pferde mit und gingen wieder?" Yhanti schnaufte.

„Nun, ich konnte sehen, daß es höfliche und zivilisierte

Leute waren, und bat sie, ein anderes Mal wiederzukommen. Es ist leicht, Menschen zu manipulieren, die nach der Etikette leben, indem man ihrem Ego ein paar Streicheleinheiten gibt."

Als Heesha schließlich im Garten ankam, sah Yhanti sich um. „Wo ist Luneau?"

„Sie wurde wach und bemerkte, daß du mit Heesha verschwunden warst. Ich konnte ihre Eifersucht nicht übersehen. Und weil sie sich nicht wohl fühlte, schlug ich ihr vor, eine Sitzung im Pyradom zu machen."

„Im Pyradom?" wiederholte Yhanti. „Die Tür war aufgebrochen."

„Ja, sie haben die Tür aufgebrochen. Sie brachen in den Turm ein, als Rudo die Regler warmlaufen ließ. Er ölte gerade den Hebel für das Levitationsgerät und schob ihn auf und ab, weil er hakte. Ihre panikartige Flucht war wohl ein wenig zuviel für die arme Tür."

„Haben sie ihre Vergangenheit gesehen?"

„Diesmal nicht. Der Pyradom läßt sich vielfältig anwenden. Ich hatte eigentlich gerade erst angefangen, als du aus dem Himmelsfeld auf den Boden gefallen bist."

Yhanti sprang auf, als Luneau und Rudo langsam in den Garten hineinspaziert kamen und sich in den Kreis setzten. Yhanti bemerkte Luneaus Erschütterung sofort. „Luneau!" rief er. „Was ist im Pyradom geschehen?"

Sie sprach sehr langsam, als wäre die Erfahrung recht

schmerzhaft gewesen. „Ich lebte in einem Dorf mit Leuten, die einen mächtigen Sonnenbrand hatten und Kleidung aus Leder trugen. Wir waren mit Federn und Perlen geschmückt. Meine Familie lebte in einem Zelt, in dessen Zentrum ein Feuer brannte. Dann wurden wir angegriffen!“ Luneau brach in Tränen aus.

„Ich habe ähnliches gesehen!“ Yhanti war erstaunt. „Könnte es sein, daß wir uns in einem früheren Leben gekannt haben?“

„Sehr gut möglich“, nickte der Alte. „Oftmals dauert eine Freundschaft viele Leben hindurch an. Wenn ihr es wirklich wissen möchtet, können wir euch gemeinsam in jene Zeitsequenz versetzen.“

Luneau war Feuer und Flamme. „Ja, laß uns zusammen gehen.“ Sie gingen allesamt zum Turm.

Rudo und Heesha warteten draußen, für den Fall, daß die Rustadorianer zurückkommen würden. „Wie können wir einander erkennen?“ fragte Yhanti. „Das letzte Mal ist mir aufgefallen, daß ich nur wahrnehmen, aber nichts ändern konnte.“

„Schau den Menschen in die Augen“, entgegnete Shamana. „Die Augen bringen es ans Licht.“ Er trat hinter das Schaltbrett, das Summen und die aufblitzenden Laser begannen wieder. Sie spürten den übermächtigen Druck, der zur Geburtssequenz führte.

Yhanti war wieder im indianischen Dorf, obgleich er jetzt viel jünger war. Er spielte ein Spiel mit den anderen Kindern.

Ein Junge, sein bester Freund, rollte einen Reifen aus Weidenzweigen, und die anderen versuchten, einen Pfeil hindurchzuschießen. Yhanti war einer der Besten bei diesem Spiel und schoß seinen ersten Pfeil hindurch. Sein Freund kam angerannt, um ihm zu gratulieren. Yhanti schaute ihm in die Augen und war völlig überrascht, nicht Luneau, sondern Heesha zu sehen!

Sie gingen in einem Fluß schwimmen und heckten Streiche aus, die sie den Mädchen, die sie am liebsten mochten, spielen wollten. Yhanti nahm seinen Freund zum Essen mit nach Hause. Das Leben machte ihm riesigen Spaß, und es war voller Abenteuer. Als Yhantis Mutter sie willkommen hieß und ihnen das Essen reichte, blickte Yhanti ihr in die Augen. Es war Luneau! Obwohl auch sie ihn erkannte, konnte keiner von beiden reagieren; was vergangen, war vergangen.

Yhantis Vater brachte einen Hirsch, den er erlegt hatte, mit nach Hause. Er war ein angesehener Jäger, und wenn sie nachts am Feuer saßen, erzählte er ihnen oft Geschichten. Er ermahnte den Jungen, niemals ihre Art zu leben aufzugeben. Er sagte, daß das Leben im Reservat des weißen Mannes den Tod für die Ogalala, ihren Stamm, bedeuten würde.

Die Bilder aus der Vergangenheit änderten sich, führten zu dem Massaker am Fluß, der Fastenzeit auf dem Berg und dem Lager am Bighorn-Fluß. Yhanti sah Heesha wieder, erwachsen, wie er selbst, aber die Wechselfälle des Lebens hatten sie andere Wege geführt. Sie saßen gemeinsam mit anderen im Kriegsrat um ein Feuer, wo sie den Häuptling treffen würden, der sie alle zusammengerufen hatte. Sein Name war Tatanka Yotanka, Sitting Bull.

Die Weisheit dieses Mannes wurde von den Stämmen hoch gerühmt, obwohl viele gegen seine friedfertige Haltung waren. Er redete mit ihnen über ein Land hoch im Norden, das einer Königin gehörte, auf dem man sie vielleicht in Frieden lassen würde. Er warnte sie, den Blauhemden zu trauen, und vor der Kraft ihrer Waffen. „Sie kämpfen nicht wie Männer", sagte er. „Sie töten auf Abstand ohne Mut und Stärke. Das ist nicht der Weg unseres Volkes, das Spiel, das wir mit dem Leben spielen. Die Weißen sind lediglich daran interessiert zu töten."

Ein alter Medizinmann sprang in den Kreis und sang ein wildes Lied. Er warf eine Handvoll Pulver in das Feuer, und es explodierte mit einem hellen Feuerblitz. Als er davonlief, ging der Medizinmann an Yhanti entlang. Ein Blick genügte: Es war Shamana!

Bald darauf sah Yhanti seinen Tod, und der Pyradom ließ sie wieder auf den Boden hinab. Rudo und Heesha kamen herein, als Shamana sich zu ihnen setzte. „Ich habe Heesha, Luneau und Shamana gesehen!" verkündete Yhanti.

„Shamana?" rief Luneau. „Aber wer war er denn?"

„Ich war wie gewöhnlich ein Schelm", sagte der alte Mann. „Die Stammesgesellschaft respektierte mich sehr, denn sie konnten mich nicht verstehen. Verrücktheit und Weisheit liegen sehr nahe beieinander."

„Luneau war meine Mutter!" fuhr Yhanti fort. „Und Heesha war mein bester Freund aus der Kinderzeit."

Luneau nickte zustimmend. „Ich wurde von Soldaten ermordet. Und ich sah in Yhanti meinen Sohn. Das alles bringt mich ganz schön durcheinander."

Shamana zog die Augenbrauen hoch. „Darin liegt eine der möglichen Gefahren, die mit dem Wissen über frühere Leben einhergehen. Wir alle sind so sehr miteinander verknüpft, daß es ganz selbstverständlich ist, daß einige schockierende Geheimnisse offenkundig werden. Die Natur hat bisher in ihrer Weisheit diese Dinge vor euch verborgen. Haltet euch also nicht allzusehr an den Dingen fest, die ihr gesehen habt. Das Vergangene zu kennen kann euch nur dabei helfen, einige der verwirrenden Gefühle zu verstehen, die ihr unbewußt mit euch herumtragt."

„Wenn ich sehe, wie Rudo dir nachfolgt, liegt die Vermutung nahe, daß er auch in dem indianischen Dorf gewesen sein muß", sinnierte Yhanti.

„Er war da", lachte Shamana. „Er trug ein blaues Hemd. Diese Auseinandersetzung aus der Vergangenheit sollte jedoch keinen Einfluß darauf haben, wie ihr euch in diesem Leben zueinander verhaltet. Schaut, ob ihr diesmal nicht völlig neu miteinander umgehen könnt.

Aber genug jetzt von der Vergangenheit!" Shamana sprang auf. „Wir wollen ein paar neue Streiche aushecken." Er stellte sie alle gemeinsam unter den Pyradom, ließ sie einander anschauen und tänzelte zu den Kontrollhebeln. Das Licht und die Töne, die ihnen jetzt nicht mehr so außergewöhnlich vorkamen, begannen, und sie schwebten alle hoch über dem Fußboden.

Yhanti sah Heesha an. In diesem Moment schien sie ihm die attraktivste Frau zu sein, die er jemals gesehen hatte. Sie strahlte ihn mit dem gleichen Ausdruck der Bewunderung an. Plötzlich sah sie ganz böse aus, und er mußte wegschauen. Luneau schnitt Grimassen, und Rudo schaute traurig drein.

„Steuerst du unsere Gefühle?" rief Yhanti Shamana zu.

„Gute Frage!" gab Shamana zurück. „Wie wär's denn damit!"

Alle vier brachen gleichzeitig in Lachen aus. Tränen liefen ihnen die Wangen hinunter, und sie mußten nach Luft schnappen. Dann weinten sie gemeinsam, und die Tränen kullerten. Die Gefühle wechselten immer schneller zwischen Fröhlichkeit und Trauer, bis keiner von ihnen mehr wußte, was er gerade empfand. Der Pyradom wurde still, und sie glitten zurück zum Boden.

„Irgendwelche Kommentare?" fragte Shamana.

„Ich empfand eine Verbindung zwischen den Gefühlen von Trauer und Freude", fing Luneau an.

„Ich auch", sagte Yhanti zustimmend. „Ich hatte sogar das

Gefühl, als seien es die beiden Seiten ein und derselben Medaille."

„Du hast es erfaßt!" sagte Shamana und klatschte Beifall. „Jede Emotion beinhaltet ihr Gegenteil. Was habt ihr empfunden, als beide Gefühle gleichzeitig vorhanden waren?"

„Sie hoben sich gegenseitig auf", erwiderte Heesha. „Sie wurden zu einer einzigen Energie, ohne jede Ausrichtung."

„Und genau das ist die Wirklichkeit", grinste Shamana, während er das Schaltbrett verließ und sich wieder zu ihnen gesellte. „Dies ist nur eine Maschine. Sie transformiert Sonnenstrahlen in Prana, in Lebensenergie."

„Die negativen Ionengeneratoren geben den Molekülen eine Superladung, die durch die pyramidalen Verstärker abgestrahlt werden und dann in Effekte mit gefärbten Lasern umgesetzt werden kann. Ich habe nichts weiter getan, als gewisse Teile eures Gehirns dazu zu veranlassen, Chemikalien auszuschütten, die Emotionen hervorrufen. Das habe ich getan, um euch die reaktiven Grundlagen eurer Natur zu zeigen, denn diese Gefühle sind nichts als eine Reaktion. Genausowenig, wie ihr die Gefühle, die ich verursacht habe, beherrschen konntet, könnt ihr die chemischen Ausschüttungen eures Gehirns beherrschen, geschweige denn erkennen, wie sie die neutralen Lebensenergien in Polaritäten ausrichten."

„Toll", rief Yhanti aus. „Kann man diese unbewußten Reaktionen beherrschen?"

„Darum geht es bei meiner ganzen Arbeit hier. Wenn man innerhalb des Gehirns bleibt, gibt es keinen Ausweg. Erst wenn ihr euch selbst erwecken könnt, jenseits der Grenzen eures Geistes, dann... Wenn ihr durchschaut, daß eure Emotionen von Chemikalien hervorgerufen werden, die das Gehirn in die Blutbahn bringt, habt ihr einen Hinweis darauf, wer ihr seid oder, um es exakter auszudrücken..., wer ihr *nicht* seid."

Rudo bereitete eine Mahlzeit im Garten und bestand darauf, daß keine der beiden Frauen ihm helfen sollte. Nach dem Essen sammelten sie sich alle um Shamana, um herauszufinden, was als nächstes geschehen würde.

„Ich bin nicht dazu da, euch zu unterhalten", teilte der Alte ihnen mit. „Falls ihr euch dennoch gut amüsiert, ist das lediglich ein Nebenprodukt. Kommt nicht mit dem Gedanken zu mir, ich werde jetzt was Tolles mit euch anfangen. Ihr müßt in euch selbst nach der Quelle der Befriedigung suchen. Meine Mittel dienen nur dazu, euch nach innen zu richten."

Heesha sah immer lebendiger und entspannter aus. „Möchtest du hierbleiben?" fragte Shamana sie. „Die Männer, die heute kamen, baten mich, dir zu sagen, daß die Bombe jetzt repariert wäre und daß es wieder sicher sei, nach Hause zurückzukehren."

„Muß ich wieder heimkehren?"

„Das Wort *muß* kommt in meinem Sprachschatz nicht vor", versicherte Shamana ihr. „Abgesehen davon solltest du natürlich du selbst sein. Du wirst selbst entdecken müssen, was das heißt im Gegensatz zu dem, was dir beigebracht worden ist."

„Glaubst du, ich kann glücklich werden?" fragte Heesha.

„Jede Pflanze hat das Potential zu blühen. Gesellschaften wie die in Rustador tendieren dazu, alle Blumen aus ihrem Garten zu entfernen, weil sie sie für Unkraut halten. Ich hingegen kenne kein Unkraut. Alle Pflanzen gelangen zur Blüte, wenn man sie ihrer Natur überläßt. Wie wäre es mit etwas Musik, Flußreiter?"

Yhanti nahm seine geliebte Ulay und hielt sie zärtlich in den Händen. Es war das gleiche Instrument, das er sein Leben lang gespielt hatte, aber es fühlte sich eigenartig neu an. Als er die Saiten stimmte, wurde Yhanti klar, daß er selbst es war, der sich geändert hatte. Das jahrelange Spiel hatte es zu einer mechanischen Fertigkeit werden lassen, aber in den letzten Tagen hatte er nicht nur alle Lieder vergessen, sondern auch viele Akkorde.

Er strich mit den Fingern über die Stege, und es entstanden harmonische Töne. Gedankenlos begann er zu spielen, und Musik sprudelte hervor, als käme sie aus seinem Herzen. Seine Fingerspitzen waren ungeahnt einfühlsam, und Luneau antwortete darauf mit einem Tanz, kreisend zwischen den Bäumen.

Heesha sprang auf, denn sie wollte am Fest teilhaben. Zuerst versuchte sie Luneaus Bewegungen nachzuahmen. Da sich diese jedoch ständig wandelten, unterließ sie es kurz darauf wieder. Die Musik war so mitreißend, daß es ihr nicht schwerfiel, sich von ihr bewegen zu lassen, und ihre Hemmungen verschwanden. Shamana schwenkte die Hand über seinem Kopf und sang: „Laß los! Laß los und sei!“

Die immer wilder werdenden Tänze um ihn herum inspirierten Yhanti, noch leidenschaftlicher zu spielen. Er schloß die Augen und wurde eins mit der Ulay. Rudo, der für gewöhnlich Partys haßte, konnte nicht umhin, den Fuß im Rhythmus zu bewegen, und schon bald stand auch er auf und tanzte mit den Mädchen, seine Ernsthaftigkeit und sein heiliges Image waren vergessen.

Als sie sich schließlich am Abendfeuer ausruhten, hatte alles eine neue Aura bekommen. Sie waren von der Stille des Augenblicks erfüllt. Müde vom Fest, konnte Heesha ihre Furcht vor dem Dunkel zugeben und setzte sich näher an das Feuer.

„In Rustador werden wir dazu erzogen, uns vor der Nacht zu fürchten, denn sie ist die Zeit von Fanden. Er ist das mystische Pferd, das Kräfte des Bösen besitzt. Kommt es auch hierher?“

„Es ist nur ein Trick“, versicherte Yhanti ihr. „Sie machen dir angst, damit du dich nicht von der Herde entfernst. Nicht wahr, Shamana?“

„Fanden?“ Shamana schien weit in die Ferne zu schauen. „Ich bin ihm vor vielen Jahren zum ersten Mal begegnet, bevor ich erwachte. Nein, so weit vom See entfernt habe ich ihn noch nie gesehen.“

DAS DORF DER KINAS

Yhanti fuhr erschreckt aus dem Schlaf hoch, als er ein Pferd neben sich hörte. Er sprang auf, bereit, seine Freunde zu verteidigen, und sah, daß es nur Rudo war, der zwei Pferde sattelte.

„Diese Art, wach zu werden, ist nicht unbedingt empfehlenswert, wenn du dich an deine Träume erinnern willst", kicherte Shamana. „Es könnte sein, daß es Heesha guttut, das Dorf der Kinas zu besuchen und die Freiheit zu sehen, mit der man dort lebt. Würdest du sie dorthin begleiten und herumführen?"

Es war, als hätte Shamana seine Gedanken gelesen. „Ja, das tu' ich gern. Kann Luneau auch mitkommen?"

„Sie hat heute andere Dinge zu tun, und deine Abwesenheit wird ihr dabei am meisten helfen. Du solltest Heesha bei ihrer Erkundung völlige Freiheit lassen." Yhanti bestieg sein Pferd mit gemischten Gefühlen. Es war aufregend, zum Dorf zurückzukehren und zu sehen, wie sehr er sich inzwischen geändert hatte, aber er war enttäuscht, daß Luneau sie nicht begleiten würde. Vielleicht würde sie sich übergangen fühlen.

Je näher sie dem Dorf der Kinas kamen, desto mehr fürchtete sich Heesha. Sie hatte noch nie ein anderes Dorf besucht.

Was, wenn sie nicht akzeptiert würde? Yhanti erinnerte sie immer wieder daran, daß die Kinas in Freiheit leben, ohne irgendwelchen Regeln zu folgen. Wie konnte sie sich richtig verhalten, wenn es keine Regeln gab?

„Die meisten Kinas machen gerade Morgenpause", sagte Yhanti ihr. „Es ist Sitte hier, wenn die erste Hitze des Tages anbricht, sich mit anderen zu treffen, gemeinsam etwas zu trinken und Klatsch auszutauschen." Yhanti nahm sich vor, Heesha die ganze Stadt im Überblick zu zeigen, aber sie nur in jene Häuser hineinzuführen, die sie wirklich interessieren dürften.

Die äußere Pforte, an der jeder sich ausweisen mußte, war elektronisch bewacht. Yhanti hielt seine Handfläche vor den Sensor. „Willkommen, Yhantishor", klang eine mechanische Stimme.

Heesha hielt ihre Hand vor den Sensor. „Erbitte notwendige Daten", sagte der Computer.

„Ich heiße Heesha und komme aus Rustador. Wie heißt du?"

„Kein Name im Speicher", antwortete die Stimme. „Niemand hat mir einen Namen gegeben."

„Das ist schrecklich", sagte Heesha voller Mitgefühl. „Wie wäre es mit einem lieben Namen, was hältst du von Lomi?"

Yhanti, den Heeshas Empfindsamkeit belustigte, fügte hinzu: „Heesha ist auf den Rat Shamanas hergekommen."

„Willkommen, Heesha", antwortete der wachhabende Computer.

„Danke, Lomi."

Das erste hinter der Pforte gelegene Gebäude, die Weberei und Schneiderei, war der Lieblingstreffpunkt der Kinafrauen. Yhanti lud Heesha zu einer Besichtigung des Betriebes ein, und Heesha nahm die Einladung begeistert an. „Ich sollte ja Prinzessin der Kleidungskunst in Rustador werden. Das hier ist bestimmt sehr interessant für mich."

Alle Maschinen im Gebäude webten Stoffe, ohne daß sich eine Hand dafür rührte. Ein betulich aussehender Mann schaute von seinem Getränk auf. „Hallo, Yhantishor! Wie heißt denn deine schöne Freundin?"

„Das ist Heesha aus Rustador. Fruje ist unser Textilfachmann."

„Wie geht es ...", Heesha unterbrach sich, „diese phantastischen Gewebe herzustellen?"

„Das ist ein Kunst, eine königliche Kunst", begann Fruje, während er seine Besucher durch das Werk führte und die Maschinen „vorstellte". Fruje war außergewöhnlich dünn und hatte eine Vorliebe für übergroße, herabhängende Kleidung. Er hatte einen Tick im linken Auge, dadurch hatte man den Eindruck, daß er einem dauernd zuzwinkerte. Er stellte ihnen seinen mechanischen Spinn- und Farbrechner vor. „Dies ist meine Vorarbeiterin. Sie sorgt dafür, daß alles klappt."

Die Frauen, die sich hier trafen, machten meistens einen großen Bogen um Fruje. Das lag vor allem an der Besessenheit, mit der er jedem seine Maschinen erklärte, und zwar immer und immer wieder, sooft die Leute zu ihm kamen. „Mal sehen, welche Maße du hast?" Fruje murmelte vor sich hin, während er Heeshas Maße nahm. „Hm, sehr schlank. Wo hast du diese fürchterlichen roten Roben her?"

„Shamana hat sie uns gegeben", erklärte Heesha.

„Ist nicht gerade der letzte Schrei!" Fruje schüttelte den Kopf. „Hier tragen die Männer Blau und die Frauen Gelb. Das ist die Mode. Rot wird nur für Ornamente gebraucht. Ich würde dir gerne etwas weniger Auffallendes zeigen."

„Entschuldige, Fruje", unterbrach Yhanti ihn. „Unsere Roben sollen ja gerade auffallen, damit wir wachsam und aufmerksam bleiben und somit unbewußte Muster durchbrechen können."

„Ach ja, stimmt", nickte Fruje. „Ihr seid ja beide Forscher. Ich hoffe, daß ihr etwas finden werdet. Es scheint einen ja ganz schön viel Mühe zu kosten, den großen Berg zu besteigen. Das Leben hier bei uns ist eigentlich sehr schön, und ich genieße meine Träume sehr." Fruje nahm einen großen Schluck aus seinem Glas. „Wen interessiert es schon, ob sie der Wirklichkeit entsprechen oder nicht?"

Yhanti und Heesha zogen weiter, obwohl Fruje sie einlud, die großen Lagerräume des gelben Websystems zu begutachten. „Hat dir das gefallen?" fragte Yhanti.

„Es ist sehr effizient. In Rustador machen wir alles von

Hand. Ich verstehe allerdings eines nicht: Wenn alles von Maschinen hergestellt wird, was machen dann die Leute? Wie verbringen sie ihre Zeit?"

Yhanti versuchte es zu erklären. „Die Kinas haben all diese Maschinen erfunden, damit sie nicht arbeiten müssen. Die Begründer des Stammes, mit Meister Rakina an der Spitze, brauchten einfach genügend Freizeit für die Suche auf dem Weg des Erwachens. Die meisten von ihnen hatten ihre Heimat verlassen, um ein neues Leben zu beginnen. Es hat übrigens eine ununterbrochene Reihe Erwachter oben auf dem Berg gegeben, aber der Weg des Erwachens wird dennoch als sehr schwierig angesehen, und nur wenige halten ihn durch. Daher gibt es so viele Ältere hier mit Fragezeichenanhängern. Sie arbeiten an den Maschinen, reparieren und säubern sie; aber viele trinken einfach nur *Cokium*."

„Was ist Cokium? Eine Art Droge?"

„Ja, etwas Ähnliches." Yhanti hatte nur einige wenige Male Cokium ausprobiert. Es war unter den Kinas nicht ungewöhnlich, sich damit zu berauschen, ganz besonders, wenn es etwas zu feiern gab.

„Es ist der Auszug aus einer narkotischen Pflanze, aber die Nebeneffekte und physischen Suchtauslöser sind beseitigt worden", fügte sie hinzu.

Yhanti vermutete, daß Cokium der Hauptgrund war, daß so viele Dorfbewohner die Suche aufgegeben hatten. Es machte sie lethargisch und bot ihnen süße Träume, die sie von ihrem ursprünglichen Ziel, sich selbst zu finden, ablenkte.

„Glaubst du, wir können es mal versuchen?" Heesha zupfte ihn am Ärmel. „Ich habe noch nie eine Droge genommen, abgesehen von einem Schlückchen Wein, den ich bei einer Hochzeit einmal heimlich getrunken habe."

„Ich kann dir etwas besorgen", bot Yhanti an, „aber selber möchte ich nichts nehmen. Wenn diese Leute statt dessen Soma verwendeten..."

Yhanti fiel ein, daß Heesha keine Ahnung hatte, wovon er redete. Sie sollte frei entscheiden und jede Erfahrung machen können, die sie probieren wollte, auch wenn ihm klar war, daß sie nirgends hinführen würde.

Sie führten ihre Pferde zur Cokium-Bar. Es war ein großes Gebäude, durch dessen runde Fenster die Sonne strömte. Dorfbewohner, die gerade die Bar verließen, hielten einen Moment inne und begrüßten Yhanti, waren jedoch von ihrer Euphorie zu sehr in Anspruch genommen, als daß sie sich entsinnen konnten, wer er war.

Yhanti bestellte für Heesha ein Glas des Gebräus an der elektronischen Bar und beobachtete sie genau, während sie davon kostete.

„Sag mir, was du empfindest", bat er sie.

„Gut. Es ist erfrischend. Es schmeckt erdig, nicht allzu süß. Ich denke..." Sie begann, den Faden ihrer Gedanken zu verlieren, während der Trank seine Wirkung entfaltete. „Alles dreht sich im Kreis", kicherte sie. „Ich fühle mich gut... etwas komisch."

Abgesehen von den Kindern gab es im Dorf kaum jemanden, der niemals Cokium trank. Unter den wenigen war eine alte Frau, eine gute Freundin und ein großes Vorbild für Yhanti seit seiner frühesten Kindheit. Ihr Name lautete Yarrow, und sie lebte am Dorfrand in einem Steinhaus unter einem zerklüfteten Felsgrat.

Da Heesha jetzt wohl kaum noch zu irgend etwas zu bewegen war und da Yhanti wußte, daß es Cokium-Benutzern völlig egal ist, wo sie sind oder was ihnen geschieht, ließ er sie vor der Cokium-Bar zurück.

Yarrow arbeitete vor ihrem Haus im Garten. Yhanti versuchte sich an sie anzuschleichen, wie er es als Kind auch immer getan hatte. Vorsichtig und Schritt für Schritt näherte er sich ihr, ohne das geringste Geräusch zu machen, aber bevor er schließlich etwas sagen konnte, sprach sie: „Ich glaub', ich höre eine kleine Maus, oder ist es womöglich eine Ratte?!"

Sie drehte sich um, um zu sehen, wer es war. „Yhantishor! Hast du den Berg bestiegen?" Yarrows graue Haare, die unter ihrem Gärtnerhut hervorquollen, und ihre großen Stiefel, die unter dem Saum ihres sonnengebleichten gelben Kleids hervorlugten, waren ein Zeichen für ihre Geringschätzung jeglicher Konventionen.

„Ich bin hinaufgestiegen", Yhanti deutete auf den Berg. „Es

ist so vieles geschehen; ich kann dir gar nicht alles erzählen. Shamana hat mich mit einem Mädchen aus Rustador hergeschickt, um ihr das Dorf zu zeigen."

„Wo ist sie jetzt?" fragte Yarrow, beantwortete jedoch sofort die eigene Frage: „Cokium?"

„Was sonst? Sie wollte es nun mal ausprobieren, und ich sollte sie nicht davon abhalten."

Yarrow legte ihre starke Hand freundlich auf Yhantis Schulter und sah ihm tief in die Augen. „Was Shamana alles mit dir angestellt hat, interessiert mich nicht im geringsten, lediglich, ob es funktioniert hat. Hat es funktioniert? Hm, du hast ein Strahlen in den Augen, das du vorher nicht hattest. Aber, überquellende Ekstase. Du bist immer noch auf der Suche, nicht wahr?"

„Ja, immer noch", mußte Yhanti zugeben. „Ich bin um einige außergewöhnliche Erfahrungen reicher, aber ich mache mir trotzdem auch Sorgen, daß ich vielleicht nicht gänzlich erwachen könnte. Ich scheine mir immer wieder selbst im Weg zu stehen."

„Versprich mir eins, Yhantishor." Mit ernster Miene hob Yarrow ihren Finger, wie nur alte Frauen das können. „Ich weiß, daß Erwachte niemals etwas versprechen, denn sie wandeln sich, wie das Leben selbst sich wandelt. Also habe ich nur jetzt noch die Gelegenheit, dir ein Versprechen abzunehmen. Ich wünsche mir, daß du vom Berg herabsteigst und mich besuchst, falls du am großen Mysterium teilhaben solltest. Ich möchte sehen, was dir geschehen ist, und ich möchte eher verdammt sein, als daß ich dieses Monster von Berg besteige."

„Abgemacht", lachte Yhanti. „Ich verspreche es."

Yarrow bückte sich wieder und setzte ohne weiteren Kommentar ihre Gartenarbeit fort. Yhanti hatte ein Gefühl der Dankbarkeit für all die Zeiten, die er mit dieser von der Gesellschaft gemiedenen Frau verbracht hatte. Sie hatte niemals mit ihrer Meinung hinter dem Berg gehalten, und dadurch hatte sie sich den Spott vieler Dorfbewohner zugezogen. Sie hatte sich auch auf vielen Versammlungen gegen den Gebrauch von Cokium gewandt. Ihr Garten war der einzige im Dorf, der nicht den Pflanzen zur Cokium-Produktion, sondern den Blumen geweiht war. Sie argumentierte, daß Schönheit nicht nützlich zu sein braucht, und wies darauf hin, daß die Verfassung der Kinas eigentlich jede Form der Kreativität unterstützte.

Yarrows Haus war viele Jahre lang Yhantis zweites Zuhause gewesen. Alle Kinder hatten ihr eigenes Zimmer, aber es war ihnen innerhalb der Stadtgrenzen erlaubt, zu gehen und zu stehen, wo sie wollten. Er hatte mit Yarrow viele Nächte, in denen sie über die Mysterien des Universums sprachen, vor dem offenen Kaminfeuer verbracht. Sie brachte immer sehr klar zum Ausdruck, daß sie nichts wußte, aber sie liebte es, mit den vielen Fragen zu spielen, die Yhanti ihr bei seinen Besuchen stellte.

„Vergiß dein Versprechen nicht", rief sie ihm nach. Er nickte und begann Heesha zu suchen. Daß Yarrow ihm ein Versprechen abverlangte, war ziemlich außergewöhnlich. Sie liebte die Veränderung und das Wachstum und wies lachend darauf hin, daß die einzige Tradition, die sie schätzte, jene des „Nichtwissens" war. Er wunderte sich, daß sie den Berg nicht bestiegen hatte, als sie noch jünger war. Die Kinas erkannten für gewöhnlich, daß jemand in die Phase der Fragen gekommen war, wenn er oder sie voller Fragen steckte, die niemand im Dorf mehr beantworten konnte. Jedesmal, wenn ein Sucher den Berg hinaufgesandt wurde, stieg der Gebrauch von Cokium, besonders unter den Trägern von Fragezeichen.

Heesha war genau dort, wo er sie zurückgelassen hatte, und spielte mit einem Grashalm. Sie bemerkte Yhanti nicht, bis er neben ihr stand. „Ach so, du bist es. Wie war noch dein Name? Ist dir klar, daß du genauso wirklich bist wie dieser Grashalm?"

„Faszinierend", gab Yhanti sarkastisch zu. „Möchtest du etwas essen?"

„Ich weiß nicht", Heesha zuckte mit den Schultern. „Jemand hat Hunger, aber ich bin mir nicht sicher, ob ich es bin."

„Das bist du, das ist sicher", stellte Yhanti fest und erinnerte sich an das letzte Mal, als er selbst Cokium genossen hatte. Er war damals bei einer Begräbnisfeier gewesen und sehr traurig. Ein guter Freund war gestorben, und er hatte beschlossen, Cokium zu nehmen, um in die festliche Stimmung einer Kina-Bestattung zu kommen. Als der Körper brannte und die Dorfbewohner um das Feuer herumtanzten, hatte er bemerkt, daß „jemand“ auf rotglühenden Kohlen stand. Die Narben an seinen Füßen erinnerten ihn daran.

Yhanti führte seinen Gast zur nächsten Taverne. Seine Lieblingsspeise war Dampfgemüse mit Käsesoße gewesen, aber ihm war bewußt, daß er mit Gewohnheiten Schluß machen wollte.

„Bring mir eine Überraschung“, bestellte er.

„Das ist unmöglich“, antwortete der Computer. „Bitte triff eine Wahl.“

„Nun gut, dann nehme ich das gleiche wie Heesha.“

Heesha studierte das Menü, eine lange Liste von Hauptgerichten und Nachspeisen. „Es sieht alles so interessant aus. Ich glaube, ich nehme ein bißchen von allem.“

Sofort kamen Gemüse, Früchte, Soßen, Tunken, Nachspeisen… ein riesiger Haufen prasselte in geschmackloser Mischung auf die wartenden Teller nieder.

„Das reicht!“ schrie Yhanti. Heesha lachte hysterisch, egal was geschah, alles schien ihr komisch vorzukommen. Yhanti nahm einige Sachen von dem Haufen vor ihm und ging hinaus, um zu essen. Ihm wurde klar, daß alte Muster zu durchbrechen trotzdem immer noch bedeutete, eine Wahl zu treffen, wenn man nicht von der Gnade anderer abhängig sein wollte.

Er setzte sich unter einen Baum neben einer Statue von Meister Rakina. Als Kind hatte Yhanti dieses Standbild sehr geliebt. Eine sitzende Figur, die mit der einen Hand die Erde berührte, während die andere gen Himmel zeigte. Die Symbolik war offensichtlich: Der Meister war das Bindeglied zwischen dem Hohen und dem Niederen, er vereinigte die Gegensätze. Yhanti war es nach wie vor ein Rätsel, weshalb der Regenschirm in Meister Rakinas erhobener Hand nicht aufgespannt war. Was konnte das bedeuten?

„Hallo, Yhanti!" Eine aufgeregte, junge Stimme schreckte ihn aus seinen Gedanken auf. Es war Sage, ein Junge, mit dem Yhanti gerne gespielt hatte. „Hast du gefunden, wonach du gesucht hast?"

„Nicht ganz", mußte Yhanti zugeben. „Aber ich habe, glaube ich, die Person gefunden, die es mir zeigen kann. Es scheint ein längerer Prozeß zu sein."

„Wirklich? Kann ich mitkommen?" Sages Mund unter seiner scharfen Nase voller Sommersprossen stand offen.

„Du weißt, daß du die Stadt nur mit einem Erwachsenen verlassen kannst, der die Verantwortung für dich übernimmt. Ich lerne gerade, wie ich für mich selbst sorgen kann. Ich suche nach mir selbst, als einer Wirklichkeit. Wie kann ich dir bieten, was ich selbst noch nicht gefunden habe?"

„O je", nickte Sage. „Das klingt alles ziemlich verwirrend. Was hast du nur für Probleme? Du kannst doch nur der sein, der du bist, oder?"

Yhanti merkte, daß Sage davon überzeugt war. Die Gesellschaft hatte es nie geschafft, ihn in ihre Muster zu zwängen, und er war außerordentlich klug. „Ich werde es dir sagen, wenn ich es herausgefunden habe“ war alles, was Yhanti ihm zur Antwort geben konnte.

„O.k.“, sagte Sage lachend. „Komm und sag mir, wenn du dich selbst gefunden hast. Ich werde immer noch ich selbst sein.“ Und er lief davon, um mit seinen Freunden Ball zu spielen.

Einen Moment lang war Yhanti neidisch. Offensichtlich befand Sage sich auf dem rechten Weg; oder vielmehr war es die Abwesenheit eines jeglichen Weges, was Sage so klug erscheinen ließ. Yhanti fragte sich, ob er genauso klar wie Sage gewesen sein würde, wenn seine Besitzer ihn nicht so stark geformt hätten. Heesha war ein gutes Beispiel dafür, welche Lasten die Gesellschaft einem auferlegte und welche Furcht sie einem einflößen konnte, während Sage bereits er selbst war.

Yhanti ging Heesha holen, um gemeinsam mit ihr den Ritt zurück anzutreten. Sie saß immer noch in der Taverne und sah aus, als sei ihr speiübel. Beide Teller vor ihr waren leer. „Jemandem ist übel“, jammerte sie.

Sie waren beinahe beim Tor, als Yhanti Drieke, Luneaus Exgeliebten, erblickte, der an einer Mauer lehnte. „Wie geht's Luneau?“ rief Drieke ziemlich unterkühlt. „Ist sie genauso sicher und glücklich, wie sie es bei mir gewesen ist?“

„Sie ist so glücklich oder unglücklich, wie sie es sein möchte“, stellte Yhanti fest. „Wie könnte man andauernd nur glücklich sein? Aber sie weiß jetzt, daß Glück von innen her kommen muß.“

Drieke machte ein langes Gesicht, zwang sich jedoch schnell wieder zu lächeln. „Nun, du kannst ihr sagen, daß ich so glücklich bin wie eh und je und daß sie jederzeit zu mir zurückkehren kann, wenn sie Liebe braucht.“

„Wenn man etwas braucht, ist es keine Liebe“, widersprach Yhanti. „Liebe ist überfließende Freude, an der man teilhaben kann, aber sie hat nichts mit Abhängigkeit zu tun. Du bist wütend, Drieke, aber du lächelst, um deine Wut zu verbergen. Wenigstens nimmt Luneau Risiken auf sich, und dabei wird sie immer mehr sie selbst!“

Drieke wandte sich ab. Er spielte den harten Mann, aber Yhanti war sicher, daß ein paar Tränen über seine Wangen liefen.

Als er durch das Tor ritt, war Yhanti stolz, die Wahrheit gesagt zu haben, ohne lange darüber nachzudenken. Vielleicht wurde er ja nun auch er selbst. Die Kinas hatten ihn gelehrt, andere nicht zu beurteilen oder so zu tun, als wüßte man, was richtig für sie ist. Yhanti tat nun nicht mehr so: Er hatte ein kraftvolle Erfahrung der Liebe gemacht, als er Soma genommen hatte, und es hatte allem, was er zuvor über Liebe gedacht hatte, widersprochen. Konnte er jedoch die gleiche Liebe finden, auch im Innern, ohne sich von äußeren Einflüssen abhängig zu machen?

Als es schon fast zu dunkel war, um noch etwas zu sehen, kamen sie in Shamanas Garten an. Shamana lehnte an seinen Mangobaum, und Luneau saß direkt vor ihm. Rudo hütete das Feuer, das ihren Kreis in ein sanftes Licht tauchte. Heesha kauerte sich unter einem Baum zusammen und pflegte ihre Bauchschmerzen. Yhanti setzte sich neben Luneau. Sie lächelte und nahm seine Hand.

Yhanti gab einen detaillierten Bericht über ihre Aktivitäten im Kinadorf: Heeshas Cokium, Yarrow, Sage und Drieke. „Ich habe das Gefühl, daß Cokium der Hauptgrund dafür ist, daß die Kinas so unmotiviert sind. Es scheint sie vor der Tatsache zu schützen, daß sie sich selbst nicht kennen. Wie denkst du darüber?" wandte er sich an Shamana.

„Ich denke nicht mehr über die Dinge nach", entgegnete der Alte. „Ich sehe Dinge. Und du hast recht. Cokium ist das Schlafmittel der Kinas. Jedes Dorf, das wir besucht haben, hat sein eigenes Suchtmittel. Unya ist süchtig nach Glauben, Mystica ist der Macht verfallen, die Rustadorianer sind der Etikette verhaftet. Es ist ein Glück, daß die Kinas jedem seine Freiheit lassen. Manche wählen ein Leben des Rausches, aber es ist jedem erlaubt, die Wahrheit nach eigener Fasson zu suchen."

Yhanti kamen einige Zweifel, ob er sich Drieke gegenüber richtig verhalten hatte. „Ich habe es ihm wegen seines vorgetäuschten Lächelns und seiner mißverstandenen Liebe ganz schön gegeben. Vielleicht hätte ich ihn nicht so hart beurteilen sollen."

Shamana lächelte. „Wenn man sein Selbst findet und es den Dingen erlaubt, durch einen hindurchzufließen, kommen sie bisweilen wie ein Sturm. Es war deine innerste Natur, die seine herausforderte aufzuwachen. Später, als du in deinen Verstand zurückgerutscht bist, sind dir Zweifel an deinen Handlungen gekommen. Erlaube es einfach deiner Wahrheit, sich auszudrücken; du brauchst nicht nett zu sein!"

„Bitte sage mir, weshalb Meister Rakina immer einen ungeöffneten Regenschirm über seinem Kopf trug."

Shamana lehnte sich an seinen Baum. „Und weshalb trägst du einen?" fragte er und schwieg still.

DHYANA

Ein durchdringender Schrei katapultierte Yhanti hinein in den neuen Morgen. Heesha saß aufrecht und zitterte. Sie hatte einen Alptraum gehabt. „Es war schrecklich“, erzählte sie ihren neuen Freunden. „Ich saß auf einer Eisscholle fest, und es gab nichts, woran ich mich festhalten konnte. Die Eisbrocken rutschten mir aus den Händen, und ich wußte genau, daß ich jetzt ertrinken würde.“

„Das ist ein gutes Zeichen!“ sagte Shamana überraschend. „Das ist eine natürliche Reaktion darauf, daß du hergekommen bist. Du hast die Sicherheit und Beherrschung, die du in Rustador hattest, verloren, und das gibt dir ein Gefühl zu ertrinken. In Wirklichkeit schwinden lediglich deine Illusionen dahin... laß sie los. Und erwecke sie nicht wieder zum Leben.“

„Seit ich hergekommen bin, habe ich auch eigenartige Träume“, gab Luneau zu. „Manchmal suche ich die ganze Nacht nach etwas oder jemandem, aber alles entschwindet und verliert sich immer weiter in der Ferne, während ich es suche.“

Sie schauten Yhanti an. „Ja, mir geht es ebenso. In der letzten Nacht habe ich geträumt, ich würde auf einem Riesenfest Ulay spielen. Alle anderen Musiker kannten die Musik, aber ich konnte nicht mal die richtige Tonart finden. In anderen Träumen bin ich ein Schauspieler, und alle haben das Drehbuch außer mir."

„Ausgezeichnet!" freute sich Shamana. „Ich störe euren Schlaf. Die Automatik eures Lebens gerät in Gefahr. Spontaneität scheint eine Art Tod zu sein, aber sie ist nichts weiter als das Ende eurer Persönlichkeit, eurer Maske. Wie wunderbar!"

Während Rudo das Frühstück bereitete, setzte sich Yhanti ganz dicht neben Luneau. „Ich hoffe, ich habe dir nicht weh getan, als ich gestern den ganzen Tag mit Heesha unterwegs war."

„Ich war ein wenig eifersüchtig", gab Luneau zu. „Sie ist ein schönes Mädchen, und wir beide hatte gerade erst damit begonnen, wieder aufeinander zuzugehen. Dadurch ist mir allerdings klargeworden, daß ich immer noch außerhalb nach der Quelle der Liebe suchte. Im Moment sehe ich jedoch ein, daß die Liebe, die ich für dich empfinde, nur eine Widerspiegelung der Liebe in meinem eigenen Herzen ist."

„Sicher, das verstehe ich", sagte Yhanti. „Das Soma ist ein Verstärker des Liebesflusses gewesen, aber eben doch nur ein Vorgeschmack. Ich hoffe, die Liebe eines Tages immer zu empfinden."

„Hoffnung ist eine weitere Droge", warf Shamana ein. „Hoffnung ist auf die Zukunft gerichtet, und Liebe muß in der Gegenwart erblühen. Wer sich in seinen Hoffnungen verstrickt, verschwendet womöglich seine gesamte Energie auf Zukunftsphantasien. Soma hat dir größere Energie gegeben, die auf ganz natürliche Weise zur Liebe aufgeblüht ist. Du hättest jederzeit das gleiche Maß an Energie, wenn du auf das ewige JETZT gerichtet wärst!“

Yhanti schloß die Augen und empfand das Energiefeld seiner eigenen Aufmerksamkeit. Er verstand, was Shamana sagte, aber er wußte gleichermaßen, daß seine Gedanken wie ein unendlicher Strom dahinflossen und ihn mit sich rissen, ihn veranlaßten, seinen Träumen und Wünschen zu folgen.

„Yhanti“, Luneau berührte seine Hand. „Ich möchte, daß du dich frei genug fühlst, alles und jeden zu erforschen, den du willst. Wenn ich eifersüchtig werde, handelt es sich um meine eigene Besitzgier, und ich muß selbst damit fertig werden. Gestern hatte ich das Gefühl, mein Herz wäre mir in den Bauch gerutscht und ich würde es geradewegs verdauen. Ich dachte, ich müßte sterben. Und plötzlich zerbrach etwas in mir, war es, als wäre ich durchs Feuer gegangen und in einem kühlen See gelandet.“

„Das alles hast du getan, als ich weg war?“

„Merkst du jetzt“, erläuterte Shamana, „daß du mit Dhyana, Alleinsein, beginnst und zur Liebe weitergehst. Luneau hingegen beginnt mit Liebe und geht weiter zu Dhyana.“

Shamana stand auf. Die anderen erhoben sich ebenfalls sofort. Ohne zu zögern, setzte er sich wieder hin.

„Ahmt niemanden nach!" warnte er sie.

„Und nun kommt eine schwierige Aufgabe für dich, Yhantishor. Wir gehen auf Abenteuer aus, und du wirst hierbleiben und den ganzen Tag deine Gedanken beobachten. Höre auf die Außenwelt um dich herum, achte jedoch auch auf die Innenwelt. Dies wird für dich die allerschwierigste Übung sein, denn es stehen dir keine Hilfsmittel zur Verfügung."

„Vielleicht bin ich noch nicht soweit", protestierte Yhanti. „Jedesmal, wenn ich das versuche, wird mein Geist von Gedanken überschwemmt."

„Es ist wahr, der Verstand rebelliert. Er möchte dich fest im Griff behalten und bietet dir allerlei Schrott an, um dich wieder an Träumereien zu interessieren."

„Muß ich dies machen?"

„Nein, du kannst ewig weiterschlafen. Du selbst hast die Wahl."

„Ich will aufwachen."

„Gut! Es gibt einige Tricks bei der Beobachtung. Erstens, beurteile oder behindere nichts, was in Erscheinung tritt; sieh einfach zu! Genieße den Film deines Verstandes, sieh dir an, welche Gedanken immer wieder auftauchen. Bilder von Macht, Frauen, Geld und Todesangst könnten zum ständig wieder aufgeführten Theater gehören. Laß dich davon nicht stören. Laß die Feder, die in deinem Kopf aufgezogen worden ist, sich entspannen."

„Aber wie?“ fragte der Junge hilflos.

„Schließt alle eure Augen“, schlug Shamana ihnen vor. „Denkt jetzt nicht an eine Mango!“

Sie versuchten es, so gut sie konnten, aber überall waren Mangos. „Das ist unmöglich!“ schrie Yhanti. „Wenn wir nur an deine Anweisung denken, sehen wir schon ein Mango!“

„Ganz genau so ist es. Versucht es nun noch einmal. Erlaubt diesmal jedem Bild zu erscheinen, jedem Gedanken dazusein. Genau JETZT!“ Ein Moment der Stille folgte. „Da liegt der Schlüssel. Wenn ihr mit dem Verstand kämpft, verteidigt er sich. Wenn ihr ihm völlige Freiheit gebt, löst eure Entspannung den Griff, mit dem euer Verstand euch festhält.“

„Ich werde es versuchen“, versprach Yhanti.

„Und denk daran, daß die Gedanken nicht deine sind“, fuhr der Meister fort. „Alles wurde schon einmal gedacht. Oft kann man eine Gedankenwelle von jemand anderem wahrnehmen. Zwischen zwei Gedanken ist eine Lücke. Achte auf diese stillen Zwischenräume, und sie werden länger werden. Genug geredet. Viel Spaß!“

Shamana nahm Rudo und die Mädchen mit zum Wasserfall. Yhanti fühlte sich nicht sehr wohl dabei, allein gelassen zu werden. Womöglich würde er ja etwas verpassen. Was war das, was Shamana ihm da eigentlich aufgetragen hatte? Was sollte das überhaupt heißen: Dies seien nicht seine eigenen Gedanken? Von wem sonst?

Den ganzen Morgen über saß Yhanti frustriert da und kam nicht weiter. Jedesmal, wenn er dachte: „Ich hab's", war ihm sofort gleichermaßen bewußt, daß auch dies eben nichts als ein Gedanke war. Schließlich rief er laut aus: „Hier drinnen sind zu viele Leute, die Aufmerksamkeit verlangen!"

Das brachte ihn auf eine Idee. *Was, wenn ich all diese Persönlichkeiten von anderen Leuten bekommen habe? Vielleicht sind sie ja gar nicht von mir.* Er beschloß, jeden Gedanken bis zu seinem Ursprung zurückzuverfolgen.

Das muß ich richtig tun, sonst wird es nicht gelingen. Dieses Konzept zum Beispiel, alles verdienen zu müssen, konnte er leicht bis zu seinen Eltern zurückverfolgen!

Freudig erregt ob dieser Entdeckung eines Schlüssels zum Wahnsinn des Verstandes, konnte er faktisch die Stimmen seiner Eltern, Lehrer und Freunde hören, die ihm all das sagten, was er als eigene Überzeugungen übernommen hatte, ohne es zu hinterfragen. All diese Leute hatten sich ernsthaft Mühe gegeben und versucht, ihm behilflich zu sein, aber sie selbst hatten ihre Überzeugungen wiederum von anderen und nicht aus eigener Erfahrung. Diese Einsicht nahm eine große Bürde von seinen Schultern.

Yhanti lernte schnell, wie man es anstellen mußte. *Ich denke an Luneau... Lücke... Dies ist Dhyana... Lücke.*

Er machte die Entdeckung, daß er, indem er das Wort *Lücke* sagte, das Bedürfnis seines Verstandes, einen Kommentar zu geben, befriedigte und sich eine tatsächliche Lücke einstellte. Denn allein schon die Erkenntnis, daß er Leere erfuhr, reichte aus, sie zu zerstören.

Als der Tag länger wurde, erwischte Yhanti sich immer öfter bei Tagträumen. Er stellte sich vor, wie er die Fragen von Leuten beantwortete, nachdem er selbst erwacht war. Er konnte nicht übersehen, daß dies ein egoistischer Traum war, aber er versuchte sich vom Unsinn seines Verstandes nicht entmutigen zu lassen. Es kostete ihn viel Kraft, weiterhin achtsam zu bleiben, und die Konzentration ermüdete ihn. Die Lücken traten immer seltener auf. Sein Kopf schmerzte von der Anstrengung.

Schließlich lehnte er sich zurück in das sanfte Moos unter einem Baum. Er rief laut: „Ich geb's auf!" Die tiefe Entspannung machte seinen Körper schwer, aber gleichzeitig hatte er auch ein Gefühl, als schwebte er empor. Er wurde federleicht, schwerelos! Er hörte seinen Atem langsamer und tiefer werden, als schliefe er ein.

Es war ein glückseliges Empfinden, jenseits von Raum und Zeit, ohne einen Verstand, der alles wie gewöhnlich beurteilte und erklärte. Er war sich lediglich einer glühenden Energie bewußt. Schließlich zog die Wichtigkeit des Geschehens einen Gedanken an. *Dies ist Dhyana!* Im selben Moment kehrte sein Körpergewicht zurück. Es war vorüber. Sosehr er auch versuchte, sich zu entspannen, er konnte es nicht zurückholen. Er setzte sich wieder hin.

Shamana saß unter seinem Baum und lächelte liebevoll. „Ich dachte, du wärst mit den anderen mitgegangen“, sagte Yhanti etwas verwirrt.

„Das habe ich auch getan. Was jedoch mit dir geschah, konnte ich bis zum Wasserfall hin spüren. Es gab eine Explosion des Bewußtseins, und ich bin gekommen, um nachzusehen, was geschehen ist. Es ist Zeit zu feiern, Yhantishor. Du hast einen ersten Blick erhascht!“

„Das stimmt, oder? Aber es war in Windeseile wieder vorüber, und ich konnte es nicht zurückholen.“

„Das erste Mal hast du es auch nicht aus eigener Kraft erreicht. Dhyana ist ein Gabe und kann nur in einer geöffneten Hand ruhen. Sowie du danach greifst, bist *du* wieder auf den Plan getreten.

Aber es ist wichtig, dies nicht falsch zu verstehen. Anstatt enttäuscht darüber zu sein, daß es entschwunden ist, solltest du die Tatsache feiern, daß es überhaupt geschehen ist. Kann sein, daß du viele Leben lang geschlafen hast; sei dankbar, daß dir endlich die Erinnerung kommt!“

Der Alte bat Yhanti, mit zu den Mädchen am Wasserfall zu kommen. Er ging langsam voran, und Yhanti wollte schon schnell an ihm vorbeilaufen. „Gibt es einen Grund dafür, daß du so langsam gehst?“ fragte er.

„Gewiß“, antwortete Shamana, ohne sich umzudrehen. „Aber es ist nicht unbedingt logisch. Ich genieße es zu gehen, ohne an ein Ziel zu denken. Lediglich der Verstand möchte jetzt sofort dort sein. Wenn du langsam gehst, gibt das dem Verstand kein Futter, denn es gibt nichts zu erreichen. Versuche es einmal."

Yhanti achtete sehr aufmerksam auf jeden Schritt, bewegte sich langsam und bewußt. Es kostete ihn enorme Mühe, nicht schneller zu gehen, und sein Körper wankte von einer Seite zur anderen. Mit der Zeit kam die Übung, und er war in der Lage, sein Gleichgewicht mit den Händen zu wahren. Die langsame Bewegung begann, ihm Spaß zu machen.

„Kann Dhyana geschehen, während man sich bewegt?" fragte er.

„Es ist mein ständiger Begleiter. Sogar wenn ich schlafe, ist Gewahrsein vorhanden. Bring dein Bewußtsein ein in alles, was du tust oder nicht tust, und Dhyana wird sich ereignen. Fehler geschehen nur am Anfang, denn du hast dich daran gewöhnt, dein Robotergehirn Handlungen mechanisch ausführen zu lassen. Aber solche Fehler sind es wert, sie zu machen. Wenigstens wirst *du* gegenwärtig sein."

Yhanti wurde völlig eins mit dem langsamen Gehen. Er fühlte sich mit der Erde verbunden, wenn er den Boden sanft mit liebevollen Schritten berührte. Ein gewaltiges Rauschen löste ihn aus seiner Trance. Er schaute auf und sah, wie der riesige Wasserfall seine Gischt in einer schwungvollen Bahn über die Felsen spritzte. Unten im Teich, in den er niederprasselte, schwammen die nackten Mädchen, und Rudo saß am Rand mit dem Rücken zum Geschehen.

Yhanti trat näher an Rudo heran. „Sind die Mädchen so verlegen?"

Rudo schaute ihn spöttisch an. „Frauen lenken mich von meinen Meditationen ab."

„Wie bitte?" fragte Yhanti. „Wenn du nicht mit Frauen zusammen bist und deine natürliche Sehnsucht nach ihnen befriedigst, träumst du dann nicht andauernd von ihnen?"

„Das geht dich gar nichts an!" Rudo schaute in die Luft. „Frauen sind eine Falle auf dem Weg. Sie scheinen einem soviel zu bieten zu haben, aber damit bringen sie dich nur in Schwierigkeiten. Ich habe Umgang mit Frauen gehabt, und ich weiß, daß sie einen am Ende immer verletzen. Sie erfüllen niemals deine Sehnsucht!"

Yhanti empfand ein seltsames Mitleid mit dem Mann. Es war zum ersten Mal, daß er seine Gefühle entblößt hatte. Yhanti setzte sich vor ihn hin und sprach langsam:

„Frauen haben mir bisher nur dann weh getan, wenn ich etwas von ihnen erwartete. In meiner gesamten Suche sind die tiefsten Erfahrungen, die ich hatte, durch den Spiegel gekommen, den Frauen mir vorgehalten haben."

Rudo schien sich seiner selbst nicht mehr ganz sicher zu sein. Er rieb nervös die Hände aneinander, als würde er sie waschen. „Frauen haben zuviel Macht über Männer. Ich bin wie

Shamana. Hast du ihn jemals mit einer Frau zusammen gesehen?“

„Nein, aber ich glaube nicht, daß er seine Bedürfnisse unterdrückt, du etwa? Er sagte, er hätte jedes Verlangen mit Bewußtheit erfahren müssen, bevor er über es hinausgehen konnte. Er erwachte sogar durch eine sexuelle Begegnung, die über Sex hinausging.“ Rudo fing an, laut Gebetstexte zu singen, also ließ Yhanti ihn in Ruhe.

Die Mädchen im Teich spritzten wild mit Wasser herum und hatten Yhantis Erscheinen immer noch nicht bemerkt. Der Anblick der jungen Mädchenkörper mit ihren langen nassen Haaren, wie sie umherschwammen und sich unter dem herabprasselnden nassen Strahl duschten, betörte ihn. Yhanti ließ die Robe fallen und glitt ins Wasser. Unter Wasser schwamm er zu den Mädchen hinüber, denn er wollte sie überraschen.

Er schnappte sich ein Bein und tauchte auf. Heesha kreischte. Sie war überglücklich, ihn zu sehen, und empfing ihn mit einer langen, süßen Umarmung. Luneau sah beklommen zu. Sie hatte beiden gesagt, von ihr aus wären sie frei, sich zu begegnen und einander zu lieben, aber sie hatte nicht voraussehen können, daß sie dabeisein würde und zusehen müßte. Sie schwamm ans Ufer, saß da und starrte das Paar befangen an.

Shamana stand hinter ihr. „Du kannst ruhig mitmachen“, regte er an. „Oder hast du Spaß daran, außen vor zu bleiben und eifersüchtig zu sein? Yhantis Herz ist groß genug für euch beide, und Heesha liebt auch dich. Du schaffst dir deine eigenen Grenzen."

Luneau wartete keinen Moment länger. Sie schwamm zu ihren Freunden hin, und sie spielten zu dritt. Während sie sich mit Wasser bespritzten, sah Yhanti, wie Shamana und Rudo in Richtung Garten davongingen. Sie spielten nun mal keine ernsthaften Erwachsenenspiele, sondern betrugen sich wie wilde Kinder. Sie lachten und tauchten sich gegenseitig unter, schnitten Fratzen und spritzten Wasser in alle Himmelsrichtungen.

„Seht euch das an!" schrie Heesha und versuchte, das mächtige Getöse des Wasserfalls zu überstimmen. Yhanti und Luneau folgten ihr. Hinter den niederprasselnden Wassermassen war eine Höhle, die allerdings zu dunkel war, als daß man in sie hätte hineinsehen können.

Yhanti glitt als erster hinein. Das gleißende Sonnenlicht der Außenwelt wurde hier zum sanften Glanz eines kühl sprudelnden Teiches, umringt von hängendem Moos und bläulich schimmernden Felsklippen.

Luneau und Heesha schwammen ihm zaghaft hinterher. Das diffuse Licht gab dem Ganzen eine surreale Qualität. Yhanti kletterte auf eine Felsplatte und half den anderen beiden hinauf. Sie legten sich alle drei hin, und Yhanti lag zwischen den beiden Mädchen. Er spürte ihre weichen Brüste auf seiner Haut und ihren Herzschlag an seinem Herzen. Sein eigenes Herz pochte schon bald im gleichen Rhythmus. Eine Welle der Liebe durchströmte seinen Leib, es war im Gleichklang schwingende Ekstase. Er ließ sich in sie hineinfallen.

Die Farben des Tages schmolzen im Zwielicht, als sie aus ihrem Nest hervortauchten und sich für den Heimweg anzogen. Keiner sprach ein Wort, als sie fröhlich Hand in Hand in den Garten kamen. Voller Dankbarkeit und Liebe zog es sie zu Shamanas Baum hin, denn sie wollten die Verzückung, von der sie umfangen waren wie von der anbrechenden Dunkelheit, gerne mit ihm teilen.

Yhanti blinzelte ein paarmal, denn er wollte sichergehen, richtig gesehen zu haben. Selbst die Nacht konnte nicht verbergen, daß nicht Shamana vor ihnen saß, sondern Rudo!

„Wo ist Shamana?" fragte Yhanti voller Argwohn.

„Die Leute von der Palastwache sind zurückgekommen auf der Suche nach Heesha", erklärte Rudo. „Und weil sie nicht zugegen war, sagten sie, Shamana sei für ihre Entführung verantwortlich, und nahmen ihn fest."

„Entsetzlich!" schrie Yhanti. „Hast du nicht versucht, sie aufzuhalten? Warum haben sie dich nicht verhaftet?"

„Weshalb sollte ich dafür verantwortlich sein?" sagte Rudo abwehrend. „Ich bestätigte ihnen, daß Shamana sie gebeten hatte zu bleiben. Ich bin doch selbst hier nur zu Gast!"

Yhanti mußte sich zurückhalten, um diesen Narren nicht zu verprügeln. Nun hatte Rudo sich unter Shamanas Baum eingerichtet und schien mit der Wendung der Dinge zufrieden zu sein. Es war sehr verwirrend, aber Yhanti wußte, daß sie schnell handeln mußten. „Nun gut, du bist jetzt also der Anführer?“ fragte er Rudo.

„Ich?“ Rudo gab vor, überrascht zu sein. „Ich glaube, du hast recht. Ich bin der Erfahrenste.“

„Dann bleibt es dabei.“ Yhanti packte Rudo und zog ihn hoch. „Du wirst die Rettungsaktion anführen.“

„Aber, ich muß hierbleiben“, jammerte Rudo. „Was ist, wenn jemand herkommt, um eine Frage zu stellen?“

„Falls du dich entscheidest, nicht mitzukommen, wird die einzige Frage, die man dir stellen wird, lauten: Weshalb hängt dieser Glatzkopf umgekehrt an diesem Mangobaum?“

„Also gut“, stotterte Rudo, sich aus Yhantis Händen befreiend. „Mir nach!“

DIE RETTUNGSAKTION

Im Zwielicht kurz vor Sonnenaufgang ritten die vier Freunde zum Kinadorf in der Hoffnung, von dort Unterstützung zu bekommen. Der Nebel lichtete sich kaum, und Regenwolken türmten sich am Himmel. Alle Reiter waren voller Ideen, wie sie Shamana befreien könnten, ohne selbst dabei gefangengenommen zu werden.

Auf halbem Wege zum Ziel bat Heesha um eine Ruhepause: „Vielleicht sollte ich zurückkehren und mich dem Gericht stellen, denn ich bin doch diejenige, die geflüchtet ist. Es ist alles mein Fehler.“

„Dann wären wir nun unterwegs, um dich zu befreien“, stellte Yhanti fest. „Nein, wir müssen uns einen Plan überlegen, bei dem wir alle frei sein können. Das größte Problem sind meiner Meinung nach die rustadorianischen Wachen, denn sie sind ihr Leben lang in der Kampfkunst unterwiesen worden. Keiner von uns hat jemals Kämpfen gelernt. Das Verteidigungssystem der Kinas ist vollautomatisch, und Angriffswaffen laufen unserem Gesetz zuwider. Wir müssen heimlich hinein und wieder hinaus.“

„Wir können uns verkleiden“, schlug Luneau vor.

Heesha stimmte zu. „Ich kenne die gesamte Anlage der Burg. Es gibt Geheimgänge, die nur in Notfällen gebraucht werden."

Sie erreichten das Wachttor der Kinas. Yhanti teilte dem Computer mit, daß es sich um einen Notfall handelte und er solle die Dorfbewohner zu einer Versammlung zusammentrommeln. Innerhalb von zehn Minuten waren die meisten Dorfbewohner zusammengeströmt. Einige Cokium-Trinker erschienen mit etwas Verspätung.

Yhanti stellte sich ans Rednerpult und erklärte in aller Eile die Situation. Die Dorfbewohner waren sichtlich erschüttert. Ein Mann stellte fest: „Wenn Shamana nicht zum Berg zurückkehrt, wird die Reihe der Erwachten Wesen am Turm durchbrochen." Bisher hatte jede Generation mindestens einen Erwachten hervorgebracht, der den Turmschlüssel vom Vorgänger übernehmen konnte. Die meisten Kinas hatten insgeheim den Wunschtraum, eines Tages den Berg zu besteigen. Jetzt war die Kette gebrochen und der Schlüssel nicht weitergegeben worden.

Eine ältere Frau stand auf. „Wer außerhalb der Schutzanlagen unserer Stadt wohnt, ist selber schuld. Shamana hat sein Schicksal selbst in die Hand genommen, als er vor Jahren auf den Berg zog. Weshalb sollten wir unser Leben seinetwegen in Gefahr bringen?"

Ein Lichtblitz signalisierte, daß ein Kind sprechen wollte. Die Menge wurde still, als Sage aufstand. „Ich habe die Gelegenheit, die ihr alle verpaßt habt, noch nicht gehabt. Ihr alle schiebt euer Leben vor euch her, und vielleicht ist für euch schon alles zu spät. Wenn Yhanti es erlaubt, würde ich das Rettungsteam gerne begleiten!"

Einer von Sages Onkeln mahnte die erstaunte Menge zur Stille. „Ich flehe dich an, Yhantishor, bringe das Kind nicht in Gefahr. Sage ist kein Kämpfer."

„Kein Kina ist ein Kämpfer", rief Yhanti ihm zu. „Sage würde nicht darum bitten, uns begleiten zu dürfen, wenn er nicht bereit wäre. Er kann selbst entscheiden. Kommt noch jemand mit?"

„Es gibt keine Zeit zu verlieren", tönte eine bekannte Stimme ganz hinten aus dem Versammlungsraum. Aus einer Gruppe, die bei der Tür stand, trat Yarrow hervor. „Mit diesen Idioten hier zu reden ist Zeitverschwendung. Es ist kaum zu glauben, wie viele Angsthasen in einem einzigen Raum unterkommen können. Stallmeister, bring uns sechs frische Pferde! Ihr anderen, bringt Trockennahrung, einen Erste-Hilfe-Kasten und ein paar Tauschgüter. O ja, und eine Unze Cokium!"

Die Dorfbewohner waren überrascht. Was würde diese verrückte Alte mit einer Unze ihres geliebten Getränks anstellen wollen? „Na los! An die Arbeit!" Sie scheuchte sie alle hinaus.

Der Raum leerte sich schnell, und nur die sechs Abenteurer blieben zurück.

„Wir werden gezielt vorgehen müssen", begann Yhanti. „Ich

weiß, daß Shamana uns raten würde, spontan zu sein, aber ich habe das Gefühl, wir sollten einen Plan machen. Wir müssen schlau sein, also bringt alle Sachen mit, von denen ihr meint, daß wir sie gut brauchen können. Wir treffen uns dann bei Frujes Schneiderei."

Yhanti eilte nach Hause und holte einen kleinen Elektromagneten, den man stufenlos bis zu einer Zugkraft von einer halben Tonne einstellen konnte. Er steckte ihn in die Tasche und rannte zur Schneiderei.

Fruje war gerade dabei, einen gestreiften Gefangenenanzug für Heesha zu nähen. Ein alter Mann stand in der Türöffnung und starrte Yhanti erstaunt an, als dieser vorbeisauste.

„Mach für mich was im Stil der roten Händler!" befahl Yhanti. Die roten Händler kamen ziemlich oft durch diese Gegend. Sie trugen allerlei Tauschobjekte mit sich und waren an ihrer roten Kleidung zu erkennen. Die meisten Dörfer gewährten den Händlern besonderen Schutz.

„Beeilt euch!" rief der Mann an der Tür. „Zieht die Sachen an, und auf geht's!"

„Kommst du auch mit?" fragte Yhanti.

„Na klar, mein Freund." Yarrow zog den Bart herunter und zeigte ihr Gesicht. „Nicht schlecht, wenn ich sogar dich damit getäuscht habe."

Auch Sage wurde in Rot gekleidet und konnte damit als Yhantis Gehilfe durchgehen. Luneau bekam einen militärisch aussehenden Anzug verpaßt – mit einem silbernen Abzeichen: *KINA-POLIZEI*. „Wir haben hier natürlich keine Polizei“, grinste Fruje, „aber das werden die Leute aus Rustador nicht wissen.“

Rudo probierte Perücken aus. „Ich werde bei den Pferden bleiben müssen, damit die Gräfin der Sitten und Gebräuche mich nicht erkennt“, sagte er. Nachdem er sich für ein dickes Toupet entschieden hatte, schloß er sich den Freunden an, und sie galoppierten zum Tor hinaus.

„Luneau kann Heesha als Gefangene zurückbringen“, rief Yhanti, als sie den Fuß des Berges in Richtung Rustador ritten. „Wir können darauf bestehen, daß es Sitte bei unserem Volk ist, daß die Gefangenen in unserem Gewahrsam bleiben, bis die entsprechenden Formalitäten erfüllt worden sind. So kann Heesha bei uns bleiben, bis wir gemeinsam flüchten können.“

„Dann sollten wir als letzte ankommen“, fügte Luneau hinzu. „Dann fällt kein vorzeitiger Verdacht auf die anderen.“

„Prima“, Yhanti war einverstanden. „Sage und ich werden als erste gehen. Was machen wir mit dem Erste-Hilfe-Kasten?“

„Das ist meine Requisite“, sagte Yarrow schnell. „Kümmer dich nicht darum!“

Am frühen Nachmittag sahen sie die Türme Rustadors aus der Ferne. Rudo übernahm die Pferde und versprach, sie zum rückwärtigen Tor zu bringen, wenn er ein Signal von ihnen erhielte. Die beiden roten Händler warfen einige Tauschobjekte in eine Tasche und liefen ins offene Feld hinaus. Kaum waren sie sichtbar, da waren schon die königlichen Wachen zur Stelle und hießen sie willkommen.

„Guten Tag", rief Yhanti höflich. „Wir haben auf dieser Reise wahre Schätze für euch mitgebracht."

Nachdem sie den Wachen versprochen hatten, daß ihre Frauen die erste Wahl hätten, bereitete ihnen die Gräfin der Sitten und Gebräuche ein herzliches Willkommen. Die wackeren Wachsoldaten machten sich gerade bereit zu gehen, als ein Trompetensignal sie wieder vor das Tor rief, der sich mühsam heranschleppenden Yarrow entgegen.

„Hallo", grüßte sie kurz und bündig. „Gestatten, Doktor Yarrow, aus Fulyu. Kann ein alter Arzt hier eine Bleibe für die Nacht finden?"

„Aber natürlich", versicherte der Anführer der Wache. „Ihr seid uns als Gast für die Nacht willkommen." Eine Sänfte wurde herbeigerufen, um den guten Doktor zum Begrüßungszentrum zu tragen. Yhanti und Sage hatten gerade ihr Verkaufsschwätzchen beendet, als die Gräfin Yarrow aus der Sänfte steigen sah.

„Wie geht es Euch?" rief sie Yarrow zu.

„Sehr gut, danke", erwiderte Yarrow. „Seht Ihr die beiden Händler dort drüben? Ich habe mich schon vor Wochen an ihre Fersen geheftet. Mein Name ist übrigens Doktor Yarrow, und die beiden Händler haben den gefürchteten Lachvirus von Dorf zu Dorf verbreitet."

Yhanti war erstaunt über ihre Frechheit. Ihre Absichten waren ihm schleierhaft, aber er ließ Sage und sich selbst willig in ein Krankenzimmer führen.

„Alle, die mit den beiden Händlern in Kontakt gekommen sind, sollen sich im angrenzenden Zimmer versammeln, und ich werde ihnen das Gegenmittel bringen, sowie ich es zusammengestellt habe." Yarrow knallte die Tür zu, um sich ungestört mit ihren Freunden unterhalten zu können. „Ich werde ihnen ein Mittel gegen die Lachkrankheit verpassen, daß es nur so rauscht. Helft mir bitte, einen Topf Cokium zu mischen!"

Die angesetzte Menge reichte voll aus, die Wachen außer Gefecht zu setzen, aber sie eilte zunächst ins Nebenzimmer, um dort mit der Behandlung zu beginnen. Die Gräfin bestand darauf, als erste dranzusein. Der Rest stellte sich in der entsprechenden Rangfolge hinter ihr auf.

„Runterschlucken!" befahl Yarrow. „Die Medizin braucht einige Zeit, bis die Wirkung einsetzt."

Als die Gräfin den letzten Tropfen zu sich genommen hatte, öffnete sich die Tür, und Luneau trat mit ihrer Gefangenen herein. Die Gräfin starrte Luneaus Uniform an. „Du bist es also", posaunte sie, und Luneau bekam eine Gänsehaut. „Wie schön, daß du eine Stelle bei uns gefunden hast." Die Droge begann erste Effekte zu zeigen. Die Gräfin erkannte auch Heesha wieder. „Heesha, meine Süße, der gestreifte Anzug paßt aber gar nicht gut zu dir."

Als sie die Zipfel ihres Kleides zum Knicks in die Hand nahm, fiel sie flach aufs Gesicht. Auch die Wachen schluckten brav ihre Medizin und waren bereits kurze Zeit später im Burghof zu sehen, wo sie die Wolkenformationen betrachteten. „Das waren meine ersten Patienten. Ich bin ein ganz schön praktischer Arzt, mit Verlaub“, kicherte Yarrow.

„Damit wären die Außenwachen versorgt“, jubelte Yhanti. „Einer von uns sollte sich umsehen und schauen, ob er herausfinden kann, wo Shamana ist. Wie wär's mit Sage?“ Sage nickte begeistert. „Der Händlergehilfe dürfte leicht überall zugelassen werden.“

Sie standen alle am Fenster, als Sage in die Burg hineinging. Yhanti zog den Magneten aus der Tasche und bat Luneau, ihre eiserne Gürtelschnalle festzuhalten. Um ihnen die Kraft des Magneten zu demonstrieren, drehte er am Einstellknopf, schon entglitt die Schnalle ihrer Hand und flog zu seinem Magneten. „Mit maximaler Leistung kann er mich durch die Luft zu einem stationären Objekt hinziehen, zum Eisenturm zum Beispiel.“

„Sage kommt zurück!“ verkündete Yarrow. Sage hüpfte nonchalant auf sie zu, gefolgt von zwei schwerbewaffneten Wachen.

„Den bringe ich in Sicherheit“, schwor Yhanti, als er die Tür öffnete. „Mach schnell, Sage, Wachen hinter dir!“ sagte er und riß den Knaben in den Raum hinein.

„Schnell, hier entlang!“ rief Heesha und öffnete eine in der Mauer verborgene Tür. Kaum hatten sie die Tür hinter sich geschlossen, da kamen die beiden Wachen hinein und fanden ein leeres Zimmer vor.

„Das haben wir gerade noch geschafft!“ Yhanti wischte sich den Schweiß von der Stirn. „Hast du nicht gesehen, daß sie hinter dir her waren?“

„Na klar doch“, strahlte Sage. „Ihr habt mich geschickt rauszufinden, wo Shamana ist, also fragte ich die Wachen. Wenn jemand Bescheid weiß, dann die Wachen. Sie wollten uns zu ihm bringen.“ Die anderen starrten ihn ungläubig an. „Was ist mit euch los? Ich dachte, ihr seid auf der Suche nach Wahrheit?“

„Seid friedlich“, flehte Heesha sie an, „wir können uns jetzt nicht erlauben, gefaßt zu werden.“ Sie führte ihre Freunde eine dunkle Treppe hinauf. „Wenn ich mich recht entsinne, mündet diese Tür im Mädchenzimmer.“ Sie drückte die alte Geheimtür auf. Zwölf Wachen schauten auf und erblickten sie!

„Das erspart uns eine Menge Sucherei“, sagte ein Wächter, als er den bunten Haufen in das Zimmer beförderte. „Bringt sie zur Eisenzelle!“

„Entschuldigung“, flüsterte Heesha, während sie in einen winzigen, feuchten Raum mit einer Bank aus Stein getrieben wurden. Einmal drinnen, brach Heesha in Tränen aus. „Wir sitzen in der Falle“, schluchzte sie. „Wir können genausogut den Rest des Cokium trinken. Dann sind die Schmerzen der Marter nicht so groß.“

Die Tür öffnete sich, und der Meister der Regeln mit seiner schwarzen Kapuze stand vor ihnen. „Oh, welch ein Freude“, witzelte Yarrow. „Dieser Kerl sieht aus, als hätte er den Lachvirus bitter nötig!“ Der Regelmeister führte sie einen langen Gang entlang. Nachdem er dreimal an eine goldgetäfelte Tür geklopft hatte, tat er einen Schritt zur Seite und machte den sechs großen, mit einem Speer bewaffneten Wachen, die herausquollen, Platz.

„Hier sind die Eindringlinge“, berichtete er.

„Laßt sie herein.“ Sie wurden in einen Raum voll rustadorianischer Aristokraten gebracht. Großherzöge und Herzoginnen, Prinzen und Prinzessinnen, Könige und Königinnen in goldbesetzten Samtroben saßen um ein Podium. Auf dem Podium, zurückgelehnt in einem thronähnlichen Sessel, saß Shamana!

„Ihr habt es geschafft“, bemerkte Shamana. „Setzt euch. Diese Leute haben euch gefangengenommen, weil sie meinten, ihr könntet mir Schaden zufügen.“ Er gab den Rustadorianern ein Zeichen, und sie stolzierten hinaus wie eine Schar eitler Pfauen.

„Was ist hier los?“ fragte Yhanti völlig verwirrt.

„Einige Rustadorianer erkannten in mir einen Erwachten. Ich habe festgestellt, daß eigentlich recht wenige unter ihnen an der ganzen Moral und den Regeln interessiert sind, aber Angst davor haben, sich gegen die Gesellschaft aufzulehnen. Jetzt übernehmen viele die Verantwortung für ihr eigenes Leben und legen ihre Konditionierungen ab." Shamana musterte seine Freunde. „Wo ist Rudo?"

„Er verbirgt sich im Wald mit den Pferden. Er hatte sich gleich unter deinen Baum gesetzt, aber ich habe ihn mitgeschleift", erklärte Yhanti. Shamana rief ein paar Wachen und befahl ihnen, Rudo zu holen.

„Ich hatte nicht genügend Vertrauen, ganz ohne Pläne herzukommen", gab Yhanti zu. „Wenn Sage den Wachen nicht die Wahrheit erzählt hätte, hätten wir womöglich ernsthafte Probleme bekommen. Ich glaube, wir sollten immer ehrlich sein."

„Quatsch!" unterbrach Yarrow ihn. „Unsere schlauen Pläne und die Art, wie wir uns in diese Burg eingeschlichen haben, war der größte Spaß, den ich seit Jahren gehabt habe. Die Gefahr gibt mir das Gefühl, wieder jung zu sein."

„Und die Wachen sind gewöhnlich hundsgemein", fügte Heesha hinzu.

„Das stimmt", bestätigte Shamana. „Es sind die gleichen Leute, die mich verhaftet haben und herbrachten, um mich vor Gericht zu stellen. Ihr hättet keinerlei Nachsicht von ihnen zu erwarten, wenn sie mich nicht erkannt hätten."

Yhanti kratzte sich am Kopf. „Wie können Menschen, die schon fast scheintot sind, einen Erwachten erkennen? Sogar ich brauchte eine Weile, als ich zu dir kam, bevor sich mein Herz öffnete."

„Ich habe ein paar Tricks angewendet." Shamana zog den

Beutel mit Morta hervor, den er von Yhanti bekommen hatte. „Sie hatten noch nie gesehen, wie ein Mensch stirbt und wieder aufersteht. Das Zeug schmeckt allerdings abscheulich!“

„Jetzt bin ich völlig durcheinander.“ Yhanti setzte sich auf das Podest. „Sage erzählt immer die Wahrheit, wie er sie sieht, und es hat uns gerettet. Aber du hast diese Leute übers Ohr gehauen, und es hat dich gerettet. Kann man die Wahrheit durch Lügen finden?“

„Gute Frage.“ Shamana lehnte sich auf seinem Thron zurück. „Die Wahrheit ist kein Ding, sie ist ein Prozeß. Sie ist die Essenz der Wirklichkeit. Ich bin ein großer Lügner, weil es keine Möglichkeit gibt, anderen die Wahrheit in Worten zu vermitteln. Aber ich versuche es immer wieder.“

„Noch einmal“, nötigte Yarrow ihn.

„Alles, was gesagt werden kann, ist eine halbe Wahrheit, weil das Gegenteil außer acht gelassen wird... werden muß. Ich kann nur auf die Wahrheit hinweisen, aber es bleibt euch überlassen, das Gesagte zu untersuchen und selbst herauszufinden, was es beinhaltet.“

Nachdem sie dreimal an die Tür geklopft hatten, schleiften die Wachen Rudo herein, der sich sträubte und um Gnade winselte. Als er bemerkte, daß das Zimmer voller Freunde war, setzte er sofort sein heroisches Gesicht auf. „Ich bin gekommen, euch zu befreien.“ Seine Stimme und seine Hände zitterten.

„Nicht nötig“, versicherte Shamana. „Wir alle sind willkommen hier.“

„Wirklich?“ Rudo überdachte die Lage. „Ihr könnt gehen!“ sagte er zu den Wachen, die ihn gebracht hatten.

„Die Stadt ist in zwei Lager zerstritten“, fuhr Shamana fort. „Die Jugendlichen und die, die wenig an der sozialen Struktur interessiert sind, haben mich gebeten, sie aus der Sklaverei zu befreien. Die älteren Bewohner haben Angst, ihre anerkannten Sitten abzulegen, und klagen vor Gericht gegen mich. Ich habe ihnen angeboten zu gehen, aber die Jungen wollen mich nicht gehen lassen.“

„Wir werden hier nie wieder rauskommen“, rief Heesha aus. „Rustadorianer können jahrelang über ganz einfache Sachen streiten.“

„Nein, wir können gehen“, grinste der Alte. „Ich habe ein wenig mit beiden Seiten verhandelt, und wir können verschwinden, wenn wir ein paar Bedingungen erfüllen. Als erstes mußte ich den Jungen versprechen, daß ich meinen ältesten Jünger zurücklasse, der ihnen helfen kann, alte Sitten abzulegen. Rudo“, und damit winkte Shamana seinen alten Freund herbei, „würdest du die große Aufgabe übernehmen, diese Leute aus ihrer Dunkelheit zu befreien?“

Rudo legte beide Hände aufs Herz und sah zur Decke hoch. „Es schmerzt mich, Menschen zu sehen, die soviel durch fehlende Meditation erleiden müssen. Mein weitentwickeltes Mitgefühl zwingt mich, diese gewaltige Aufgabe anzunehmen. Ich werde sie aus ihrem Schlaf wachrütteln und in die neue Welt des Unnennbaren schicken."

„Heilige Hölle", flüsterte Yarrow in Yhantis Ohr. „Rudo wird ihnen ihre alte Bombe voll ersetzen."

„Sogar Heesha darf mit uns fortgehen", fuhr Shamana fort. „Die zweite Bedingung lautet ... Dr. Yarrow?"

„Ich?" schrie Yarrow. „Niemals bleib' ich bei diesem Haufen Irrer."

„Brauchst du auch nicht. Die Wachen sind bereit, uns ziehen zu lassen, wenn du ihnen die restliche Medizin überläßt."

„Das Cokium!" lachte Yarrow. „Sie geben uns unsere Freiheit im Tausch für dieses Gefängnis? Das können sie haben!"

Rudo stand am Fenster. „Schaut euch all diese Leute an. Sind sie gekommen, um mich zu sehen?"

„Sie haben sich versammelt, um die Worte ihres neuen Lehrers zu vernehmen", sagte Shamana. „Du wirst einen königlichen Mantel brauchen." Luneau nahm eine Gardine vom Fenster und wickelte das purpurne Samt um Rudos Schultern. „Geh und grüße dein Volk."

Vom Fenster aus konnten sie die Begegnung verfolgen. Rudo schritt mit dem ganzen Pomp eines Königs in den überfüllten Hof und stellte sich auf einen Steinklotz in Positur. Als er sicher war, daß die gesamte Aufmerksamkeit auf ihn gerichtet war, fing er an. „Mein Volk, wir treten in ein neues Zeitalter ein hier in Rustador, ein Zeitalter des Wachstums und der Freiheit. Als euer erwählter Beschützer werde ich euch auf der Reise zu eurem höheren Selbst führen. Mein großes Werk duldet keinen Aufschub. Die Frauen sind die größte Ablenkung bei der Meditation, bis morgen früh müssen sie alle den Kopf kahlscheren."

„Welch ein Mitgefühl", sagte Yarrow. „Kann sein, daß er noch ein paar Vögel mehr aus diesem Kuckucksnest vertreibt."

Während Rudo mit seiner Ansprache fortfuhr, schlug Yhanti vor, die Burg zu verlassen, solange es noch hell war. Shamana rief Jamal, einen jungen Rustadorianer, der Shamana in der kurzen Zeit seines Aufenthalts sehr lieb gewonnen hatte. „Jamal, kannst du unsere Pferde beim Hintertor bereithalten?"

„B-b-bin schon unterwegs." Jamal salutierte. Er kam sich selbst sehr militärisch vor, trug immer eine Galauniform und schmückte seinen Kopf mit einem breitkrempigen Federhut. An seinem Gürtel baumelte eine Feldflasche, obgleich er die Stadt noch nie verlassen hatte. „Ist mir ein V-v-vergnügen." Jamal stotterte, wenn er aufgeregt war, und das war er meistens.

Als sie das hintere Tor erreicht hatten, standen die Pferde schon gesattelt bereit. Jamal, der Shamanas Pferd hielt, hatte Tränen in den Augen. „Ich wünschte, ich wäre deine persönliche Leibwache", sagte er, während er mit der Hand übers Gesicht fuhr. „Ich kann Leute sehr gut b-b-beschützen. Dieser Rudo kann niemals deinen Platz einnehmen. Er ist nur ein

Clown." Shamana berührte Jamals Stirn. „Du kannst sein, was du sein möchtest."

„W-w-wirklich?" Jamals ganzes Gesicht verzog sich zu einem einzigen, großen, fast zahnlosen Grinsen. Er flitzte zurück zum Stall und kehrte schon bald mit einem gesattelten Pferd zurück. „Auf geht's", sagte er stolz. „Ich hatte gehofft, daß du so etwas sagen würdest."

Die Brise legte die gelben Gräser in Wellenmuster, und gleißende Sonnenstrahlen lugten durch die Ritzen im Wolkenhimmel, als sie zum Berg ritten. „Freiheit", seufzte Heesha. „Ich bin überwältigt!"

Sage, ein geübter Reiter, umkreiste die Älteren und langsamer Reisenden. Plötzlich hielt er an und schaute zurück. „Da kommt jemand!"

Mit halsbrecherischer Geschwindigkeit galoppierte Rudo über das Feld auf sie zu. Er hing an der Mähne des ungesattelten Pferdes, verlor den Halt und fiel mit einem Schrei kopfüber auf den Boden neben Shamanas Pferd.

„Haben sie dich jetzt schon durchschaut?“ fragte Yarrow.

„Ich weiß“, keuchte Rudo, „daß diese Leute mich brauchen. Und ich bin mir sicher, der richtige Mann für die Aufgabe zu sein, aber... könntest du mir ein wenig Morta dalassen für den Fall, daß ich ein wenig nachhelfen muß?“ Shamana schüttelte sich vor Lachen und warf Rudo den kleinen Beutel in den Schoß.

Rudo gewann seine königliche Haltung wieder, fing das Pferd ein und ritt mit einer stolzen Haltung zu seiner neuen Heimat zurück.

„Ich glaube“, sagte Yarrow, „wenn die Rustadorianer vom Cokium runterkommen und den ganzen Unsinn entdecken, den dieser Narr mit ihnen anstellt, kann wirklich nur der Scheintod ihn noch retten!“

BABA HARI

Ein morgendlich warmer Sonnenstrahl auf seinem Gesicht weckte Yhanti. Seine schmerzenden Muskeln und die vagen Erinnerungen an einen langen Heimritt machten ihm deutlich, daß er eigentlich noch ein wenig Schlaf brauchte.

Shamana lehnte mit geschlossenen Augen an seinem Baum, und Jamal lag ihm zu Füßen, seinen neu gefundenen Schatz sogar im Schlaf bewachend. Luneau sammelte Früchte im Garten. Yhanti beschloß, ihr zu helfen, und war gerade auf dem Weg zu ihr, als Jamal Gefahr witternd aufsprang. Ohne die Augen zu öffnen, sagte Shamana: „Das ist eine tiefverwurzelte Gewohnheit, die du da hast, Jamal. Ich weiß, daß du mich liebst, aber du wirst dich entspannen müssen, wenn du dein potentielles Selbst erreichen möchtest."

„Kann ich nicht einfach *dein* potentielles Selbst erreichen?"

Shamana kicherte. „Nur dein eigenes Aufblühen wird dir Befriedigung schenken." Er wandte sich Yhanti zu. „Ist dir aufgefallen, Flußreiter, daß Jamal nur auf dich reagiert hat? Luneau ging vorbei, ohne zu stören, aber eine Bewegung von dir..."

„Aber ich habe doch keinen Lärm gemacht."

„Das brauchst du auch nicht." Shamana hob die Hände in

die Luft. „Du erregst den ganzen Raum um dich herum, wie die Hitze Moleküle erregt. Jamal ist als Wache trainiert worden, und seine Sinne sind geschärft. Er ist ein Thermometer für deine nach außen gerichteten Schwingungen, und du, mein Junge, bist RANDVOLL davon!"

„Was kann ich dagegen tun?" fragte Yhanti.

„Tun? Es gibt nichts zu tun. Ich beobachte nur, ich urteile nicht. Es wird helfen, wenn du dich selbst im Spiegel anderer sehen kannst. Wenn die gleiche Energie sich nach innen kehrt..."

„Wenn ich so bin", grübelte Yhanti, „muß es auch der Schlüssel zu der Frage sein, *wer* ich bin!" Wie jedoch die Energie nach innen richten? Er schloß die Augen und tastete sich nach innen. Alles war ruhig in ihm. Er saß ganz still und versuchte diese Ruhe nicht zu stören.

„Moment mal", unterbrach Jamal die Stille. „Ich bin ein Wächter. Wenn alle herumsitzen und still sind, wer wird uns bewachen?"

„Du bist ein Mensch, dem beigebracht wurde, Wächter zu sein", rief Shamana ihm ins Gedächtnis. „Wächter zu sein ist an sich bereits eine gewisse Form von Aggression. Um einen Gegner zu besiegen, muß man in der Kunst der Gewalttätigkeit besser sein als er. Hier lassen wir jedoch traditionelle Rollen los. Männer, die hierherkommen, werden ihre femininen Eigenschaften entwickeln müssen, ihre Liebe und Fürsorge. Frauen werden Entscheidungen treffen und nein sagen lernen müssen. Dein wahres Selbst wird nicht von hormonalen Zufälligkeiten beeinflußt."

„Du meinst, ich könnte auch ein Frau sein?" fragte Jamal und schaute auf seine Brust.

„Nicht notwendigerweise auf der physischen Ebene. Beide Energien sind von deinen Eltern her in dir angelegt. Weil dir allerdings die Gesellschaft beigebracht hat, anders als andere zu sein, bist du so gespalten. Sogar die Kinas kleiden die Mädchen gelb und die Jungen blau. Und nun suchst du in der Außenwelt deine Ergänzung, statt selbst ein Ganzes zu sein. Ehe ist nichts als eine Art, deine fehlende Hälfte einzukaufen."

„Wie kann ich denn ganz werden?" fragte Jamal.

„Du bist es bereits. Du brauchst nur deine Wirklichkeit zu entdecken. Du kannst nicht du selbst werden. Hör auf, etwas zu werden, und SEI einfach!"

„Ich verstehe", kicherte Sage. „Du trägst Grün, weil du Gelb mit Blau vermischt hast."

Klappernde Pferdehufe signalisierten die Ankunft von Besuchern, und Yhanti und Jamal schauten nach, wer da kam. Am Tor zum Garten erschienen zwanzig Männer zu Pferde. Einer war in auffälligen goldenen Roben gekleidet und trug einen schwarzen Turban. Seine Begleiter trugen alle graue Tuniken und schwarze Schärpen.

Zwei graue Figuren stiegen ab und kamen ihnen entgegen.

„Segen und Grüße von Seiner Heiligkeit Baba Hari“, sagte einer der beiden. „Er erwartet Euch am Tor.“

Yhanti rannte zu Shamanas Baum. „Jemand wartet vor dem Tor. Soll ich ihn begrüßen gehen?“

„Mache, was dir beliebt“, erwiderte Shamana. „Ich habe kein Bedürfnis, irgend jemanden zu sehen, und kein Verlangen, ihn zu treffen. Er wird kommen, wenn er mich sehen möchte. Mache du das, was Yhantishor macht.“

Was macht Yhantishor? Voller Neugier, wer die Besucher sein könnten, ging er langsam und bedachtsam zum Tor. Baba Hari blieb würdevoll auf seinem Pferd sitzen, während die anderen Reiter abstiegen und in einem Halbkreis knieten, als Yhanti näher trat.

„Ich, Baba Hari, der Ehrwürdige, Seher der Wahrheit, grüße Euch, großer Shamana."

„Ich bin der große Yhantishor. Shamana sitzt unter seinem Mangobaum dort hinten."

Der Besucher hob seinen Kopf, als Yhanti die Richtung wies. „Sage ihm, ich sei angekommen, damit er uns begrüßen kann."

„Es ist ihm bekannt, daß Ihr angekommen seid."

Baba Hari schien unangenehm berührt. Seine Anhänger schauten zu ihm auf und erwarteten seine Befehle. „Bitte, junger Mann, Ihr müßt verstehen, daß wir rein zufällig diesen Weg genommen haben. Ich bin erleuchtet! Ich habe keine Wünsche, daher kann ich nicht zu ihm gehen."

„Wie Ihr wünscht", Yhanti zuckte die Achseln, und er und seine Freunde kehrten zu Shamanas Baum zurück.

Baba Hari, dem die gespannten Blicke seiner Schüler nicht entgingen, räusperte sich und erklärte: „Nun, ich begab mich ja bereits in jene Richtung." Sie alle nickten zustimmend, als er vom Pferd stieg, und sie trugen ihn durch den Garten zu Shamanas Baum.

„Euer ergebenster Diener“, sagte er poetisch und verbeugte sich vor Shamana.

„Das ist jammerschade“, antwortete Shamana voller Mitgefühl. „Ich brauche keine Diener, aber du könntest Luneau fragen, ob sie Hilfe beim Kochen braucht.“

Baba Hari richtete sich auf. „Sehe *ich* wie ein Koch aus?“

Shamana zuckte die Achseln. „Wenn du ein Diener sein möchtest, ist das deine Sache. Ich werde dir den Spaß nicht verderben.“

Die Anhänger Baba Haris versammelten sich um ihn. Der älteste verbeugte sich vor Shamana. „Mein Name ist Loka Baba, ältester Schüler des ehrwürdigen Baba Hari. Wir erfahren eine große Gnade, da wir Zeuge bei diesem Treffen zweier Meister sein dürfen.“ Loka Baba stellte alsdann alle weiteren 18 Jünger der Reihe nach vor. Viele waren bereits seit über 30 Jahren bei ihrem Meister.

Shamana entgegnete: „Mein Name ist Shamana, das hier ist Yhantishor, dort drüben sind Luneau, Heesha, Sage und Jamal. O ja, und das ist unser neuer Diener. Wie, sagtest du, war dein Name?“

Baba Hari hustete laut, und Loka Baba neigte sich ihm zu und besprach sich mit ihm, bevor er fortfuhr. „Ihr habt womöglich noch nichts von Seiner Heiligkeit Baba Hari vernommen, da wir von weit hergereist sind. Er ist das höchste erleuchtete Wesen, das je auf dieser Erde wandelte. Wir haben von eurem Meister Shamana gehört, sogar in unserem Land, und haben dieser Begegnung freudig entgegengesehen. Wenn es Fragen gibt…“

„Ich habe eine Frage!“ Sage tauchte hinter ihm auf. „Was meinst du überhaupt mit Erleuchtung?“

Baba Hari hob seine Hand langsam gen Himmel. „Ich bin die Erleuchtung! Ich bin der Gipfel menschlicher Evolution, wo alle Fragen Antwort finden. Ich kann Kranke heilen und Wunder tun. Ich bin die Magie selbst und…“

„Stopp“, unterbrach Sage ihn. „Dich habe ich nicht gefragt. Ich fragte Lokus dort. Woran erkennst du, daß dieser Mann erleuchtet ist?“

Loka Baba neigte sich wieder zu seinem Meister. „Moment bitte“, rief Yhanti. „Sage hat eine Frage an euch persönlich gerichtet. Wie wißt ihr es?“

„Nun“, Loka Baba dachte einen Moment lang nach. „Er kann tatsächlich magische Dinge tun. Ich habe gesehen, wie er heilige Asche aus dem Nichts materialisierte. Auch hat er uns das heilige Erleuchtungsmal gezeigt.“

„Was für ein Mal ist das?“

Baba Hari wurde rot. „Das wird nicht jedem Menschen gezeigt. Nur wahre Gläubige können es sehen.“

„Es ist ein Geburtsmal, das sich dort befindet, wo der Meister sitzt. Es ist ein uraltes Symbol, das einzige eindeutige Zeichen der Erleuchtung, wie uns der Meister sagte.“

„Genug!“ Baba Hari starrte seinen Schüler an, der sich sofort setzte. „Was hat Shamana über die Erleuchtung zu sagen?“

Shamana lehnte sich an seinen Baum, faltete die Hände und schloß die Augen. Yhanti fühlte sein Herz vor Freude hüpfen. Hinter sich vernahm er die Seufzer Luneaus und Heeshas, die auch die geheimnisvolle Welle spürten. Zwei Jünger Baba Haris schwankten hin und her, als lauschten sie unhörbarer Musik.

„Könnt Ihr denn gar nichts sagen?“ forderte Baba Hari ihn heraus.

„Falls du Stille nicht verstehen kannst, kann ich auch sprechen“, entgegnete Shamana. „Du bist nicht zufällig hergekommen. Dein Gerede über Erleuchtung hält diese Leute davon ab, das eigene Wesen zu entdecken, indem du ihnen Überzeugungen aufzwingst und sie zu Jüngern reduzierst. Was ist der wirkliche Grund für dein Kommen?“

Baba Hari schluckte. „Ich bin gekommen, um mit dir über die Wirklichkeit zu debattieren. Dein Name ist in meinem Land bekannt, und ich bin gekommen, um vor all diesen Leuten zu beweisen, daß ich der höchsterleuchtete Mensch bin.“

„Dann schlage ich vor“, sagte Loka Baba, „daß wir den beiden Meistern Fragen stellen und unparteiisch darüber urteilen, wer den Kampf gewinnt.“ Ihr Einverständnis nickend, berieten die grauen und roten Jünger miteinander, um die entsprechenden Fragen auszusuchen. Loka Baba kündigte die Regeln an. „Da Baba Hari der Herausforderer ist, wird er jede Frage zuerst beantworten. Wenn beide geantwortet haben, wird die gesamte Gruppe die Antworten auswerten."

Die erste Frage wurde ausgewählt, und Loka Baba stand auf, um sie zu stellen. „Baba Hari, o Ehrwürdiger, Meister der tausend ..."

„Laß den Quatsch", unterbrach Yhanti ihn. „Das hört sich nicht gerade unparteiisch an. Stell deine Frage."

„Baba Hari, welche Vorteile hat es, dein Jünger zu sein? Weshalb ist es nützlicher, dir statt Shamana zu folgen?"

„Das ist leicht zu beantworten." Baba Hari machte eine theatralische Geste gen Himmel. „Ich kenne den Weg. Ich kann euch die Landkarte zu eurer eigenen Erleuchtung zeigen. Alle Mächte des Universums sind euer, wenn ihr mir folgt. Ihr werdet Heilige sein."

„Supertoll", rief Sage. „Was bedeutet heilig?"

„Seht ihr?" Baba Hari schüttelte den Kopf. „Dieser Knabe weiß nichts. Er braucht einen Meister, der ihm beibringt, was heilig sein heißt. Gott lehrt uns ..."

„Moment mal", unterbrach Sage erneut. „Wer, bitte, ist Gott?"

„Bitte setzt den Jungen hin, und paßt besser auf ihn auf", befahl Baba Hari. „Er ist noch zu jung, die Komplexität des Göttlichen zu verstehen."

„Aber keiner von uns versteht sie", protestierte Yhanti. „Wer ist dieser unsichtbare Zaungast namens Gott?"

„Diese Verwirrung entsteht, wenn man nicht früh genug die

rechte Lehre hört. Hat niemand sie dir je vermittelt? Laßt uns hören, was Shamana zu sagen hat. Warum solltet ihr ihm folgen?"

Shamana sprach mit sanfter, ruhiger Stimme, im Gegensatz zur erhitzten Debatte, die im Gang war. „Erstens ist dieser Wettkampf idiotisch. Wie können die Schlafenden darüber urteilen, wer erwacht ist? Der Mensch, der am Verstand hängt, wird eine verschleierte Wirklichkeit sehen, da er alles gemäß der eigenen Überzeugung interpretiert. Aber wenn ihr wollt, kann ich durchaus an dieser Debatte teilnehmen."

Shamana schaute sich im Kreis um und jedem, der zugegen war, in die Augen. „Es gibt keine Zeichen, sei es Geburtsmal noch sonst etwas, das zeigen würde, daß jemand erwacht ist. Die Erleuchtung, wie ihr es nennt, kann nicht erreicht werden. Es ist das ursprüngliche Wesen, mit dem ihr auf die Welt kommt. Die Gesellschaft erlaubt es Kindern nicht, natürlich aufzuwachsen und diesen inneren Schatz zu finden. Statt dessen füllen sie einem den Kopf mit Überzeugungen und Illusionen und außerdem mit dem Glauben, daß ihr bereits alles Wissenswerte wißt.

Das Leben ändert sich jeden Moment, es kann also keinen Weg geben, keine Karte, und niemand kann jemand anderem nachfolgen. Ich bin bisher allein gegangen, und auch ihr werdet euren eigenen Weg selbst gehen müssen. Falls ihr an Macht und Ruhm Gefallen findet, schlage ich vor, folgt Baba Hari. Ich werde euch nichts geben. Ganz im Gegenteil, ich werde euch vieles nehmen, all eure Träume und Sicherheiten."

„Seht ihr?" rief Baba Hari. „Sogar er rät euch, mir zu folgen."

Loka Baba stand erneut auf. „Wie können wir aber entscheiden, was wirklich ist und was Täuschung? Was ist das Wesen der Wirklichkeit, Meister Shamana?"

„Denk an die Regeln!" Baba Hari war wütend. „Ich antworte zuerst." Die anderen nickten. „Wirklichkeit ist etwas, was nur ein Meister euch geben kann. Ich brauchte jahrelange Studien und mußte viele Schriften lesen, um die richtigen Antworten zu finden. Mir wurde bereits in frühestem Kindesalter klar, daß ich etwas Besonderes war, ein Führer der Menschen. Ich kann euch den Sinn des Lebens beibringen, wenn ihr in meine Schule geht. Ich kann für euch sehen!"

„Wirklich?" rief Jamal aus und stand aus dem Kreis auf. „Bist du ein Optiker? Ich glaube, ich brauche eine neue Brille."

„Ahem. Shamana ist an der Reihe, die Frage zu beantworten", unterbrach Loka Baba ihn. „Bitte sagt uns etwas über die Wirklichkeit."

Wiederum sprach Shamana sanft und klar. „Dies ist eine echte Frage, und sie kann nicht einfach mit Worten beantwortet werden. Jedes Individuum muß leben und selbst die Wirklichkeit erfahren. Wenn ihr den Sinn sucht, wird eure Suche eine Verstandessuche sein. Wirklichkeit kann nur vom Herzen erfahren und aus dem Wesen gelebt werden."

In der folgenden Stille hätte man eine Nadel fallen hören können. „Wer noch nicht erwacht ist, dem erscheint die Wirklichkeit genauso unzusammenhängend wie sein eigener Geist. Sein gesamtes Gewahrsein wird verstellt von den Konditionierungen und Vorurteilen, denen er verhaftet ist. Für mich ist die Wirklichkeit ein nie endender Fluß, eine Aufeinanderfolge von Ereignissen, die intellektuell nicht erfaßt werden können. Das ist jedoch kein Problem und bedarf auch keiner Lösung. Es kann lediglich gelebt werden. Weder Buch noch Lehrer sind dazu notwendig. Alles, was ihr tun müßt, ist eure Augen öffnen und sehen."

„Und wie sollen wir das machen?" forderte Baba Hari ihn heraus.

„Einfach indem ihr den eigenen Gedankenprozeß beobachtet. Dadurch, daß ihr eure Gedanken seht, wißt ihr, daß ihr nicht euer Denken seid. Denn wer sonst beobachtete sie? Langsam wird sich ein Abstand zwischen Subjekt und Objekt entwickeln, bis eines Tages reine Subjektivität übrigbleibt."

Als Baba Hari sah, wie seine Jünger Shamana liebevoll betrachteten, sagte er barsch: „Nächste Frage!"

Loka Baba kam aus seiner Trance. „Richtig. Macht. Wie wäre es damit, die immense Gabe Eurer Macht zu demonstrieren?"

„Ausgezeichnet!" Baba Hari drehte sich in den Wind, seine goldene Robe und großen Ärmel flatterten. Einige Worte in einer schon lange toten Sprache im Singsang deklamierend, wendete er sich seinen Schülern zu. Er berührte einen nach dem anderen an der Stirn mit Asche, die er aus der Luft hervorzauberte. Jeder Jünger dankte ihm und berührte seine Füße.

Schließlich kam er zu Yhanti. Baba Hari starrte intensiv in die Augen des Jungen und versuchte offensichtlich, ihn zu hypnotisieren. „Was ist los?“ fragte Yhanti. „Ist dir die Asche ausgegangen? Ich mag sowieso keine Asche. Wenn es kein Trick ist, den du bereits im Ärmel hattest, könntest du alles erscheinen lassen, richtig? Fülle meine Hände mit Jademünzen.“

Baba Hari stampfte wutschnaubend an seinen Platz zurück, grollend polterte er: „Ich kann nur die wahrhaft Gläubigen segnen ... und nur mit heiliger Asche.“

Die Aufmerksamkeit richtete sich wieder auf Shamana, der seit Beginn von Baba Haris Zurschaustellung mit geschlossenen Augen dasaß. Loka Baba nahm an, der Alte hätte nicht gemerkt, daß er an der Reihe war, und sagte: „Shamana, zeige uns deine Magie.“

„Ich zeige sie euch bereits. Siehst du sie?“ Shamana öffnete die Augen und sah auf. „Ich bin lebendig! Milliarden Zellen arbeiten zusammen, um mir dieses Fahrzeug des Lebens zu ermöglichen, ohne daß ich mir die geringste Mühe gebe. Mein Herz schlägt, und ich atme. Gibt es größere Magie?“

„Bitte, mein Herr“, rief ein anderer der grauen Männer. „Ich bin Anu Baba. Unser geliebter Meister hat Tote wieder auferstehen lassen. Ist das nicht die größere Magie?“

„Morta!“ schrie Yhanti.

„Was ist Morta?“ fragte Anu Baba.

„Egal!“ fuhr Baba Hari dazwischen. „Laßt Shamana ausreden.“

„Du bist beeindruckt worden“, sagte Shamana zu Anu Baba. „Und das hat dich für Ausbeutung verwundbar gemacht. Nur Schwächlinge erstreben Macht. Wen kümmert schon das höchsterleuchtete Wesen auf Erden? Ich bin nur ein gewöhnlicher Mann, und ich tue ziemlich wenig. Mein Leben ist so glückselig, daß ich nichts vermisse, und ich teile meine Freude mit jedem, der zu mir kommt.“

„Baba Hari lehrt uns Demut“, erklärte Anu Baba und säuberte seine Nickelbrille an der Tunika. „Deshalb bot er Euch seine Dienste an. Können wir alle nicht großes Verdienst erlangen, indem wir anderen dienen?“

„Was hast du anzubieten?“ fragte der Alte. „Wenn du den inneren Schatz noch nicht gefunden hast und die Freude aus jeder Pore deines Leibes rinnt, bist du ein Bettler. Der Versuch, die Welt zu ändern, ist das beste Mittel, dir selbst aus dem Weg zu gehen. Sicherlich wird dein Ego gestärkt, aber das wird niemandem wirklich helfen. Bewußtsein ist das Wichtigste, nicht Dienst.“

„Aber Baba Hari hat uns erklärt, daß uns eine hohe Belohnung in der anderen Welt winkt, wenn wir dieses Leben im Dienste anderer verbringen. Ist das denn nicht wahr?“

„Wir werden genug Zeit haben, den Tod zu erforschen, wenn er kommt. Jetzt aber möchtest du vielleicht herausfinden, was in diesem Leben geschieht! Wenn du dieses Leben total leben kannst und dich daran erfreust, warum solltest du Verlangen nach etwas anderem haben?"

„Wir sind aber doch hingebungsvolle Wesen. Wir haben kein Verlangen."

Shamana lachte. „Verstehst du denn nicht, daß du deshalb bei Baba Hari bleibst, weil du jemand Besonderes sein möchtest? Wenn bewiesen ist, daß er der Allererleuchtetste ist, dann bist du ein ganz besonderer Mensch, weil du sein Jünger bist. Ich habe gespürt, wie du vorhin gewankt hast und dich auf mich eingestimmt hast. Bist du so voller Vorurteile, daß du nicht mal mehr deinen eigenen Erfahrungen traust?"

„Das ist wahr", gab Anu Baba zu. „Ich empfand Schönheit und Lebendigkeit und nahm mir vor, Baba Hari später darüber zu befragen." Seine Brille absetzend, kam er auf Shamana zu. „Kann ich hier bei dir bleiben, um herauszufinden, ob es nach 30 Jahren Antworten auswendig lernen noch Hoffnung für mich gibt?"

„Warte!" schrie Baba Hari ihn an. „Du hast mir deine Loyalität versprochen."

„Kann ein echter Meister das Wachstum und die Freiheit seiner Schüler behindern?" fragte Shamana. „Du kannst tun, was du möchtest, Anu Baba. Ich habe keine Regeln. Ich kann dir nicht einmal versprechen, daß ich im nächsten Augenblick noch hier sein werde. Aber jeder, der bleiben und erforschen möchte, ob die Saat des Erwachens in meiner Gegenwart aufgeht, ist willkommen.

Frage mich jedoch nicht, ob es Hoffnung für dich gibt. Es gibt keine Garantie für die Zukunft. Erwachen kann nur im Hier und Jetzt geschehen."

Baba Hari eilte bereits zu seinem Pferd. Zwei seiner Jünger, Anu Baba und dessen jüngerer Bruder Yogi Baba, entschlossen sich zu bleiben. Die anderen mußten rennen, um ihren überstürzt abreisenden Meister einzuholen. Bevor er ging, rief Baba Hari über seine Schulter: „Wir schlagen unser Lager am Fuß des Berges in der Lichtung auf. Falls ihr euren Fehler einseht und euch wieder zu uns gesellen möchtet, dann solltet ihr vor morgen früh erscheinen!"

„Ein wunderbarer Mensch", sagte Shamana, als die Reiter verschwunden waren. „Er könnte eines Tages ein großer Meister werden; wenn er nur sich selbst verlöre."

Luneau ging zum Turm und holte rote Roben und Fragezeichenanhänger für die Neuen.

„Möchtest du, daß wir uns wie deine Jünger kleiden?" fragte Anu.

„Ihr müßt verstehen, daß das nur ein Spaß ist. Ihr braucht diese Kleidung nicht zu tragen", erklärte Shamana, als er ihnen die Roben präsentierte. „Es handelt sich hier weder um etwas

Ernstes noch um Heiligtümer. Die Robe soll euch lediglich daran erinnern, daß ihr hergekommen seid, um zu finden, was ihr bereits mit hergebracht habt, euch selbst. Und ihr seid zu einem Mann gekommen, der sein eigener Meister ist, das allerdings kann er euch auch nicht geben."

Gelächter kam auf, als Sage eine Robe, die für einen Erwachsenen geschnitten war, anzog. Die Mädchen begannen zu schneidern und zu nähen, um eine Miniversion der Robe für ihn zu machen.

„Wo ist Yarrow?" fragte Yhanti laut. „Sie hat die gesamte Debatte verpaßt."

„Sie hat sich heute morgen einen Korb geschnappt und ist in den Wald gegangen, um Pilze für eine Suppe zu suchen", erwiderte Shamana.

„Wie kommt es, daß du alles siehst?" fragte Yhanti verwundert. „Schläfst du denn nie?"

„Mein Körper schläft genau wie eurer, allerdings leuchtet die Flamme meines Bewußtseins ohne Unterlaß. Das ist von außen nicht zu sehen, aber es wird dir ein inneres Zeichen dafür sein, daß du wirklich heimgekehrt bist. Wenn dir dein gesamtes Hirn zur Verfügung steht und nicht nur der kleine Teil, der gewöhnlich aktiv ist, ist jenes mentale Wiederkäuen, das wir Träume nennen, nicht mehr notwendig. Wenn du nie etwas unterdrückst, baust du keine Spannungen auf und brauchst keine Entladung mehr."

Sage sprang in seiner neuen Robe wild umher. Die beiden Babas starrten ungläubig auf die leuchtende Farbe. „Meister, wir sind lediglich Schüler und nur daran gewöhnt, Grau zu tragen. Weshalb sollten wir solche auffallenden Farben tragen, die uns mit solcher Wichtigkeit ausstatten?"

„Ihr *seid* wichtig", entgegnete Shamana. „Die Farbe ist ein Schock, der einem hilft, zu erwachen. Mit eurem Grau solltet ihr eure Untertänigkeit zeigen. Ihr wart gute Jünger. Jetzt werdet ihr die Verantwortung für alles, was ihr tut und seid, selbst tragen müssen. Laßt los, was euch beigebracht worden ist, und beginnt selbst, eure eigenen Forschungen anzustellen."

„Aber Meister, wir werden überall auffallen!" rief Yogi Baba.

„Das sollt ihr auch", sagte Shamana augenzwinkernd. „Laßt euch dadurch daran erinnern, in jeder Situation achtsam zu sein und alle Brücken zur Vergangenheit abzureißen." Der Alte überreichte ihnen die Anhänger. „Und nennt mich nicht Meister! Ich bin mir selbst ein Meister und nicht euch. Es mag hilfreich für euch sein, in meiner Gegenwart zu sein, bis ihr euch eurer eignen Göttlichkeit bewußt seid, aber macht kein Ritual daraus, mich Meister zu nennen."

Yogi zog seinen Bruder zu sich und flüsterte ihm ins Ohr: „Worauf haben wir uns in Gottes Namen eingelassen?"

„Ich bin mir nicht sicher", antwortete Anu Baba, auf Luneau und Heesha starrend, die im Garten arbeiteten. „Aber es macht bestimmt Spaß!"

EINE GUTE SUPPE

Während Shamana die Neuankömmlinge zum Pyradom führte, ging Yhanti allein auf die Suche nach Yarrow. Die alte Frau war niemals besonders vorsichtig gewesen, und ihre unbeherrschten Äußerungen hatten ihr viele Feinde geschaffen. Yhanti sattelte ein Pferd und ritt ostwärts in der Annahme, daß sie in die gleiche Richtung gegangen sein mußte, denn dort gab es genügend Morgenlicht, in dem sie Pilze finden konnte.

Er untersuchte die kleine Lichtung östlich des Gartens und fand Spuren ihrer Arbeit. Bedachtsam ritt er den Berg hinab und fand immer wieder Pilzstümpfe entlang desselben Pfades, den Baba Hari und sein Gefolge nur eine Stunde zuvor genommen haben mußten. Alle Zeichen von Yarrows Pilzsuche wiesen darauf hin, daß sie sich auf der Lichtung befinden würde, auf der Baba Hari sein Lager geplant hatte!

Als er die große Wiese betrat, auf der er mit Rudo unterwegs nach Unya und Mystica gelagert hatte, erblickte Yhanti eine Rauchsäule an der Grenze zum Wald. Pferde waren in der Nähe an Bäume angebunden. Eine einsame Figur, in der Yhanti Loka Baba, den Hauptjünger, erkannte, rührte in einem Eisentopf, in dem man einen stehenden Mann hätte kochen können.

„Hallo!“ kündigte Yhanti sich an. „Ich suche ein Frau.“

„Tun wir Männer das nicht alle?“ erwiderte Loka Baba und lachte laut.

„Nein, ich meine eine Freundin, die heute morgen losgezogen ist, Pilze zu sammeln. Hast du eine alte Frau gesehen?“

„Eine verrückte Frage“, prustete Loka Baba. „Absolut verrückt!“

„Das soll kein Witz sein!“ Yhanti versuchte es mit ernster Stimme: „Ich mache mir Sorgen um sie, und du lachst mich aus. Kannst du mir denn nicht sagen, wo sie ist?“

„Wo sie ist?“ Er schüttete sich aus vor Lachen und konnte kaum reden. „Weißt du denn, wo du bist? Willst du ein wenig heiße Suppe?“

„Bist du völlig übergeschnappt?“

„Möglicherweise.“

„Sag mir die Wahrheit. Ist etwas mit ihr geschehen?“

„Natürlich, jede Menge ist geschehen. Es geschieht immer noch. Sie ist jetzt bei uns. Komm und nimm einen Teller Suppe!“

Als ihm klar wurde, daß es nutzlos war, noch weiter mit dem Mann zu sprechen, sah er sich suchend um. *Ich hoffe, daß sie nicht im Kessel gelandet ist,* dachte er. Die Fußabdrücke vieler Männer führten ihn zu einem kleinen Teich, in dem Shamana und er sich einst gewaschen hatten.

Es ist völlig unmöglich, daß jemand wie Yarrow auf die Sprüche von Baba Hari reinfällt, dachte er. *Sie müssen sie wohl gefangengenommen haben und gegen ihren Willen festhalten!*

Yhanti pirschte vorsichtig durch den Urwald neben dem Pfad. Er erstarrte, als er weiter vorne einen goldenen Blitz auf dem Pfad erblickte. Baba Hari saß höchstpersönlich mit geschlossenen Augen mitten auf dem Weg. Yhanti kroch still an ihm vorbei mit der Gewißheit, daß die Jünger nicht weit entfernt sein konnten, wenn ihr Meister hier meditierte.

Als er der Lichtung näher kam, hörte er Wasser planschen und Schreie. Yarrows Stimme klang deutlich über die der anderen hinweg. Wut durchzuckte Yhantis Herz wie ein Pfeil, und er schaute sich nach einer Waffe um. Einen großen Ast von einem toten Baum reißend, stürmte er durchs Gebüsch mit einem markerschütternden Kriegsschrei.

„Taucht sie noch mal unter!" schrie ein Mann, der Yhantis Ankunft überhaupt nicht bemerkt hatte. Alle Babas standen im Teich im Kreis um seine betagte Freundin herum.

„Sofort aufhören!" brüllte Yhanti, zum Teichufer eilend.

„Yhantishor!" Yarrow winkte. „Komm rein und mach mit. Es ist herrlich im Wasser."

„Ist das ein Spiel?" Die Welle abebbenden Adrenalins zwang Yhanti in die Knie. „Ich kann mir nicht vorstellen, daß du Jünger von jemandem geworden bist – und schon gar nicht von Baba Hari."

„Baba Hari?" rätselte Yarrow. „Ach so, du meinst wahrscheinlich den Goldheini. Nee, der interessiert mich nicht im geringsten. Das hier sind meine neuen Jünger."

„Deine Jünger?"

„Ans Ufer, Babas!" rief sie, und die ganze Gruppe trug sie dorthin, wo Yhanti sich hatte setzen müssen. „Ein Morgen voller Überraschungen", sagte sie und schüttelte das Wasser aus ihrem wirren, grauen Haar. „Ich hatte gerade meinen Pilzkorb voll, als diese Jungs hier kamen. Sie hatten einen riesigen Topf... ich hatte Pilze. Wir machten gemeinsam eine Suppe. Die ganze Wiese war voller kleiner bläulicher Pilze. Ich hatte vergessen, was für welche. Es kam mir erst wieder in den Sinn, daß es Zauberpilze sind, als ich Goldheini anschaute und er ganz grün und lila im Gesicht war."

„Was? Soll das heißen, daß die ganze Sippschaft hier auf einem Soma-Trip ist?"

„Noch nie von Soma gehört." Yarrow zuckte die Achseln. „Aber auf einem Trip sind sie schon!"

„Was ist mit Baba Hari? Ich habe ihn dort hinten im Wald meditieren sehen."

„Meditieren? Denkste! Er hält sich für einen goldenen Pilz. Ich habe ihn dort hingepflanzt."

Yhanti war erstaunt. Yarrow war eine dauernde Plage für die Cokium-Trinker im Kinadorf gewesen, und jetzt aß sie Zauberpilze mit Babajüngern. „Hast du so was schon früher gemacht? Ich erinnere mich daran, daß du Fruje höchstpersönlich aus einer Dorfversammlung geworfen hast, weil er Muster in die Kleidung der Leute, die vor ihm saßen, schnitt."

„Cokium ist Müll!" Yarrow war wieder ihr altes Selbst. „Eine Droge der Lethargie. Weshalb Zeit mit idiotischen Träumen verschwenden? Wenigstens vermitteln einem diese Pilze Einsicht in etwas Wirkliches.

Ich habe sie niemals absichtlich verwendet. Sie wachsen wild um mein ganzes Haus herum, und du weißt, wie sehr ich Pilzsuppe liebe. Weshalb, glaubst du wohl, haben wir immer wieder über die Geheimnisse des Universums gesprochen?"

„Ich kann mir nicht vorstellen, daß du Rauschmittel nimmst."

„Dann laß es einfach."

Als sie Arm in Arm zur Wiese liefen, fragte Yhanti: „Wie hast du diese so ernsthaften Jünger so überaus fröhlich gemacht?"

„Genau so! Sie haben jahrelang ihren Spaß unterdrückt, weil er ihrem Selbstbild nicht entspricht. Als ich mich selbst in einer Welt wirbelnder Farben wiederfand und das Staunen auf ihren Gesichtern bemerkte, erklärte ich ihnen, daß das Leben total gelebt werden muß. Ich sagte ihnen, das alles sei eine wilde und fröhliche Meditation. Es war eine Sache der Erfahrung, nicht der Philosophie."

Sie kamen an Baba Hari vorbei, der noch immer starr wie eine Statue im Wald saß. Eine Kröte saß auf seinem Turban. „Was ist mit ihm los?"

„Oh, der war einfach unersättlich! Er verlangte, als erster essen zu dürfen, und wählte die größten Pilze aus. Ich kann mir kaum vorstellen, daß dieser Mann je in seinem Leben Freude empfunden hat. Er muß seine gesamte Energie geradewegs durch seinen Kopf statt durch sein Herz geleitet haben. Da ist ihm wohl eine Sicherung durchgebrannt."

Loka Baba tischte seinen Freunden, die sangen und um das Feuer tanzten, einen weiteren Teller Suppe auf. „Es ist wirklich

gut, diese Leute endlich fröhlich zu erleben", bemerkte Yhanti. „Was, meinst du, wird geschehen, wenn die Suppe alle ist?"

„Das gleiche, was nach jedem Hoch kommt: ein Tief. Sie werden erwachen, genauso wie sie vorher waren, aber eben mit der Erinnerung, daß etwas Ekstatisches mit ihnen geschehen ist. Vielleicht haben sie sogar Gewissensbisse."

„Heiße Suppe!" tönte Loka Baba. „Komm doch, liebe Frau, wir wollen noch ein wenig Spaß haben."

„Mir reicht's, danke", beharrte Yarrow. „Ich werde alt, wißt ihr. Es war eine tolle Party, Babas, aber jetzt muß ich gehen. Schlaft bitte nicht wieder ein." Der Singsang stoppte lange genug, so daß jeder Yarrow der Reihe nach umarmen konnte. „Ihr seid alle so nett. Ich sage euch was, dort hinten im Urwald steht ein großer goldener Pilz für eure nächste Suppe, aber ihr werdet ihn erst gut waschen müssen."

Yhanti und Yarrow winkten, als der Stamm der Babas auf der Suche nach dem goldenen Pilz losrannte. „Das war ein wenig gnadenlos, oder?" fragte Yhanti.

„Habe ich je gesagt, ich sei mitfühlend?"

Zwei Stunden später trug Yhantis Pferd sie zum Gartentor hinein. Yarrow war ermüdet und legte sich unter einem Baum schlafen. „Weckt mich nächste Woche", murmelte sie.

Yhanti berichtete die ganze Pilzsuppengeschichte der Gruppe, die gerade vom Turm zurückgekehrt war. Shamana grinste, aber die beiden ehemaligen Jünger waren nicht erbaut.

„Bevor ich ein Jünger wurde", begann Anu Baba, „war ich sehr auf Frauen aus. Jede Liebhaberin schien mir die einzig Wahre zu sein, die Bestmögliche. Später, nachdem die Liebe erkaltet war, fühlte ich mich betrogen und war böse. Jetzt empfinde ich das gleiche Gefühl bei Baba Hari. Er war mein Meister, das erleuchtetste Wesen auf Erden, aber jetzt..."

„Das ist dein Schlüssel", rief Shamana aus. „Du hast die Verantwortung für dein Glück auf andere abgewälzt. Du hast den Spiegel, Frau genannt, weggeworfen und dir dafür den Spiegel, Meister genannt, genommen, aber das hat dich nicht verwandelt. Deine Ausrichtung auf Äußeres hat dazu geführt, daß du anderen die Schuld gibst, anstatt dich der eigenen Verantwortung zu stellen."

„Ich scheine ein Versager zu sein", sagte Anu Baba kleinlaut. „Ich habe so viele unbewußte Dinge in meinem Leben gemacht, und es scheint alles umsonst gewesen zu sein."

„Vielleicht ist es so", nickte der Alte. „Aber was auch immer in der Vergangenheit geschehen sein mag, es hat dich zu dem Verständnis geführt, das du jetzt hast. Anstatt also deinen vergangenen Fehlern nachzutrauern, solltest du die Tatsache feiern, daß du begonnen hast zu erwachen.

Versuche etwas Radikales zu tun. Im Pyradom hast du gesehen, daß du schon früher gelebt hast und gestorben bist; das ist an sich nichts Neues. Versuche auf natürliche, ungehemmte Art zu leben. Das *ist* etwas Neues. Laß vielleicht sogar den

Baba-Teil deines Namens fallen, und befreie dich von Baba Haris Sklaverei."

„Das stimmt", gab Anu zu. „Der Name war dazu da, uns von anderen Leuten zu unterscheiden. Ab jetzt sind wir Anu und Yogi."

Yhanti setzte sich zu Shamana. „Könntest du mir etwas über die Pilze sagen, die Yarrow gegessen hat? Sind sie wie Soma?"

„Soma ist ein Sammelbegriff, den ich für alle natürlichen Substanzen verwende, die dich in tiefere Bereiche deines Wesens führen. Sie sind an sich nicht gefährlich; sie haben nur geringe Nebeneffekte, wie Yarrow sie jetzt erfährt. Die wirkliche Gefahr liegt darin, daß ein Sucher faul wird und eine Sehnsucht nach mehr Soma entwickelt, anstatt es zu verwenden, um eine Ahnung von seinen Möglichkeiten zu bekommen, und sich in entsprechende Richtung vorzuwagen."

„Und was ist mit mir?" Sage hüpfte auf Shamanas Schoß. „Muß ich auch diese Glibberdinger essen?"

„Nein, Sage." Shamana streichelte den Kopf des Knaben. „Ich spreche zu jedem als Individuum. Du mußt an nichts im besonderen arbeiten, spiele einfach und genieße es. Du brauchst keine Schocktherapie, da du nie voller Ideen bist. Die Samen der Liebe und des Lebens sprießen ganz natürlich in dir. Wir werden einfach den Boden bereiten und ein wenig Wasser darauf gießen, in Ordnung?"

DAS STREITROSS

„Pferde k-k-kommen!“ Jamals Schrei weckte sie alle auf. Drei Reiter galoppierten den Pfad aus Rustador hinauf. Kurz vor dem Tor hielten sie schnaubend still. Der Graf der Sicherheit und Ordnung half der Gräfin der Sitten und Gebräuche aus dem Sattel. Die dritte Besucherin, eine kleine runde Frau namens Freya, war nur mitgekommen, weil sie Jamal wiedersehen wollte.

Sie sprang vom Pferd und fiel ihm jubelnd in die Arme, ihr sommersprossiges Gesicht unter flammendrotem Haar strahlte vor Liebe.

Yhanti eilte den Gästen entgegen. „Wie ergeht es Euch?“ Yhanti verbeugte sich spöttisch, während Graf und Gräfin an ihm vorbeitrampelten, erstaunt die primitive Umgebung betrachtend.

„Wir bedürfen Eurer sofortigen Unterstützung“, teilte der Graf Shamana knapp mit. „Es handelt sich dabei um König Rudo.“

„Er hat sich zum KÖNIG DER KÖNIGE ausgerufen!“ erklärte die Gräfin.

Nachdem das Gelächter sich gelegt hatte, fuhr der Graf fort.

„Das ist überhaupt nicht lustig. Sein Verhalten läßt sich in keiner Weise königlich nennen."

„Er hat althergebrachten Adel dazu veranlaßt, wie Kinder zu handeln", beschwerte sich die Gräfin. „Sie spielen laute ohrenbetäubende Musik und springen umher, als seien sie verrückt geworden."

„Er erlaubt den Jungen und Mädchen sogar, nachts zusammenzusein!"

„Er ändert die Arbeitsweise, für die wir unser gesamtes Leben geschult worden sind."

„Das schlimmste ist, er trinkt sogar!"

„Moment mal!" Shamana stoppte die Wortflut. „Euer Volk selbst hat Rudo gebeten zu bleiben. Er sollte Euch helfen, lebendiger und glücklicher zu werden. Und genau das macht er. Mich wolltet ihr nicht bei Euch haben. Was also wollt Ihr von mir?"

„Wir wollen Euch noch immer nicht haben", bestätigte der Graf. „Aber dieser Verrückte soll auch so schnell wie möglich verschwinden."

„Zu spät", erwiderte Shamana. „Ihr habt dem Kompromiß zugestimmt. Wenn Rudo wieder herkäme, würden all Eure jungen Leute ihm folgen, und soviel Platz haben wir einfach nicht. Er hilft Euch auf vielerlei Art, und er ist weit weniger verrückt als ich."

„Aber Ihr versteht uns nicht", maulte die Gräfin. „Er hat uns an den Rand eines Krieges mit Mystica gebracht. Unsere Sicherheitsbombe ist unter seiner Führung demontiert worden. Die Mysticaner sind verärgert wegen unserem allabendlichen Feuerwerk und der lauten Musik. Wir hatten nie gute Beziehungen zu diesen Leuten, aber jetzt haben sie uns ein Ultimatum gestellt. Entweder beweisen wir, daß Ihr der Erwachte aus ihren Prophezeiungen seid, oder sie erklären uns den Krieg!"

Shamana lachte lang und laut. „Das ist lächerlich. Ich kann und will keine idiotische Prophezeiung erfüllen. Ich kann ja nicht mal sagen, was ich im nächsten Moment machen werde."

„Könntet Ihr es nicht einfach versuchen? Unschuldige werden sterben müssen, wenn Ihr es nicht versuchen wollt."

„Krieg ist natürlich vollkommen absurd", sagte Shamana mitfühlend, „aber wie könnte ich etwas anderes als ich selbst sein?"

„Vielleicht können wir helfen", schlug Yhanti vor. „Wieviel Zeit haben sie Euch gegeben?"

„Wir haben vier Tage Zeit, unsere Behauptung zu beweisen."

„Und wer hat die Behauptung aufgestellt?" wollte Shamana wissen.

„König Rudo hat den Mysticanern erklärt, daß Ihr der Retter seid, der in ihren heiligen Schriften erwähnt wird."

„Niemand kann einen anderen im spirituellen Sinne erretten", sagte der Alte. „Ihr werdet Euch selbst von diesen kindlichen Schriften befreien müssen."

„Ich kann versuchen, Euch zu helfen“, bot Yhanti an.

„Ich m-m-mach' mit!“ verkündete Jamal tapfer. „Sie werden den Krieg absagen müssen oder die Rache m-m-meines Schwertes kosten!“ Freya nahm ihn stolz an die Hand.

„Komm mit, Freya“, rief die Gräfin und ging wieder zu den Pferden. Yarrow, die die Tiere gefüttert und gestreichelt hatte, übergab ihr die Zügel. Die Gräfin hielt einen Moment inne und blickte Yhanti tief in die Augen. „Ich glaube, ich kenne dich von irgendwoher, aber ich kann mich nicht genau erinnern, woher.“

„Das ist auch besser so!“ nickte Yarrow.

„Weißt du vielleicht, wo wir den Doktor finden könnten, der die wunderbare Medizin für uns zusammengestellt hat?“ Yarrow schüttelte den Kopf, und schon bald konnte man die davonreitenden Besucher nicht mehr sehen.

Yhanti sah Shamana an. „Weshalb erlaubst du Rudo, den Leuten solche Schwierigkeiten zu bereiten? Er hat sich zum König ernannt und ihre ganze Welt auf den Kopf gestellt. Er hat sie an den Rand eines Krieges geführt.“

„Das ist ganz egal“, sagte Shamana und wiegte den Kopf. „Die Menschen haben Kriege gemacht, seit sie zum ersten Mal Knüppel in die Hände nehmen konnten. Es ist eine gute Übung; mit dem Tod ändert sich lediglich die Gestalt.

Bis zum Großen Krieg hat es immer Kriege gegeben. Ich versuche niemals, das Verhalten anderer zu beeinflussen. Bevor junge Menschen für ein Ideal andere töten und selber sterben können, müssen sie von ihrer jeweiligen Gesellschaft entsprechend indoktriniert werden. Wer erst einmal von der Liebe gekostet hat, wird niemals Soldat sein wollen. Ohne Liebe jedoch werden die Menschen immer gegeneinander kämpfen."

„Aber Rudo schnarcht lauter als alle anderen!"

„Yhanti, die Rustadorianer waren zwar von meinen Tricks beeindruckt. Aber sie sind derart im Tiefschlaf versunken, daß sie einen lauten Wecker brauchen. Je lauter, desto besser. Rudos verrücktes Getöse wird vielleicht einige wenige aus ihrer Konditionierung reißen, und womöglich finden sie dann sogar ihren Weg hier herauf. Wer weiß, vielleicht wacht sogar Rudo selbst dabei auf."

„Dennoch habe ich das Gefühl, etwas tun zu müssen, um diesen absurden Krieg zu verhindern", beharrte Yhanti. „Es ist nicht richtig, einfach nur hier herumzusitzen und zuzusehen, wenn jemand um Hilfe bittet."

„Wenn du so empfindest, steht es dir frei, etwas dagegen zu unternehmen. Ich kann dich nur warnen; du kannst andere Menschen nicht ändern, und außerdem könntest du an dir selbst vorbeigehen bei diesem Unterfangen."

Jamal saß am Tor, und die Tränen flossen ihm über die Wangen. Yhanti setzte sich neben ihn. „War sie deine Freundin?" fragte er Jamal.

Er nickte und hielt seinen Federhut übers Herz. „Freya ist so eine sanfte Person. Sie hat mir vom Krieg erzählt. Shamana wird uns nicht helfen, oder?"

„Ich glaube nicht. Was möchten die Mysticaner denn genau?"

„Es ist hoffnungslos! In den uralten Prophezeiungen heißt es, daß der wahre Meister auf einem Wildpferd namens Fanden reiten wird. Ich habe Fanden oft vom Wachturm aus gesehen. Er ist riesengroß und unwahrscheinlich kräftig! In jeder Generation haben einige Leute versucht ihn zu besteigen, aber niemand hatte jemals Erfolg. Viele sind bei dem Versuch umgekommen, besonders junge Mysticaner, die als Erwachte anerkannt werden wollten."

„Viele Generationen? Wie alt ist das Pferd denn?"

„Es ist seit über hundert Jahren bekannt. Manche sagen, es sei ein Geist oder ein Nachkomme des ursprünglichen Pferdes. Aber ein Dämon ist es ganz gewiß. Die Legende besagt, der Begründer Rustadors, ein Prinz, der das Volk um sich sammelte und die Burg baute, hätte es einmal eingefangen. Er soll es geschafft haben, dem Pferd einen Huf zu beschlagen, bevor es ihn zu Tode trampelte."

„Und du hast das Roß schon einmal gesehen?"

„Wir alle haben es bereits einmal gesehen. Es ist schneeweiß, bis auf den Kopf, der schwarz wie die Nacht ist. Manche, die sich aus der Burg herausgewagt haben, erzählten, daß sie die Spuren eines beschlagenen Hufes gesehen haben."

„Das klingt ja übel“, seufzte Yhanti. „Selbst wenn wir das Pferd einfangen würden, dürften wir Shamana nicht auf ihm reiten lassen, denn er könnte sich verletzen.“

„Es kommt sogar noch schlimmer“, jammerte Jamal. „Er müßte es zur Kathedrale von Osiris reiten, und die gibt es schon längst nicht mehr. Sie stand früher einmal am Seeufer zwischen Mystica und Rustador. Ein Blitz zerstörte sie vor über fünfzig Jahren.“

„Wir müssen etwas tun. Ich werde mit dir nach Rustador reiten und zusehen, daß wir genügend Leute finden, die Kathedrale wiederaufzubauen.“

„In vier T-t-tagen?“

„Wir werden unser Bestes geben.“

Yhanti sammelte die Bergbewohner um seinen Baum und stellte seinen Plan vor, wie man die Leute von Rustador und Mystica vor einem Krieg bewahren konnte. Yarrow, Heesha und Sage beschlossen mitzumachen. Die beiden Babas wollten lieber bei Shamana bleiben. „Was ist mit dir?“ fragte Yhanti Luneau.

„Ihr könnt auf mich zählen“, antwortete sie. „Ich beobachte nur den Mann dort drüben im Gebüsch.“ Als sie alle hinüberschauten, machte sich ein Mann davon.

„Das war Dhamma Baba“, rief Anu. „Er spioniert bestimmt für Baba Hari. Das bedeutet, daß er auf Rache sinnt. Baba Hari kann ein gnadenloser Feind sein.“

„Wir müssen los“, sagte Yhanti. „Wirst du kommen und sehen, ob wir Erfolg haben?“ fragte er Shamana.

„Vielleicht“, lächelte Shamana.

Weil Sage sich hinten auf Heeshas Sattel setzte, hatten sie genügend Pferde für die Reise. Yhanti hatte sich nie träumen lassen, Rustador noch einmal zu besuchen, aber unter den gegebenen Umständen gab es keine andere Wahl.

Die Wachen und der Tormeister schliefen, und sie mußten laut auf die dicken Holztüren hämmern, um sich Gehör zu verschaffen. „Wer ist da?“ erklang eine Kinderstimme.

„Wir sind vom Turm der Forscher zu Hilfe geeilt.“

„Und wie kann ich wissen, daß ihr nicht aus Mystica kommt?“

„He, Page, ich b-b-bin's, Jamal. Wir müssen rein. Bitte wecke jemanden auf.“

Zwanzig frustrierende Minuten später ging das Tor langsam hoch. Der Graf der Sicherheit und Ordnung war müde und blaß. Er schien das gesamte Sicherheitssystem allein zu organisieren. Er berief eine Versammlung ein, um die Situation zu besprechen, aber nur eine Handvoll Burgbewohner tauchte auf. „Was können wir bloß machen, es scheint niemanden wirklich zu interessieren.“

„Nur ein Mann kann uns helfen“, entschied Yhanti. „Wir müssen mit Rudo sprechen. Wo können wir ihn finden?“

„Aber niemand darf den König der Könige ohne Einladung

stören.“ Äußerst widerwillig brachte der Graf sie bis zum Gang, der zu den königlichen Gemächern führte. „Sagt ihm bitte nicht, daß ich euch hergeführt habe.“

Yhanti öffnete die unbewachte Tür einen Spalt weit. Rudo schnarchte unter seidener Bettwäsche in einem großen Bett. Vier junge Mädchen mit rasiertem Kopf und großen Augen lugten unter der Decke hervor.

„Eure königliche Hoheit?“ sagte Yhanti todernst. „Ihr habt Gäste.“

„Sagt ihnen, ich meditiere“, antwortete Rudo schlaftrunken. Sowie er jedoch die Runde der Freunde um sich herum bemerkte, rief er: „Yhanti, Luneau! Was macht ihr denn hier? Braucht Shamana mich?“

„Wir sind gekommen, den Krieg zu verhindern, den du angezettelt hast.“

„Krieg? Niemand hat mir etwas von einem Krieg erzählt.“ Rudo hielt inne, als der Sinn der Worte zu ihm durchdrang. „Meint ihr Krieg, wie töten?“ fragte er betreten.

„Wahrscheinlich hast du nichts davon gehört, weil deine Meditationen dir soviel Energie abverlangt haben. Jeder scheint Angst zu haben, deine eh ... dein großes Werk zu stören.“

Rudo bedeutete den Mädchen zu gehen. Schläfrig wickelten sie sich in Bademäntel und schlurften zur Tür hinaus. „Weißt du, Yhantishor, du hattest recht, was Frauen betrifft“, sagte Rudo, als er sich, Krone zuerst, ankleidete. „Ich habe in meinem ganzen Leben noch nicht soviel Spaß gehabt. Ich fühle mich so ... so spirituell."

„Was den Krieg betrifft", fuhr Yhanti fort. „Du hast den Leuten von Mystica erklärt, daß Shamana der Erwachte ist, von dem in ihren alten Schriften die Rede ist. Jetzt haben sie dich herausgefordert, es unter Beweis zu stellen, oder sie werden deine Stadt dem Erdboden gleichmachen."

„Habe ich das gesagt?" Rudo dachte nach. „O ja, ich entsinne mich. Wir hatten eine phantastische Party, jede Menge Wein und Bier. Damals dachte ich, es klänge ganz nett. Wer weiß? Shamana könnte es sein."

„Sie verlangen, daß er das Wildpferd Fanden reitet. Weißt du über dieses Monster Bescheid?"

„Na klar, von diesem Fenster aus kann ich es jeden Abend sehen. Es erscheint immer gegen Sonnenuntergang am Seeufer und trinkt. Viele behaupten auch, es am Morgen zu sehen, aber ich stehe derzeit nicht mehr so früh auf."

„Und was weißt du über die Kathedrale, zu der der wahre Meister hinreiten muß?"

„Nichts."

„Yhanti hat recht", unterbrach Jamal ihn. „K-k-k-kurz vor dem großen Krieg baute ein verrückter P-p-priester, der alle Religionen vereinigen wollte, eine Kathedrale für Osiris, den Richter der Toten. Später war sie jahrhundertelang verlassen aus Angst vor Geistern."

„Geister?“ Rudo wurde blaß.

„Die Leute glaubten, daß sich dort die Geister der Toten versammeln. Wahrscheinlich steht aus diesem Grund in den Schriften, daß der Erwachte dorthin reiten wird. Damit stellt er seinen Mut unter Beweis.“

„Verstehst du nun, was du angestellt hast?“ fragte Yhanti.

„Ja, hm... nichts leichter als das. Die Kathedrale muß einfach neu aufgebaut werden. Wieviel Zeit haben wir?“

„Vier Tage.“

„Sollten wir dann nicht sofort zur Tat schreiten?“ Rudo erteilte dem Stadtschreier den Befehl, ein großes Fest zu verkünden, zu dem jeder kommen und umsonst soviel essen und trinken konnte, wie er wollte. Als Rudo die Freunde in den Burghof führte, hatte sich bereits eine große Masse angesammelt.

„Mein Volk“, begann Rudo seine Ansprache. „In der Folge menschlichen Versagens werden wir von Mystica mit Krieg bedroht. Da ich bemüht bin, den Konflikt abzuwenden, von dem ich übrigens sicher bin, daß wir ihn jämmerlich verlieren würden, fordere ich euch auf, den Tempel von Onisis wiederaufzubauen.“

„Das heißt Osiris“, verbesserte Yhanti ihn.

„Wie ich bereits sagte. Ich möchte, daß die gesamte Stadt an der Aktion teilnimmt.“ Die Bewohner starrten ihn ungläubig an. „Ich weiß, daß ich euch empfohlen habe, euch zu entspannen und eure Freiheit zu genießen, aber hier geht es um Leben und Tod!“ Immer noch keine Reaktion von der Menge. „Jeden Abend gibt es für jeden, der einen ganzen Tag Arbeit eingelegt hat, ein Gratisbankett!“ Die Masse jubelte und schwenkte Taschentücher.

Rudo ernannte ein Organisationskomitee für das gesamte Projekt. Dazu gehörten auch der Meister für Hoch- und Tiefbau, der Sultan für Bühnenkunst und der hochbetagte Raja für Geschichte. Yhanti schilderte ihnen die Lage und bat sie um Rat und Unterstützung. „Ich würde eigentlich gerne wissen“, sagte er, „weshalb die Mysticaner so sehr an einem Pferd interessiert sind, das meiner Meinung nach nur zu eurer Geschichte gehört.“

Der Raja räusperte sich und betastete sein rundes Brillengestell. „Unsere Geschichte ist auch ihre Geschichte“, begann er. „Vor etwa achtzig Jahren verließ eine Gruppe Rebellen unser Königreich und gründete die Stadt Mystica. Ich war noch ein Kind, kaum älter als fünf Jahre, aber ich erinnere mich noch gut daran. Die Ausweisung aus der Sicherheit des Forts sollte eigentlich eine Bestrafung sein, aber sie wurden weitaus glücklicher in ihrer neuen Stadt. Seit jener Zeit haben wir die Sicherheitsvorkehrungen von Rustador verschärft, denn wir wollen die Einwohner in der Stadt halten.“

„Schlimm genug!“ Yhanti schüttelte den Kopf. „Und was ist mit der Kathedrale von Osiris?“

„Sie stand seit dem Großen Krieg am Seeufer und war bereits seit vielen Jahrhunderten verlassen, als unsere beiden Städte sich um sie kümmerten, um den Gott der Toten zu befrieden, für den Fall, daß es einen gibt. Aber zu viele von unseren Leuten gingen von dort aus mit den Mysticanern mit und blieben bei ihnen, also haben wir hier in Rustador ein Krematorium gebaut. Die Mysticaner nutzten die Kathedrale weiterhin als heiligen Tempel, bekamen im Laufe der Zeit allerdings immer mehr Angst vor den Geistern, von denen es hieß, sie lauerten darauf, die Lebenden zu strafen."

„Wißt ihr, wie sie aussah? Kann sie in alter Form rekonstruiert werden?"

„Ich bin kein Künstler, aber ich kann sie aufzeichnen, soweit ich mich an sie erinnere", erbot sich der Raja. „Ich war zwar erst dreißig, als sie abbrannte, aber wir waren damals bereits über zehn Jahre lang eingesperrt in unserer Stadt. Das Steinfundament steht wahrscheinlich noch. Daran sollten wir die ungefähren Maße erkennen können."

Mit Hilfe eines rustadorianischen Künstlers wurden Bilder von jedem Teil des Gebäudes gezeichnet. Dämonen und Heilige lugten aus ihren Nischen über Bleiglasfenstern hinab.

„Das ist ja ein phantastischer Plan!" Rudo wurde ganz aufgeregt. „Mit Hilfe des Sultans für Bühnenkunst brauchen wir ja nur eine Fassade des Originals vorzutäuschen. Es sieht somit doch nicht so schlecht aus, wie es zunächst schien."

„Aber auch, wenn wir rechtzeitig eine Kopie der Kathedrale

vortäuschen können, wer wird das Dämonenpferd Fanden fangen und reiten? Außerdem wird einer von uns Shamanas Rolle spielen müssen."

Rudo kehrte murmelnd zu seinem Thron zurück. „Ich werde als König zugegen sein müssen. Wer sonst wird unsere Behauptungen vertreten."

Sobald es dunkel war, wurde begonnen, die Eckpfeiler und Stützen der Kathedrale zu errichten. Eine stetige Prozession von Arbeitern zerrte Baumaterial an den Ort, an dem der Meister für Hoch- und Tiefbau fieberhaft die Entwicklung koordinierte. Der Sultan für Bühnenkunst knetete die Gesichter der Heiligen und Dämonen aus Kerzenwachs. „Wir werden diese Figuren erst am letzten Tag anbringen, sonst wird die Sonne unsere Arbeit vernichten."

Yarrow und Heesha stellten Bleiglasfenster aus farbiger Folie her. Sage mischte die Farben für die Künstler, die Dutzende von Leinwandrollen für die Fassaden der Kathedrale bemalten. Luneau half mit, den Glockenturm im rustadorianischen Hof herzustellen. „Wir werden einen Lautsprecher einbauen. Wir können Glockenklänge aufnehmen, um wirkliche Kirchenglocken zu simulieren."

„Großartig", stimmte Yhanti zu. „Wir werden ein Team organisieren, das den Turm in der letzten Nacht rausbringen wird."

Rudo war damit beschäftigt, seinen loyalen Untertanen Bier auszuschenken, wenn sie von der Baustelle kamen. „Das ist die richtige Arbeit für mich", sagte er zu Yhanti. „Ich meine, sie ist so wunderbar meditativ!"

Das Pferdefangkomitee, bestehend aus Yhanti, Sage und Jamal, versammelte sich am zweiten Abend zu einer kurzen Arbeitsbesprechung. „Die Kathedrale macht gute Fortschritte", berichtete Yhanti. „Wir sollten uns nun auf Fanden konzentrieren."

„Wie werden wir das Pferd finden?" überlegte Sage laut.

„Wir wissen, daß es jeden Abend an den See kommt. Sag allen Leuten auf dem Bau, daß sie heute abend nicht arbeiten, bis es absolut dunkel ist, damit es keine Angst bekommt. Wir werden den Stallmeister fragen; er wird wissen, wie man ein Pferd fängt."

Der Stallmeister war ein dicker, fröhlicher kleiner Mann mit großen Muskelpaketen. „Ich habe nie etwas von Krieg verstanden", sagte er. „Ich habe nie einen gesehen, aber es hört sich an, als sei es der absolute Schwachsinn. Falls ich versuchen würde, ein Pferd zu fangen, würde ich es mit einem Lasso versuchen. Vielleicht ein Lockmittel gebrauchen. Pferde lieben Äpfel und Karotten."

„Wenn F-f-fanden wirklich ein Pferd ist", sagte Jamal.

FANDEN

Einige Stunden vor Sonnenuntergang schlichen drei Gestalten durch das Schilf am Seeufer. Yhanti, Sage und Jamal hatten den ganzen Tag Lassowerfen geübt. Die Möhre, die sie oben an einem Busch angebracht hatten, war nicht zu übersehen. „Verteilt euch, und sucht euch einen Platz im Windschatten", wies Yhanti sie an.

Die Sonne verschwand langsam hinter den Bergen, und die Luft wurde merklich kühler. Sie wollten schon aufgeben und wieder heimkehren, als ein Zweig ganz in der Nähe ihres Lockmittels knackte. Drei Paar weit aufgesperrte Augen lugten aus ihren Verstecken hervor. Das ungebändigte Wildpferd Fanden kam zu seinem allabendlichen Trunk ans Wasser. Sein schwarzes Haupt bildete einen markanten Kontrast zu seinem leuchtendweißen Körper.

Verdacht schöpfend, schaute er die Karotte an, lief daran vorüber und ergötzte sich zunächst ausgiebig am Wasser. Yhantis Hand zitterte, als er sein Lasso hob. Fanden trabte den Weg, den er gekommen war, zurück, drehte den Kopf und riß die Möhre an sich. Drei Lassos sausten durch die Luft. Yhanti hielt sich an einem Felsen fest, ohne Erfolg. Die anderen beiden flogen förmlich durch die Luft, als Fanden davontrottete, ohne sich um solche Nebensächlichkeiten wie Lassos zu kümmern.

„Heute brauchen wir es nicht mehr zu versuchen", seufzte Jamal und steckte seine zerzausten Hutfedern wieder zurecht.

„Ich hoffe, wir bekommen überhaupt noch mal eine Gelegenheit", fügte Yhanti hinzu. „Jetzt weiß Fanden, daß jemand versucht, ihn einzufangen. Einige Leute haben ihn auch im Morgengrauen hier gesehen. Wir werden es dann eben noch mal wagen müssen."

Am nächsten Morgen waren sie alle drei wieder zugegen, aber von Fanden keine Spur. „Heute abend bekommen wir ihn zu fassen", machte Yhanti ihnen Mut.

Der Kathedralenbau ging wie geplant voran, und gegen Mittag des dritten Tages folgte der Raja für Geschichte einer Einladung, den Fortgang in Augenschein zu nehmen. „Ja, sehr gut", bestätigte er. „Aber der wirkliche Test wird Karmo sein."

„Wer ist Karmo?" fragte Yhanti.

„Der älteste Mann aus Mystica. Er war einer der Gründerväter der Stadt, muß also fast hundert Jahre alt sein. Er leitete damals die Bestattungsfeiern in der Kathedrale. Wir können nur hoffen, daß die Zeit sein Augenlicht geschwächt hat oder daß er senil geworden ist."

„Yhanti!" Sage kam angerannt. „Jamal hat im Urwald einen Mann gesehen! Er hat alles beobachtet!"

Jamal kam hinter einem Baum aus dem Wald hervor. Freya

fiel ihm um den Hals, voller Bewunderung für seinen Mut. „Es war wieder D-d-dhamma Baba. Wenn sie sich an uns rächen wollen, haben sie jetzt eine Möglichkeit dazu."

„Wir werden hier rund um die Uhr Wachen aufstellen müssen", schlug der Graf der Sicherheit und Ordnung vor. „Ich werde sofort meine beste Wachmannschaft instruieren, falls sie nüchtern ist. Wenn diese Baba-Leute heute unsere Kathedrale zerstören, können wir sie in so kurzer Zeit nicht noch einmal aufbauen."

Yhanti zerbrach sich bereits wieder den Kopf, wie er das nächste Mal bei Fanden vorgehen sollte. Er griff sich ein paar Eimer und nahm Sage mit in den Obstgarten. Als er sah, daß alle Äpfel, die ein Pferd erreichen konnte, verschwunden waren, war ihm sofort klar: Hier hatte er eine Leckerei, mit der er das Pferd locken konnte.

Yhanti hob den Jungen gerade in einen Baum, von wo aus er ihm die reifsten Äpfel herunterreichen sollte, da schnauzte eine Stimme sie an: „Keine Bewegung!"

„Das wird nicht ganz einfach sein", antwortete Sage und wandte sich dem kurzen, zerzausten Mann zu, der eine große Warze auf seiner Knollennase vor sich herschob: „Was willst du von uns?"

„Ich habe hier 'ne Waffe und kann ganz gut mit dem Ding umgehn, also keine Fisematenten!" Er schwenkte einen rostigen Dolch in der Luft, um seine Fähigkeiten unter Beweis zu stellen. „Die Kinas haben mir verzapft, daß ich von euch die Wahrheit kriegen kann. Also her damit, aber flott!“

„Die Wahrheit ist aber kein Ding“, versuchte Yhanti ihm zu erklären.

„Märchenonkel kannste bei jemand anders spielen. Mich kannste nicht übers Ohr hauen. Vergiß es! Ehrenmitglied Grady von der Einbrechergewerkschaft verschaukeln zu wollen! Wo kämen wir denn hin! Umdrehen und Maul halten!“ Grady faßte in Yhantis Tasche und holte den Elektromagneten hervor. „Was ist denn das!“

„Dreh einfach am Knopf“, schlug Yhanti vor und bückte sich sofort. Zwei Eimer flogen mit dumpfem Schlag an Gradys Kopf. „Das haut ganz schön rein!“ stammelte er.

„Das ist die Wahrheit“, versicherte Yhanti ihm.

„Deine Wahrheit kannste behalten“, grummelte der Kauz und wankte in den Wald zurück.

Yhanti wandte sich erneut den größten und reifsten Äpfeln zu und sammelte sie in einen Eimer.

„He!“ rief Sage, nachdem er aus dem Baum heruntergeklettert war. „Warum verwendest du den Magneten nicht, um das Wildpferd einzufangen?“

„Na klar, Sage, das Pferd ist ja auch aus Eisen“, erwiderte Yhanti sarkastisch.

Sage zog einen Nagel aus seiner Tasche und steckte ihn in einen Apfel. „Versuch’s mal“, sagte er und rollte den Apfel fort.

Yhanti drehte langsam am Knopf, und der Apfel sauste ihm in die Hand.

„Sage, du bist ein Genie!"

In Rustador herrschte große Aufregung, als sie zurückkamen. „Die Kathedrale ist fast fertig!" verkündete Rudo einer jubelnden Menge. „Ich weiß, wir haben eine große Arbeit verrichtet, und dank meiner Fachkenntnisse habt ihr alle gut zusammengearbeitet... Schaut, da kommt Yhanti. Komm her und erzähl uns, wie es mit dem Pferd steht!"

Als Yhanti das Podest bestieg, wurde es still im Hof. „Fanden ist ziemlich schlau", begann er. „Aber wir haben einen Plan, wie wir das Roß heute abend fangen werden."

„Und was ist, wenn euch das nicht gelingt?" rief der Graf der Sicherheit und Ordnung skeptisch. „Dann sind wir alle verloren!"

„Wir werden es bestimmt kriegen!" behauptete Yhanti zuversichtlich.

Es wurde fast zu schnell Abend, aber das Trio schaffte es gerade noch, einen Korral anzulegen und die Umzäunung unter Grünzeug zu verbergen.

Yhanti wählte zwei der größten Äpfel aus und legte einen davon auf den Pfad, den Fanden gewöhnlich nahm. „Das ist ein Geschenk", sagte er seinen Freunden. „Aber für den anderen Apfel wird er arbeiten müssen."

Er steckte einen Nagel in den verbliebenen Apfel und legte

ihn auf den gleichen Pfad, aber etwas näher an den Korral. Die drei hatten gerade ihre Verstecke erreicht, Yhanti mit seinem Magneten und die beiden anderen nahe am Gattertor, als das große Pferd erschien.

Fanden schien ihr läppischer Versuch, ihn einzufangen, kaltgelassen zu haben, denn er war genau um die gewohnte Zeit zur Stelle. *Vielleicht nimmt er die Herausforderung* an, dachte Yhanti.

Fanden schaute sich ganz genau um, bevor er sich den ersten Apfel schnappte, und ging dann weiter zum See. Als er den zweiten erblickte, ließ Yhanti diesen ein wenig in Richtung Korral rollen. Das Pferd hielt einen Moment inne, folgte dann jedoch!

Yhanti hielt den Atem jedesmal an, wenn er den Apfel ein Stück weiterrollen ließ, aber Fandens Vorsicht war offensichtlich nicht so groß wie sein Appetit auf diese Leckerei. Noch ein kleines Stück, und das Pferd würde im Korral sein, und der Krieg könnte verhindert werden.

Yhantis Herz hämmerte in seiner Brust, als er am Knopf drehte. Gleichzeitig wieherte das Wildpferd laut, als ob es sie alle auslachen wollte, und zerschmetterte den Apfel mit seinem großen Huf. Der Nagel zischte durch die Luft und traf klirrend auf den Magneten. Fanden nahm einen Happen vom selbstgemachten Apfelmus, merkte jedoch im gleichen Moment, daß er an seinem beschlagenen Huf vorwärts gezogen wurde.

„D-d-du hast ihn, Yhanti!" jauchzte Jamal. „Zieh ihn in den Korral!"

Yhanti stemmte die Fersen in den Erdboden und drehte den Magneten immer weiter auf. Tauziehen mit einem Monsterpferd. Fanden bäumte sich mal in diese, mal in jene Richtung auf bei dem Versuch, sich aus dem unsichtbaren Lasso zu befreien. Als die Zugkraft jedoch über hundert Kilo erreicht hatte, rutschte das Gerät Yhanti aus der Hand und rasselte an Fandens Hufeisen.

„Er ist uns entwischt!" jammerte Yhanti, und Fanden tänzelte siegreich davon und galoppierte um den See. „Er ist einfach zu schlau für uns!"

In jener Nacht wurde die Kathedrale fertig, und König Rudo weihte sie ein, aber die rechte Freude wollte einfach nicht aufkommen. Die Wachen berichteten von großer Aufregung in Mystica. „Sie scheinen ihren Sieg schon zu feiern", jammerte Jamal. „Unsere Armee besteht aus einigen wenigen alten Männern, die nicht einmal ein Schachturnier durchstehen könnten."

„Wir hatten noch nie eine starke Armee", sagte Heėsha und kaute an ihren Fingernägeln. „Jeder war mindestens Kommandant. Ehrenvolle Titel überall, aber kein Training und nicht die geringste Erfahrung. Die Sicherheitsbombe war unsere einzige Abwehr gegen eine Invasion."

„In Mystica sind all unsere Schwachstellen bekannt", fuhr

Jamal fort. „Sie haben g-g-g-ganz viele Waffen und können endlich ihre Rache nehmen. Wir waren in der Vergangenheit obendrein ziemlich arrogant, auch mit unserer Behauptung, wir hätten den wahren Erleuchteten gefunden. Unsere wenigen königlichen Wachen sind am Ende ihrer Kraft. W-w-wir sind am Ende!"

Yarrow, die gerade zu ihnen gestoßen war, wärmte sich die Hände über dem Feuer. „Ihr gebt euch ja ganz schön schnell geschlagen", sagte sie spöttisch. „Schaut euch das Wunder dieser Kathedrale an, in ganzen vier Tagen gebaut. Ihr plant sogar, jemanden für Shamana einspringen zu lassen. Und trotzdem meint ihr, das verdammte Pferd unbedingt zu brauchen!"

„Wie recht du hast!" rief Heesha freudig aus. „Wir können ein Pferd so aufputzen, daß es aussieht wie Fanden! Yhanti zieht sich wie Shamana an, reitet es zur Kathedrale, und der Krieg ist vorbei, noch ehe er wirklich ausgebrochen ist!"

Jamal sprintete hinaus in die Dunkelheit, um sofort bei ihrem größten Pferd drei Hufeisen zu entfernen. Luneau und Heesha arbeiteten den größten Teil der Nacht und machten Yhantis Vermummung zurecht. Sie knüpften einen Bart aus Pferdehaar und nähten in Windeseile eine grüne Robe.

„Ganz schön schwierig ohne Frujes Hilfe", sagte Luneau und schüttelte den Kopf. „Du siehst einfach nicht so aus wie Shamana."

„Wenn wir alles richtig machen, kommt niemand nahe

genug heran“, erklärte Yhanti ihr. „Ich werde schnell an ihnen vorbeireiten.“

Fast ohne Schlaf und ohne jedes Frühstück schnappten sich die Rustadorianer ihre wenigen altmodischen Waffen, versammelten sich auf der großen Wiese und warteten auf die Ankunft der Mysticaner. Rudo, in goldbesetzten königlichen Roben, erwartete die Prozession in der Nähe der Kathedrale.

An der Spitze der mysticanischen Armee schaukelte in einer gutbewachten Sänfte ihr weiser Ältester, Karmo. Auf seiner faltendurchfurchten Haut zeichnete sich jeder Knochen ab. „Willkommen“, verbeugte Rudo sich, „Willkommen bei der Kathedrale von Onisis.“

„Osiris“, flüsterte Jamal ihm ins Ohr.

Karmo blickte seine Berater fragend an. „Ist das der König von Rustador?“ wollte er von ihnen wissen.

„Siehe, die ehrwürdige Kathedrale, an der der Erwachte hoch zu Roß erscheinen wird!“ Rudo lächelte überzeugend, war aber bereit, sich bei der geringsten Gefahr aus dem Staub zu machen.

Karmo fingerte an seiner dicken Brille herum und musterte das Gebäude skeptisch. „Wie komisch“, sagte er. Die Rustadorianer hielten den Atem an, und Rudos Lächeln gefror auf seinem Gesicht. „Ich habe gedacht, sie sei vor Jahren abgebrannt. Aber es ist die Kathedrale von Osiris, wie ich sie kenne.“ Rudo konnte wieder lächeln, wischte sich den Schweiß vom Gesicht und ging vor auf die Tribüne, die auf der Wiese aufgebaut worden war.

Die langen Reihen mysticanischer Krieger schienen endlos am Podium vorbeizuziehen und formten sich alsdann auf ihrem Teil der Wiese. Dervashi schritt einen Meter hoch über der Erde vorbei, und eine Hundertschaft seiner Anhänger folgte ihm. Der Astrologe nahm den ihm gebührenden Platz neben Karmo ein, um jedes Ereignis im Sinne der Sterne zu deuten.

Yhanti küßte Luneau liebevoll und sagte: „Ich hoffe, es funktioniert. Ich werde versuchen, niemandem zu nahe zu kommen."

Die rustadorianischen Trompeter kündigten seinen Auftritt mit Fanfarenstoß an. Während Yhanti gravitätisch durch das Burgtor schritt, wünschte ihm Rudo insgeheim viel Glück. Jamal und an seiner Seite Freya drückten ihm die Daumen. Die Gräfin der Sitten und Gebräuche machte einen Knicks, als er an ihr vorbeischritt, und der Graf der Sicherheit und Ordnung salutierte.

Ein agiler Vollblüter stellte Fanden dar. Yhanti wußte, daß er einen schwierigen Ritt vor sich hatte, aber dieses aggressive Pferd würde die Mysticaner sicherlich täuschen. Das Gatter des Korrals war von Freunden und Feinden umsäumt. Yhanti überflog die Gesichter. Heesha warf ihm eine Kußhand zu, Yarrow klatschte wilden Beifall, Dervashi starrte zu Boden, und Baba Hari grinste voller Bosheit.

Er schaute noch einmal hin. Ja, Baba Hari selbst stand kurz vor dem Gattertor mit einer Handvoll seiner Anhänger! Yhanti schlenderte gemächlich in den Korral hinein und versuchte Shamanas Gangart nachzuahmen. Das Pferd sah Fanden sehr ähnlich, und der Stallmeister besänftigte es. Behutsam steckte Yhanti den Fuß in den Steigbügel und wollte sich gerade in den Sattel schwingen, da rief Baba Hari: „Halt! Das Pferd ist Betrug!"

Die versammelte Menge schnappte nach Luft, als drei Baba-Jünger mit einem Eimer Seifenwasser in den Korral traten. Sie brauchten nicht einmal viel zu schrubben. Es war sofort für alle offensichtlich: Das Roß hatte ein weißes Gesicht. Yhanti täuschte große Überraschung vor. „Sieh mal einer an", sagte er. „Das Pferd Fanden ist eine Fälschung!"

„Allerdings!" Baba Hari selbst betrat die Bühne. „Ich weiß genau, was du vorhast, Shamana!"

„Wohl doch nicht", murmelte Yhanti.

„Dieser Mann hier versucht zu beweisen, daß er der wahre Erleuchtete sei, indem er Fanden reitet. Aber er hat das Pferd nicht einmal fangen können. Ich, Baba Hari, bin der wahre Erleuchtete, und ich beweise es, indem ich dieses ganze Kasperletheater aufdecke. Shamana ist kein Erretter!" Baba Hari hielt inne, während die gesamte mysticanische Armee langsam aufrückte, bereit zum Gefecht.

„Hört auf mit dem Krieg!" schrie Sage, der auf dem Gatter

saß. „Dort kommt der echte Fanden!“ Alle schauten in die Richtung, in die er zeigte. Und tatsächlich: Vom Berg her trottete das wilde Pferd näher. Auch Luneau, die auf ihrer Stute zum Korral galoppierte, um Yhanti zu retten, hielt ihr Pferd an und blickte auf Fanden. Fanden lief zu ihr hin und schaute die Stute mit glänzenden Augen an.

„Er ist verliebt!“ rief Luneau aus und steuerte ihr Reittier zum Korral. Fanden folgte ohne Zögern. Hurrageschrei kam aus den Reihen der Rustadorianer, als das Gattertor zugeworfen wurde.

„Hier hast du dein Pferd“, sagte Luneau zu Yhanti, stieg ab und setzte sich auf das Gatter.

Der Stallmeister brauchte ein paar Minuten, ehe er das Pferd in die Ecke gedrängt hatte, aber es gelang ihm schließlich, ihm ein Seil um den Hals zu legen. „Steig auf, wenn du kannst“, rief er Yhanti zu. „Fanden wird nicht lange so stehen bleiben.“

Yhanti blieb nichts anderes übrig, als sich auf den breiten Rücken des Tieres hochzuziehen. Noch bevor der Stallmeister ihm das Seil übergeben konnte, bockte Fanden, bäumte sich auf und schlug aus. Yhanti packte verzweifelt die Mähne, während die Welt um ihn herum sich in einen farbigen Wirbel verwandelte. Die Rustadorianer jubelten seinem momentanen Erfolg zu, bis Pferd und Reiter durch das Gatter brachen. Yhanti stürzte vom Pferd. Die Menge stob auseinander und gab dem wilden Ungetüm die Bahn frei.

Yhanti war voller Schrammen und zitterte am ganzen Leib. Als er sich mühsam wieder erhob, merkte er, daß der größte Teil seines Bartes verschwunden war. Mysticanische Krieger umzingelten ihn. „Du bist nicht Shamana“, stellte Karmo fest. „Du bist ja noch ein Junge! Nehmt ihn fest!“ Yhanti wurde gefangengenommen und gefesselt.

„Ich kenne diesen Jungen“, verkündete Dervashi laut. „Er ist einer von Shamanas Jüngern. Der Alte hat diesen Jungen vorgeschickt, weil er selbst nicht den Mut hatte zu erscheinen.“

„Ich bin kein Jünger. Wie könnte ein Mann wie Shamana überhaupt Jünger haben!“ Yhanti verteidigte den Freund. „Shamana weiß nicht einmal, was ich mache. Ich bin aus eigenem Entschluß hergekommen, um diesen sinnlosen Krieg zu verhindern. Shamana hatte mich vielmehr gewarnt, daß Menschen, die die Liebe nicht kennen, immer miteinander kämpfen werden, aber ich mußte das wohl erst am eigenen Leib erfahren, bevor ich es glauben konnte.“

„Stopft diesem Schwätzer das freche Lügenmaul!“ befahl Baba Hari. „Wie kann man mit solch einem weichlichen, feigen Geplapper einen vernünftigen Krieg ausfechten?“

Yarrow sprang flugs zwischen Yhanti und Baba Hari. „Erinnerst du dich an mich, Goldjunge?“ fragte sie ihn stürmisch. „Sag mir doch bitte, was so mutig ist am Krieg? Sieh dir doch einfach mal all die unschuldigen Leute an, die sterben werden, wenn dieser Krieg stattfindet. Du predigst Erleuchtung und

Wahrheit, bist aber selbst nichts weiter als ein stinkend fauler Schmarotzer!"

„Er kommt!" Jamal zeigte strahlend in die Ferne. „Da kommt Shamana!"

Über die Wiese ritt der alte Mann, seelenruhig auf Fandens Rücken sitzend. Er streichelte die Nase des Pferdes und ließ sich von dem großen Roß hinuntergleiten. Yhanti schaute auf und war ein wenig verlegen wegen seiner dreckigen grünen Robe, der restlichen Bartzotteln und der gefesselten Hände und Füße.

„Wie steht's mit deinem Friedensplan?" witzelte Shamana.

„Sieht so aus, als hättest du mich gerettet", mußte Yhanti zugeben. „Alle hier haben gesehen, wie du den Pferdedämon Fanden geritten hast."

„Dieses Pferd?" fragte Shamana und kraulte ihm die Ohren. „Das Pferd kam zu mir und bot mir einen Ritt an, als ich herlief. Es ist sehr sanft und voller Liebe."

„Nur bei dir", entgegnete Yhanti. „Mich hat es abgeworfen wie ein Staubkorn."

„Die Schriften sagen, daß er das Pferd bis zur Kathedrale des Osiris reiten muß", rief Baba Hari, der sich so schnell nicht geschlagen geben wollte. „Und wenn er das macht, erwartet euch alle eine große Überraschung!"

Shamana streichelte das Pferd sanft, nahm ihm das Seil vom Hals und ließ es frei. Fanden schnaubte, als hätte es verstanden, und galoppierte davon.

„Seht ihr!“ Baba Hari war höchst erfreut. „Er konnte das Pferd nicht zwingen, ihn zur Kathedrale zu tragen.“

„Ich erzwinge nie etwas“, erwiderte Shamana, während er sein Messer aufklappte und Yhantis Fesseln durchschnitt. „Wieso sollte ich überhaupt zur Kathedrale reiten? Ich wäre der letzte, der auf so etwas wie Gottesdienst hereinfallen würde.“

Shamana legte Yhanti den Arm um die Schultern, und sie liefen zusammen zum See hinunter. „Was hast du denn hier gemacht, eine Kathedrale aus Pappe gebaut?“

„Die Schriften verlangen einen Ritt hin zu diesem Ding, also haben wir sie wieder aufgebaut. Das war das erste Mal, daß alle Rustadorianer an einem Strang gezogen haben, seit Rudo hier das Sagen hat.“

„Und wo ist Rudo?“

„Zuletzt habe ich ihn gesehen, wie er sich ins Gebüsch verdrückte, als ich vom Pferd fiel. Du wirst nicht glauben, wie er sich, seit er König ist, geändert hat. Er hat endlich Spaß am Leben.“

„Freut mich, das zu hören“, antwortete Shamana und nickte.

Die gesamte Menschenmasse heftete sich an ihre Fersen, als Shamana und Yhanti zur Kathedrale gingen. Karmo wurde nach vorne getragen, um zu bezeugen, was auch immer geschehen würde. Die Mysticaner waren sich noch nicht schlüssig, ob ihre Prophezeiungen nun erfüllt worden waren oder nicht. Baba

Hari hetzte sie auf, den Krieg zu führen, dennoch waren die meisten von dem, was sie gesehen hatten, zutiefst berührt.

Shamana schaute sich das riesige Bauwerk an, während die Lautsprecher im Glockenturm eine Melodie spielten. „Faszinierend“, murmelte er. „Die ganze Arbeit, nur um eine Bande Kinder davon abzuhalten, Krieg zu spielen. Ihr habt die Kathedrale genauso, wie sie einmal war, wieder erschaffen.“

„Aber nur aus Leinwand und Pappe“, erklärte Yhanti.

Shamana zog eine Zündschachtel aus seiner Tasche. Ein kleiner Blitz aus dem Laser, und schon brannte die Kathedrale in einem höllischen Inferno. Die Menge hielt den Atem an und flüchtete rückwärts, während die Flammenwand ihnen entgegenfiel, sich jedoch über ihren Köpfen in Asche verwandelte.

„Alle Kirchen sind aus Pappe!“ stellte Shamana laut vor den versammelten Zuschauern fest. „Überzeugungen, ein ganzes Leben lang gehegt und gepflegt, können sich in einem einzigen Moment in nichts auflösen. Wie heute hier geschehen!“

Die mysticanischen Truppen warteten auf Karmos Urteil. Der uralte, kleine Mann wischte die Brillengläser sauber und dachte über das Geschehen nach. „Laßt uns heimkehren“, schlug er vor.

DER STURM

Der Morgen des neuen Tages brachte eine kühle Brise unter wolkenverhangenem Himmel. Die beiden Ex-Babas hatten zwar geduldig auf Shamanas Rückkehr gewartet, wollten allerdings nun desto schneller mit ihrem neuen Leben beginnen. „Was können wir heute tun?" fragte Yogi. „Wie finden wir den Weg?"

„Ganz so einfach ist es nicht", bemerkte Shamana. „Es gibt keinen Weg. Dennoch ist es gleichzeitig auch viel einfacher: Egal, wo du hingehst und was du machst, das *ist* der Weg. Ich kann dir nur den Vorschlag machen, nicht mehr wie ein Automat zu handeln, sondern zu schauen, wohin deine Energie fließt."

„Was meint er?" fragte Yogi Anu.

„Ich glaube, er meint, es sei ziemlich kalt und wir sollten dahin gehen, wo es wärmer ist."

„Ganz genau!" rühmte Shamana sein Verständnis. „Lebe in diesem Moment." Die Gruppe begab sich zum Turm der Forscher. Jamal und Freya fanden die Bilder im Soma-Raum überwältigend. Im Kreis sitzend, sprachen Luneau, Heesha, Yarrow, Sage und die beiden Ex-Babas mit Shamana darüber, wie der Turm früher verwendet worden war.

Nach einiger Zeit nahm Shamana Yhanti beiseite und führte ihn allein in den Pyradom.

„Könnte es sein, Yhanti, daß du ein wenig Alleinsein brauchst?" fragte der alte Mann. „Dein Versuch, Schwachköpfe daran zu hindern, Krieg zu führen, hat deine Energien wieder nach außen gerichtet."

„Aber es ist gelungen! Ist das etwa nichts?"

„Yhantishor, glaubst du wirklich, daß es was mit dir zu tun hatte, daß der Krieg nicht stattgefunden hat? Ist es nicht vielmehr so, daß es das Schicksal mir erlaubt hat, auf dem richtigen Pferd zur rechten Zeit zu erscheinen? Ich hatte von alledem nicht die geringste Ahnung. Ich hatte keinerlei Absichten und kein Ziel mit meinen Handlungen."

Der junge Mann überdachte die Ereignisse des letzten Tages. Es stimmte: Was sie mit solcher großen Mühe bewerkstelligt hatten, hatte den Krieg nicht verhindern können. Eine spontane Handlung hatte das getan.

„Etwas ist mir noch unklar", sagte Yhanti. „Hast du Fanden gehen lassen, nur weil die Leute von dir erwartet haben, du würdest jetzt auf ihm zur Kathedrale reiten?"

„Ich habe das Pferd freigelassen, als unsere Geschichte zu Ende war. Es bot mir einen Ritt an, der zu dir führte. Erwartungen entlocken mir keine Reaktionen, weder positive noch negative."

„Warum also hast du dann die Kathedrale niedergebrannt?"

Shamana zuckte die Achseln. „Ich habe nicht darüber nachgedacht. Sie mußte wohl abgebrannt werden. Kehre nun bitte wieder zu dir selbst zurück. Schau nach innen; sei wieder Beobachter." Shamana ließ ihn allein im Raum zurück.

Es machte Yhanti angst, die Augen zu schließen und die Verankerung des außen Sichtbaren zu verlieren. Sein Körpergefühl schwankte zwischen Ausdehnung, als fülle sein Leib den ganzen Raum, und Zusammenziehung, als schrumpfe er zu einem winzigen Staubkörnchen. Er beobachtete die Regungen seines Verstandes, der ruhelos wurde und die Langeweile mit immer neuen Vorstellungen und Träumen vertreiben wollte.

Es war frustrierend und machte ihn böse, daß es ihm einfach nicht gelingen wollte, still zu sein. Er öffnete die Augen und fand den Raum völlig verwandelt vor: Aus Abertausenden Spiegeln starrte ihn eine unendliche Reihe Yhantis ungläubig an. Einen Moment lang machte es scheinbar Spaß, aber schon bald wurden ihm all diese Gesichter zuviel. Es war, als stünde er auf einer Bühne und alle Zuschauer fixierten ihn und reagierten auf seine geringste Regung.

Yhanti stand langsam auf und begann sich zu bewegen, drehte sich im Kreis und machte Sprünge. Die riesige Anzahl wirbelnder Yhantis weckte die Vorstellung bei ihm, er sei eine rote Blutzelle, die durch ihren Tanz ein riesiges Wesen zum Leben erweckte.

Yhanti gewahrte Shamanas Gegenwart, kurz bevor die Musik

begann. Unzusammenhängende Töne überlagerten einander in primitiver Dissonanz. Aus diesem Chaos trat langsam ein Rhythmus zutage, der die rasselnden Töne in eine harmonische Komposition hineinzog und sich zu einer wunderschönen Melodie entwickelte.

Yhanti erlaubte seinem Körper, sich zu der Musik zu bewegen: Die Füße tanzten im Einklang mit den Trommeln, die Hände bewegten sich gleitend im süßen Strom der Flöten, und sein Kopf wurde hin und her geworfen von den Akkorden einer Orgel. Er war Teil der Musik, die immer schneller wurde. Yhanti wirbelte derart wild umher, daß er schließlich über die eigenen Füße stolperte und auf den Boden fiel.

Das Pochen seines Herzens ebbte ebenso wie die Trommeln ab, während er sich entspannte. Die Stille wurde immer tiefer, bis nur noch sein Atem vernehmbar war. Gewahrsein durchflutete ihn wie ein Blitz, und er schwebte in einem kristallklaren Raum. Erregung kam auf, und der Gedanke durchströmte ihn: *Ich bin erwacht!*

Wut stieg in ihm hoch, als er sich wieder dabei ertappte, daran zu denken, daß er nicht dachte. Ein Schrei brach aus seinem Bauch hervor, stieg auf durch seine Kehle und zerschmetterte die Stille wie zerschellendes Glas.

Eine große Springflut unterdrückter Gefühle kam in einem einzigen Schrei zum Ausbruch. Yhantis Beine zitterten, und sein Magen zog sich zusammen, unterdrückte Erinnerungen wurden frei und verschwanden. Er hatte, seit er als kleines Kind bestraft wurde, sich von seinen Eltern abgewiesen gefühlt hatte, nie mehr so geschrien. Es war eine Erfahrung, als säße er in einem Kino und schaue einem Film zu, in dem ein Unbekannter schreit. Er fühlte sich schließlich enorm erleichtert.

Ein vergessenes Gefühl trat langsam zutage, etwas Tiefes, gewissermaßen Gefährliches. Die Liebe und der Respekt, die er einst für seine Eltern empfunden hatte, stiegen auch wieder an die Oberfläche; es wurde ihm klar, sie hatten ihr Bestes gegeben, ihn gut zu versorgen. Wann immer er unglücklich gewesen war, hatte er es ihnen all diese Jahre vorgeworfen, aber es war nicht ihr Fehler gewesen. Seine Mutter hatte oft nachts mit ihm um das Feuer getanzt. Sein Vater Prad hatte viele, viele Stunden damit verbracht, ihm beizubringen, die Ulay zu spielen; er hatte ihm beides mitgegeben, ein Verständnis für Musik und die Fähigkeit, sich spontan einer Gruppe Musiker anzuschließen.

Prad hatte versucht, Nachsicht mit seinem Sohn zu üben. Ihre Armut hatte ihn jedoch sehr ernst gemacht; niemals reichte das wenige, was sie besaßen, zum Leben aus. Andauernd waren sie von der Not geplagt gewesen, und Prad litt unter der Verantwortung, sie mit dem Notwendigen versorgen zu müssen. Yhanti wußte nun, daß sie es gut mit ihm gemeint hatten.

Es dauerte nicht lange, und sein Seelenschmerz war vorüber. Er setzte sich hin. Die vielfachen Bilder seiner selbst im Raum starrten ihn nach wie vor an, aber sie störten ihn nicht mehr. Das andauernde Geplapper in seinem Kopf hatte aufgehört. Vorsichtig stellte er sich hin, seine Beine zitterten noch von der vorangegangenen Ekstase.

Er näherte sich behutsam einem der Spiegel und betrachtete seine Reflexion eingehend. In seinen Augen lag eine neue Qualität. Obgleich sie noch rot vom Schreien und Weinen waren, strahlten sie eine Lebendigkeit aus wie nie zuvor.

Shamana betrat den Raum und blieb vor Yhanti stehen. Yhanti sah ihn an. Hier stand ein weiterer Spiegel, der ihm eine klare Reflexion seines innersten Wesens gab. Je mehr Yhanti sich entspannte und sich dahinschmelzen ließ, desto größer war die Glückseligkeit, die sein Herz durchflutete. Zum ersten Mal wurde es Yhanti bewußt, daß Shamana nicht mit einer Persönlichkeit behaftet war, die diesen beherrschte. Der Alte war nichts als ein spiegelndes Gewahrsein.

Langsam, jeden Schritt aufmerksam erwägend, verließ Yhanti den Turm. Die Sonne brach durch die Wolken, und es war Zeit für eine kleine Feier im Garten. Während die anderen lachten und tanzten, ging Yhanti allein fort. Unter einer turmhohen Pinie legte er sich zur Ruhe.

Die Schwerkraft gab ihm das Gefühl, in der Erde zu versinken. Ihm wurde bewußt, daß er noch nie den Baum über sich betrachtet hatte. Er war so lebendig und gesund. Er hatte weder Frucht noch Blume, und die Leute ließen ihn deshalb zufrieden, dennoch war Yhanti sicher, daß der Baum sich seiner Gegenwart bewußt war.

Ein nutzloses Wesen kann nicht ausgebeutet werden, dachte er. Aus seinem Rückgrat schienen sich Wurzeln tief in die Erde hinein zu erstrecken, und er stellte sich vor, wie Äste und Blätter aus ihm herauswuchsen und in den Himmel hineinragten. Shamana war die Sonne und wärmte ihn, erfüllte ihn mit Lebensfreude und verband ihn mit allem Dasein.

Die Zeit stand still!

Nachdem Yhanti wieder begonnen hatte zu denken, bewölkte der Himmel sich zunehmend, obwohl sich kein Lüftchen regte. Vom Standpunkt eines unbeteiligten Beobachters, völlig gewichtslos, sah er seinen Körper aufstehen. Er setzte sich in den Kreis um Shamana.

Sage sah ihn kommen. „Oh, Yhanti ist wach geworden."

„Nicht weit davon entfernt jedenfalls", kicherte Shamana. Der Alte bat Yhanti, sich neben ihn zu setzen. „Dies ist nur ein flüchtiger Eindruck, eine Vorahnung, Yhantishor. Aus dieser Höhe kannst du tiefer als je zuvor in dein Ego hinabstürzen. Fasse bloß nicht den unsinnigen Gedanken, du würdest es jetzt *wissen*!"

„Was ist geschehen?" fragte Anu Yhanti.

Yhanti versuchte zu sprechen. „Spiegel. Eigentümliche Musik. Töne, die keinerlei Zusammenhang hatten. Aus ihnen entstand ein Rhythmus, unbeeinflußt von der Dissonanz ringsum. Alle anderen Klänge stimmten sich auf ihn und aufeinander ein und bildeten eine große Harmonie."

„Eine ausgesprochen passende Beschreibung fürs Erwachen", rief Shamana aus. „Die Musik symbolisiert das Leben. Leute leben zusammen, treffen sich jedoch nie; das ist die Dissonanz. Der Rhythmus spiegelt einen Erwachenden. Die anderen werden beeinflußt und fügen sich auf ihre Weise ein. Es gibt keine Nachfolge oder Nachahmung. Der Erwachte ist eine Herausforderung an dein Wesen, sich auf seine eigene Art auszudrücken, und die Welt wird harmonisch."

„Deshalb", bemerkte Yarrow, „läßt du also Yhanti das Soma essen, in vergangene Leben reisen, seine Gedanken betrachten und in Spiegel glotzen; aber *ich* mache nichts. Du kannst dir schon denken, daß mir in meinen jüngeren Jahren, als ich noch schön war, ein Raum voller Spiegel sehr gut gefallen hätte. Aber heutzutage bin ich zu faul geworden, noch irgend etwas zu machen. Ich bin zu alt, um an mir selbst zu arbeiten. Und außerdem, was ich gegenwärtig mache, macht mir genügend Spaß."

„Aber hast du denn nicht das Gefühl, etwas zu verpassen?" fragte Yogi.

„Ich habe bereits alles getan, was man machen kann, und kann euch jungen Leuten versichern, es entgeht einem überhaupt nichts. Wenn ich sterbe, ist sowieso alles zu Ende, wozu also mich noch bemühen? Ich genieße die sogenannten kleinen Dinge des Lebens so sehr, und außerdem ist es mir egal, ob ich etwas Besonderes bin."

Der Himmel verdunkelte sich, schwarze Wolken aus dem Norden brachen herein. Jamal erklomm einen Felsen und sah sich das Schauspiel an. „Es ist ein gewaltiger Nordsturm", berichtete er. „Als ich das letzte Mal einen gesehen habe, flogen ganze Häuser in die Luft!" Freya rannte zu ihm und hielt ihn am Arm fest. Wie es hieß, hatten einige Fabriken im Norden ihre stark umweltbelastende Produktion wiederaufgenommen und damit die größten Klimaänderungen seit dem Großen Krieg verursacht.

„Bringt euch im Turm in Sicherheit!" rief Anu.

„Ich bleibe hier, mir gefällt die Energie, die der Sturm mitbringt", sagte Shamana ruhig.

„Du spinnst!" rief Yogi und rannte mit Anu davon, um sich in Sicherheit zu bringen. Die Mädchen ergriffen Sage und suchten Schutz unter den Bäumen.

„Ich bleibe bei dir", stellte Yhanti fest.

„Und ich auch", fügte Jamal hinzu. „W-w-wo du bist, bleibe auch ich."

„Ihr seid tapfer", sagte Shamana zu den beiden verbliebenen. „Ich weiß, daß ihr euch fürchtet. Yogi und Anu fürchten sich auch, aber sie haben es ihrer Angst erlaubt, sie zu überwältigen. Wenn ihr völlig erwacht seid, wird euch das todlose

Wesen eures Selbst offenbar sein, und ihr werdet nicht mehr tapfer sein müssen."

Eine Regenwand rauschte durch das Tal. Blitze und ohrenbetäubende Donnerschläge folgten.

„Haltet euch fest!" warnte Yarrow sie. Die ersten kräftigen Windstöße beugten die Bäume in ihrer Nähe. Heesha und Luneau hielten sich an Baumwurzeln fest, den protestierenden Sage zwischen sich eingekeilt. Jamal und Yhanti, lagen auf den Knien und umklammerten einen Felsen.

Ungläubig starrend sahen sie, wie Shamana die Sicherheit der Bäume verließ und hinaus auf die Lichtung ging. Er hob die Hände dem Regen entgegen und genoß die kalte Dusche.

Ein kräftiger Staubwirbel zwang Yhanti, sein Gesicht in seinen Armen zu verbergen. Als er wieder aufschaute, sah er eine Wand durcheinanderwirbelnder Teile mit enormer Geschwindigkeit den Berg hochsausen. Yhanti sprang auf, rannte zu Shamana, der mit geschlossenen Augen dastand, und warf ihn zu Boden. Äste, Blätter und sogar Steine flogen um sie herum durch die Luft.

„Komm, das solltest du dir nicht entgehen lassen!" schrie Shamana und stand schon wieder auf den Füßen. Gegen alle Vernunft stellte Yhanti sich neben seinem Freund aufrecht hin. Die erste Sturmbö war bald vorüber, und die Luft wurde absolut still, als das Auge des kleinen Wirbelsturms ankam.

„Das Zentrum bleibt unbewegt", sagte Shamana. „Nicht einmal der Tod kann dein Zentrum berühren." Noch einmal zeigte der Sturm seine gewaltige Kraft und war genauso plötzlich vorbei, wie er gekommen war. Yhanti hielt schützend den Arm des alten Mannes, bis jegliche Gefahr vorüber war.

„War das eine Prüfung?" fragte Yhanti. Ohne zu antworten, lief Shamana direkt zu Luneau hinüber, die gerade Sage aus ihrer Obhut entließ. Er flüsterte ihr etwas ins Ohr, worauf sie antwortete: „Ich werde es versuchen."

Neugierig kam Yhanti näher und fragte sie: „Was wirst du versuchen?"

Luneau legte den Finger auf ihre Lippen: „Schhhh." Sie umarmte ihn sanft, und er empfand das Glühen ihrer Liebe. Es lag keinerlei Forderung in ihrer Umarmung.

In der Stille nach dem Sturm saßen sie alle um Shamana herum versammelt. „Du hast uns gerade von deinen Erfahrungen erzählt", rief Jamal Yhanti ins Gedächtnis. „Wie ging es weiter?"

Yhanti genoß die allgemeine Aufmerksamkeit. Alle sahen ihn an, aber sein Kopf war leer. „Ich weiß nicht, wie ich es beschreiben soll. Es geschieht etwas in mir."

Sage interessierte sich nicht für Yhantis Erfahrungen und spielte mit Shamanas Füßen. „Weißt du", sagte er zum Meister. „Ich habe keine Ahnung, ob du erwacht bist oder nicht. Du scheinst genau wie ich Streiche zu mögen."

Shamana grinste bestätigend. „Ich bin ein Witzbold und

werde als solcher sterben. Es ist ein Glück, daß es dich nicht kümmert, ob ich erwacht bin oder nicht. Du wirst es lediglich wissen, wenn es dir selbst geschieht."

Heesha trat schluchzend vor Shamana. „Ich habe solche Angst", sagte sie mit tränenerstickter Stimme. „Ich kann nie wieder nach Rustador zurückkehren, aber ich fühle mich nicht stark genug, allein zu sein. Ich fürchte, du wirst uns eines Tages verlassen."

„Ich werde gehen", nickte Shamana. „Dieser Leib kann nicht ewig leben. Aber glaube nicht, daß deine Liebe und dein Bewußtsein von *mir* stammen. Erkenne, daß du bereits jetzt allein bist und deine Erfahrungen aus deinem eigenen Inneren herrühren. Versuche das zu entdecken, was den Tod überlebt. Dann wird deine Einsamkeit ein glückseliges Allein-sein."

Yhanti versuchte, das Gespräch wieder auf seine Person zu lenken. „Ich empfinde andauernd diesen Druck in meiner Scheitelgegend. So als bekäme ich Kopfschmerzen, aber es tut nie weh." Er hielt inne und schaute Shamana an. „Es ist witzig, daß ich herkam, weil ich erwachen wollte. Und jetzt fürchte ich, daß ich es nicht mehr aufhalten kann."

„Es geschieht überhaupt nichts mit dir!" Shamana schien verärgert zu sein. „Immer noch kommst du dir selbst in die Quere. Ja, natürlich ändern sich die Dinge, aber du versuchst immer noch sie zu beherrschen und unter Kontrolle zu bringen!"

Yhanti war wie am Boden zerstört. Er hatte den alten Mann noch nie böse erlebt. Er sah, wie vieles er als selbstverständlich hingenommen hatte. Er schloß die Augen, um die Energie wieder zurückzuholen, und auch, weil er sich vor seinen Freunden verbergen wollte. Während sie alle zuschauten, begann Yhanti zu zittern, seine Hände hoben sich gen Himmel, als befände er sich in Trance. Shamana beugte sich zu Sage und flüsterte ihm etwas ins Ohr. Der Junge sprang auf, tänzelte zu Yhanti und gab ihm eine schallende Ohrfeige!

Yhanti schrie, als der Schlag ihn traf, während die anderen völlig überrascht zusahen. Shamana zwinkerte Sage zu und schloß die Augen. Yhanti kochte innerlich. Da versuchte er die ganze Zeit, dem alten Mann sein Allerbestes zu geben, und der schickte den kleinen Jungen, damit er ihm eine Ohrfeige verpaßte!

Wutschnaubend schritt Yhanti zu Shamanas Baum und schaute auf ihn herab. „Weshalb hast du das getan? Ist es nicht natürlich, Angst zu haben, wenn der Körper sich auflöst, die Gedanken herumpoltern und einem keine Hilfe geboten wird?"

„Natürlich?" Shamana lachte. „Angst ist etwas Natürliches. Das Baby hat Angst, wenn es aus der Gebärmutter gepreßt wird, aus seinem Paradies. Wenn es jedoch dagegen kämpft, kann es die eigene Geburt verpassen. Kannst du nicht einfach Angst haben, ohne eine Show daraus zu machen?"

„Ich habe doch alles getan, worum du mich gebeten hast",

sagte Yhanti. „Und immer noch habe ich Angst vor dem Tod. Ich hatte Momente, in denen ich tiefe Einsichten hatte, und Erkenntnisse, das ist wahr. Aber sie sind vergänglich. Hast du keine Angst zu sterben?“

„Yhanti, jegliche Angst ist Todesangst“, sagte Shamana in strahlender Ruhe. „Ein Baum kann seine Früchte erst fallen lassen, wenn sie wirklich reif sind. Ich bin nur wie der Wind. Ich kann deine Äste ein wenig schütteln, indem ich dich anstoße. Brauchst du noch einen Schlag?“

„Schüttele und stoße mich, soviel du willst!“ brüllte Yhanti. „Wenn du so vertraut mit deinem todlosen Wesen bist, was bedeutet es dann für dich zu sterben?!“

Shamana lachte laut auf, schloß die Augen, lehnte sich an seinen Mangobaum und hörte auf zu atmen!

DIE VERWANDLUNG

Jamal stürzte sich auf Shamana und fühlte seinen Puls. Mit Furcht in den Augen und offenem Mund schüttelte er traurig den Kopf. „K-k-könnte er Morta genommen haben?“ fragte er mit einem Rest Hoffnung.

Yhanti starrte den reglosen Körper an und zitterte. Sein Leib war ein brodelnder Kessel voller Gefühle und Empfindungen. Wut wandelte sich in Furcht und dann in Trauer. Eine Stimme in ihm sprach: *Nimm es alles in dich auf! Laß es zu!* Ein freudiges Gefühl ging durch ihn hindurch wie ein Kribbeln. Er war fähig, all diese Empfindungen und Gefühle von einem neuen Standpunkt aus zu betrachten. Indem er jedes in sich aufnahm, wurde er reine, undefinierbare Energie. Er schloß die Augen.

Im Innern erfuhr er die gleiche, erhebende Energie, die er andauernd in Shamanas Gegenwart erfahren hatte, nur stieg sie jetzt aus seiner eigenen Mitte auf! Die Unendlichkeit des Ozeans stürzte hinein in diesen kleinen Teil, das Meer strömte in den Tautropfen. Er blieb völlig still, während die anderen sich mit Shamanas Körper beschäftigten.

„Es kann kein Morta sein“, stellte Sage fest. „Er hat es Rudo gegeben.“

„Ist er wirklich t-t-tot?“ fragte Jamal. „Er kämpfte nicht einmal ums Überleben. Er hat sich praktisch den Moment ausgewählt, von uns zu gehen.“

„Kann sein, daß er uns zum Narren hält“, stellte Yarrow fest. „Er ist ziemlich schlau.“

Luneau half Yhanti, sich an einen Baum zu setzen. Er blinzelte, öffnete die Augen und sah eine Welt voller Licht und Farben. Der *Yhantishor*, den er gekannt hatte, war zusammen mit Shamana gestorben. Keine Frage rührte sich in seiner Seele. Der letzte Anstoß hatte ihn aus seinem lebenslangen Schlaf geweckt. Er war zu Hause!

„Ich habe meinen Regenschirm fallen lassen!“ rief Yhanti und brach in wildes Gelächter aus.

„Er dreht durch“, mahnte Heesha zur Vorsicht und entfernte sich langsam von seinem Baum.

„Meister Rakina trug immer einen ungeöffneten Regenschirm, um zu zeigen, wie wir uns hinter unseren törichten Persönlichkeiten zu verbergen suchen“, sagte Yhanti. „Der Regen und die Sturmböen des Lebens dringen dennoch durch bis auf die Haut.“

Er sah Luneau an und erkannte, daß auch in ihr das gleiche Verständnis zur Blüte gelangt war. Sie lächelte und umarmte ihn sanft.

Nachdem der Sturm nun endgültig vorüber war, spazierten die beiden Ex-Babas aus dem Turm und kamen in den Garten.

Yogi war als erstem klar, daß Shamana gestorben war. Er warf sich Shamana zu Füßen und bat ihn, doch bitte zu erwachen. Anu hielt Abstand und betrachtete die Gesichter Luneaus und Yhantis.

„Seid ihr zwei erwacht?“ fragte er vorsichtig. Sie brachen beide in Gelächter aus. Anu verbeugte sich tief vor ihnen.

Yogi machte es sofort Anu gleich. „Was sollen wir mit Shamanas Körper machen?“ bat er sie um Rat. „Welches Ritual ist dafür vorgesehen?“

„Darauf kommt es nicht an!“ erwiderte Luneau lächelnd. „Der Körper hier ist niemandem mehr von Nutzen. Warum bauen wir heute abend nicht einen großen Scheiterhaufen, um ihm einen guten Abschied zu geben?“

Die Sonne sank tief in den westlichen Himmel, als die ersten Flammen über die grüne Robe leckten. Tränen standen in Yhantis Augen. Er liebte diesen alten Mann, der nicht nur sein Freund gewesen war, sondern ihm die größte Gabe gegeben hatte, die man einem anderen geben konnte... sich selbst. Ein Lied des Dankes erklang auf Yhantis Ulay. Viele Male hielt er inne, wenn er meinte, Shamanas Lachen im prasselnden Feuer zu hören. Sage trommelte auf einem hohlen Baumstamm; Yarrow tanzte, als wäre sie wieder ein junges Mädchen, und sprang über die glühenden Scheite am Rande des Feuers. Jamal und Freya saßen Arm in Arm und klatschten gelegentlich im Rhythmus, wenn ihre Tränen es ihnen erlaubten.

Yogi und Anu standen ein wenig abseits und schauten zu. Der Gedanke, daß man den Tod als Freudenfest feiern konnte, war für sie nicht leicht zu akzeptieren. Aus ihrer Sicht war es eine fürchterliche Tragödie. Heesha war verschwunden, sobald ihr klar war, daß Shamana nicht mehr da war. All ihre Befürchtungen hatten sich bewahrheitet, und eine Totenfeier konnte sie nicht durchstehen.

Die Musik dauerte bis tief in die Nacht, schwoll an und wurde leiser im Einklang mit den Funkenschauern, die hoch in das Dunkel der Nacht entschwebten. Dann wurde alles still.

Der neue Tag kündigte sich bereits mit Pastelltönen an, als das Geklapper von Pferdehufen aus dem Osten erklang. Yhanti und Luneau hielten sich an den Händen und betrachteten die sterbende Glut, während die anderen in tiefen Schlaf versunken waren. Die Silhouetten von zwanzig Reitern erschienen am Horizont. Rudo mit einem Gefolge seiner graduierten Anhänger saß ab und schritt sofort zu dem Baum, unter dem Shamana dreißig Jahre lang gesessen hatte. Er überflog die Gesichter und bemerkte schließlich die rauchende Asche.

„Ist das ... war das Shamana?“ fragte er.

Yhanti nickte. Rudo war einen Augenblick verwirrt, was ihn aber nicht daran hinderte, sich schnell unter Shamanas Baum zu setzen. „Da bin ich wohl gerade rechtzeitig gekommen“, sagte er hämisch.

„Da magst du nicht unrecht haben“, erwiderte Yhanti.

Die Sonne stand bereits im Zenit, und die Asche war ausgekühlt, da erschien Heesha mit einem Trupp Leute aus dem Dorf der Kinas. Alle wollten wissen, ob es stimmte, daß Shamana sie so plötzlich und unerwartet verlassen hatte und ob wirklich zwei Erwachte an seiner Statt zugegen waren. Sie setzten sich im Garten hin und ruhten sich vom langen Ritt aus. Für viele war es der erste Tag ohne Cokium seit Jahren. Die Fragen sprudelten nur so aus ihnen hervor: „Wie ist es, zu erwachen? Wie geschieht das bei einer Frau? Was hat Shamana getan, damit ihr erwacht seid?“

„Es kam gestern über mich“, erzählte Luneau. „Der gewaltige Sturm wütete um uns herum, da stieg eine Flamme aus meinem Herzen bis über mein Haupt empor. Shamana erklärte mir, was geschehen war, und bat mich, Yhanti nichts davon zu sagen, denn es hätte ihn zu einem Wettkampf veranlaßt, der seine Bereitschaft hätte zerstören können.“

Yhanti lächelte ihr zu. Er war nicht in der Lage gewesen, Luneaus Erwachen zu erkennen, bis er die gleiche Klarheit erlangt hatte. Es war ihm nun bewußt, daß sein letztes Anhaften Shamana gegolten hatte und daß dies der Grund für den Alten gewesen war, so plötzlich Abschied zu nehmen. Sein Leben und Sterben waren Zeugnis seines Mitgefühls.

Die Kinas hatten zwei grüne Roben mitgebracht, ein Geschenk für Yhanti und Luneau. „Nun ist es an der Zeit, diese schrecklichen roten Dinger abzulegen“, sagte Fruje zu ihnen.

„Ihr müßt auch die Fragezeichenanhänger ablegen, um so das Ende eurer Suche zu besiegeln."

„Ich werde meinen behalten", sagte Yhanti zur Verwunderung der Kinas. „Er ist einmal das Symbol meiner Suche gewesen, und nun wird er ein Zeichen meiner Dankbarkeit sein. Shamana hat ihn mir geschenkt. Ihr solltet euch darüber im klaren sein, daß Erwachen nicht bedeutet, die Antwort auf alle Fragen zu haben, sondern lediglich, daß es weiter keine Fragen mehr für einen gibt. Das Dasein ist nun, da ich seine Tiefe schauen kann, noch mysteriöser als zuvor."

Aus den hintersten Reihen des Kreises trat Drieke hervor, seine Augen niedergeschlagen. „Ich schäme mich", sagte er an Luneau gewandt. „Ich habe dich belächelt, weil du den Berg bestiegen hast. Eigentlich hatte ich selbst vor, es eines Tages zu tun. Ich sehe nun, daß wir niemals bereit sein werden, wenn wir darauf warten, bis wir soweit sind. Dabei verstreichen unbemerkt die Gelegenheiten, die uns das Leben bietet. Ich meinte dich zu kennen und habe dich ausgelacht, als du hier hingegangen bist. Das Lachen ist mir nun vergangen."

„Das läßt sich ändern!" rief Sage.

„Sage hat recht", stimmte Luneau zu. „Lachen ist reine Magie. Du brauchst nicht in deinem Ernst und deinen Schuldgefühlen steckenzubleiben. Du kannst hier wohnen und lernen, wieder Spaß zu haben. Wer möchte, ist eingeladen hierzubleiben."

Viele Kinas und die meisten Rustadorianer entschlossen sich dazubleiben. „Ihr werdet für die Regenzeit Unterkünfte brauchen“, stellte Yhanti fest. „Es waren bisher noch nie so viele Menschen an diesem Ort. Anu?“

„Hier bin ich“, antwortete dieser.

„Wie wär’s, wenn Yogi und du den Aufbau der Häuser leiten? Alle Bauten sollten sich liebevoll in die Landschaft fügen.“

„Ja, gerne!“ rief Anu, dankbar, eine schöpferische Tätigkeit bekommen zu haben.

Ein Rustadorianer warf sich Yhanti zu Füßen. „O großer Meister, bitte zeige uns den Weg zum Erwachen!“ bat er.

Yhanti schaute zu Luneau hinüber. „Es hat angefangen“, seufzte er.

Luneau nickte und sah den Mann an. Es war der Prinz der Bestattungen. „Ich war bei deiner Hochzeit dabei“, sagte sie. „Wie läuft es in deiner Ehe?“

„Bitte zwinge mich nicht, dorthin zurückzukehren!“ stöhnte der Prinz. „Es war die Hölle. Alle Toten sind nichts im Vergleich zu dieser einen Lebenden!“

„Keine Sorge, wir werden dich nicht wegschicken“, tröstete Yhanti ihn. „Aber glaube nicht, daß du hier dem Leben entrinnen kannst. Die einzige Art, das Leben kennenzulernen, ist, es total zu leben.

Hier wirst du lernen, bewußter und verantwortungsvoller zu sein. Du wirst durch die vielen Masken hindurchgehen müssen, die du dir zugelegt hast, bis du auf dein ursprüngliches Gesicht stößt. Dann kannst du selbst entscheiden, was zu tun ist."

„Aber Meister Rudo hat uns immer gesagt, was zu tun ist", beschwerte der Prinz sich. „Er gab uns Essensregeln, Übungen, Meditationen..."

„Dann sitzt du vor dem falschen Baum." Yhanti zeigte auf den nervös zappelnden Rudo unter dem Mangobaum. „Ich glaube, Meister Rudo ist äußerst zugänglich. Er kann dich endlos beschäftigen. Wenn du mich fragst, so kann ich dir nur sagen, daß die Reise ganz deine eigene ist. Die einzige Art zu wissen, ob du auf dem rechten Weg bist, ist zu sehen, wie glücklich du bist. Das Falsche kann dich nie für lange Zeit befriedigen, und nur der richtige Weg wird dich stärken. Du bist völlig frei und für dich selbst verantwortlich."

Auf dem Berg entstand eine kleine Stadt, die den Namen Shamana bekam. Jedes Gebäude war ein Kunstwerk. Anus und Yogis Kreativität, die in all den Jahren bei Baba Hari angestaut worden war, ergoß sich nun in einem reißenden Strom. Bald reichte die Zahl der Häuser aus, da viele aus reiner Neugierde gekommen waren und schon bald wieder abreisten.

Jamal wurde Kommandant der Stadtwache, und er trainierte einige Sucher in der Verteidigungskunst. Er war sehr wachsam, vor allem weil einige Feinde, wie Baba Hari und seine Anhänger, Shamana und seinen Freunden niemals ihre Bloßstellung vergeben hatten. Freya vergötterte auch weiterhin ihren Jamal, und ihre liebevolle Hingabe gab ihm schließlich das Selbstvertrauen, das er in Rustador so schmerzlich hatte missen müssen. Jeder Besucher mußte sich ihm und seiner Frage stellen: „Halt, wer d-d-da? Freund oder B-b-baba?"

Sage wuchs auch weiter ganz seiner Natur gemäß auf und mußte keine soziale Konditionierung über sich ergehen lassen. Mit seinen Streichen hielt er über Jahre hinweg die Stadt in Atem. Yogi wurde sein bester Freund, und eines Tages waren sie verschwunden, hinaus in die große weite Welt, ohne ein Wort zu sagen.

Yarrow lebte bis zu ihrem Tode in Shamana, singend und tanzend. Sie verweigerte sich jeglicher Anforderung oder Erwartung, kochte jedoch ungefragt oftmals exotische, kreative Mahlzeiten für die gesamte Gemeinschaft. Yhanti und Luneau wußten, daß auch sie erwacht war, sagten aber, auf Yarrows Bitte hin, niemandem etwas davon. „Ich habe nicht die Geduld, Unerklärliches zu erklären", stellte sie einfach fest.

Anfangs verbrachte Rudo seine meiste Zeit unter Shamanas Mangobaum und nahm sich der Sucher an, die ihn für Yhanti hielten. Nach einigen Monaten zog er in den Turm, um „Meditationen" zu leiten, als er hörte, daß viele hübsche Mädchen aus Mystica angekommen waren.

Luneaus Ausstrahlung wurde im Verlauf der Zeit immer stärker. Sie organisierte riesige Zusammenkünfte am Wasserfall und ermutigte die Teilnehmer, ohne Besitzgier ihre Herzen der

Intimität zu öffnen. „Im Leben gibt es keine Sicherheiten", sagte sie oft. „Scheut nicht die Risiken, sondern nehmt welche und seid lebendig! Verlaßt euch auf die Liebe, ihr könnt ihr wirklich trauen!"

Yhantis unerwartete Kommentare und unorthodoxen Methoden überraschten und schockierten viele Suchende. Jeden Morgen erlaubte er jemandem, eine Frage zu stellen, die er zumeist mit einem Kübel Wasser über den Kopf beantwortete, oder er schickte den Frager in den Pyradom.

„Meine Botschaft ist in meiner Musik, nirgends sonst", pflegte er zu sagen. „Lauscht der Ulay. Man kann den Tanz des Lebens nicht lernen, nur mitmachen. Die Schritte müßt ihr schon selber finden!"

Die Atmosphäre der Stadt Shamana war geprägt von Lachen, und die Liebe war ihre treibende Kraft. Ab und zu fragte ein neugieriger Besucher: „Was war das für ein Mensch, nach dem die Stadt benannt wurde?"

Yhantishor sah dem Fragenden dann tief in die Augen und sagte: „Du stellst nicht die richtige Frage, mein Freund. Frage dich selbst:

WER BIST DU?"